山海孌 伍 旧时雨

八月槎 著

人民文学出版社

图书在版编目(CIP)数据

山海变.5,旧时雨/八月楂著.—北京:人民文
学出版社,2022
ISBN 978-7-02-016671-8

Ⅰ.①山… Ⅱ.①八… Ⅲ.①长篇小说-中国-当代 Ⅳ.①I247.5

中国版本图书馆CIP数据核字(2021)第255278号

责任编辑　朱卫净　张玉贞　李　翔
封面设计　钱　珺

出版发行　人民文学出版社
社　　址　北京市朝内大街166号
邮政编码　100705

印　　刷　上海盛通时代印刷有限公司
经　　销　全国新华书店等

开　　本　890毫米×1240毫米　1/32
印　　张　9.375
字　　数　140千字
版　　次　2022年1月北京第1版
印　　次　2022年1月第1次印刷

书　　号　978-7-02-016671-8
定　　价　58.00元

如有印装质量问题,请与本社图书销售中心调换。电话:010-65233595

目录

第一章　赤叶长葛　/ 1

第二章　困兽　/ 47

第三章　白吴　/ 85

第四章　渡河　/ 123

第五章　白驹　/ 163

第六章　灵枢　/ 211

第七章　国葬　/ 255

第一章 赤叶长葛

雨水从天棚和墙壁的缝隙沉入屋中,汹涌地爆破开来,把四围的墙壁横扫一空。无论是兵士还是旅人,都随着这浪涌不知去向,驿站只剩下了一个高脚的空台。扬归梦没有被巨浪带走的唯一原因,是封长卿。此刻,刚才还歪歪倒倒的封长卿正长身肃立,他和对面那个模糊的人影之间,正隔着一道缓缓波动的稀薄水幕。

一

刚进入平武，就兜头赶上了一场大雨。城西的青水暴涨，通往赤叶的商路就此断绝，要在雨季涉水通过响箭森林是不可想象的，因此扬归梦一行也只得在这里耽搁下来。

平武、平武，在灞桥里、青水上，她曾听人无数次说起这座城池的名字。南渚四大主城之一，紧邻多雨潮湿的青沼，暗通神秘原始的浮玉泽，种种传说中的这座城池，好像理应有个金碧辉煌的样子，可是真正来到了平武城，却完全不是那么回事。这里商路曲折，通行不便，除了城高池深之外，方方面面都不免比灞桥差了好几个档次。

对于这一次旅行，扬归梦是不急的。她也不晓得自己有什么特异之处，值得赤研家族为她左右布置。从小到大，她还很少有这样身不由己、随波逐流的时刻，偶尔体验一下，竟觉得也没什么不好。

这是一座奇怪的城池，没有灞桥的富庶繁华，多的是直来直去的粗糙原始，这里街面上的青石，不是石板，而是石条，这石条又不是用较平整的一面横着铺上去，而是要一块一块竖起来，深深插入泥土中，只在上面露出一个小小的方形，这样一块一块连缀起来，居然也便成了路，只是这路未免颠簸起伏，对打了掌的马匹来说不太友好。

进入平武城，扬归梦的第一个念头竟是，若是豪麻在这平武城中，大概会叫大伙儿下马步行了。

这个外冷内热的家伙现在在哪里呢？大概又在想着他的扬一依吧。

想到这里，扬归梦的头就又痛了起来，就算他和父亲一起消失在鹀鸪谷，他也不会死的吧！一定不会的，他那么一个人，像石头一样硬邦邦的，怎么会死掉呢？就算死了，他也会从死人堆里爬出来，杀到灞桥，把二姐抢回去吧！

这几天来，她一直在做一个梦，梦见席卷大地的熊熊烈火中冲出匹马单枪的豪麻来，他一个人，一路杀到野非门下，而二姐则陪着赤研家大大小小的讨厌鬼，站在城楼之上冷漠地看着他，在整个灞桥城的高墙之上，是一柄又一柄的飞鱼弩，那成千上万的箭头闪烁着夺目的寒光，瞄准着同一个人。

这时候，她真的气炸了，她打马冲到这个已经伤痕累累的人身边，扬起马鞭痛骂城楼上若无其事的扬一依："你知道他来到这里只是为了你一个人，你知道他跨越了多少江河山川、经历了多少风霜雨雪，才来到了你的面前吗？你知道吗！"

扬一依则在城楼上缓缓转过头来，带一点好奇地回答："我不知道，小妹，你知道吗？"

扬归梦想大声回答她："我知道！我什么都知道！"可是她却说不出话来，她惊恐地发现，在豪麻身后那熊熊烈焰深处，是一大片虚空。她吓得打马飞奔，看到的却都是一些若隐若现的影子，只有扬一依的话还在身后紧紧追着自己。

"你知道吗？"

"你知道吗？"

"你知道吗？"

扬归梦害怕起来。她发现，她真的不知道豪麻在哪里，不知道他在做什么,不知道他是否已经走出小芒山、为了扬一依重上战场,不知道他痛不痛、冷不冷、面上有没有风霜。

她纵马狂奔,沉默无言,一直跑到筋疲力竭。

而这个时候,梦中的豪麻偏偏会回过头来,对她说:"你为什么要逃呢?你就嫁给赤研恭,有什么不好?你离开了大安,以后我和扬一依就可以好好地生活了!"

这话就像刀子一样,直插进她的心里,从来极少流泪的她在梦里哭得稀里哗啦,不断辩解着:"我不是故意的,真的,我没想到阿爸会把二姐嫁出去,她那么温柔端庄,她可是将来要为扬家统制离火原的扬一依啊!"

然后,父亲那张严肃的面孔就会出现在自己眼前,说:"你娘要我对你好一点,她说女儿是宠不坏的,可我对你很失望。"

"娘?娘亲吗?"她又变成了那个孤零零的小孩子,虽然从来没有人告诉过她的身世,但她至少知道自己的眉眼与众不同,当扬一依在每年看望白夫人的日子里欢欣鼓舞时,她总要自己跑到百望台上,去往宁州的方向不断张望。

这样一梦套一梦地重复了几天之后,扬归梦真的顶不住了。她甚至要乌桕去封长卿那里弄些酒,喝醉了,才好休息一会儿。不然,她就要一直睁着眼睛。

她不可能永远不睡,所以梦是不可抗拒的。

梦境让扬归梦实在过于疲倦,所以她对现实反而没有了切实的感知。

恢复成一个活蹦乱跳的扬归梦又有什么好!这种沮丧从扬觉动宣布将扬一依嫁来南渚便一直缠绕着她。开始她当然是不在意的，可现在却一直想一直想。她想重新骑上她的小青马，抄起她的水月刀，去找到豪麻、找到扬一依，杀掉阻隔他们的所有人，把这两个日夜出现在她梦境里的人双手拉在一起，然后，她就可以好好睡上一觉了。

但是不知道为什么，好像这世间事，你越想，便离你越远。

自从在青云坊和赤研弘较量了一场，怒火攻心之后，自己的伤势就开始变得奇怪起来，摸一摸心口，那箭伤早已愈合，只余下一道微微隆起的伤疤，而那些曾在体内奔突、搅得自己五脏不安、六神不宁的炙热也渐渐消失了。只是此刻自己的身体，反倒愈发无力起来，她总感觉像有什么东西偷偷溜进了自己的四肢百骸，甚至接掌了自己的神骸，一旦自己想要有所动作，稍不顺意，便会被这东西沉沉压住，于是，便手也不是自己的手、腿也不是自己的腿了。

一场大雨接着另一场大雨，青水大涨，好像整个八荒所有的雨水都在向这里倾泻。于是，在困守平武的日子里，她又多了一项爱好，看雨。

和这看起来有些凑合的城池一样，众人落脚的翔集商栈也有些应付的意味。它是城里规模最大也最像样的客栈，除了临街的酒楼和三层的客房外，还在后身修了一个供客人休憩的院落。这院子说大不大、说小不小，里面池塘、荷叶、柳树、假山一样不少，不过风格上就有些一言难尽，毛竹和青石搭建的兰亭水榭虽有些毛糙，但还有些淳朴的边地风情，那红砖绿瓦的阁楼望所看起来过于俗艳了，却又带上点中州传统建筑的古朴味道。

今日又是一个雷声隆隆的雨日,发现扬归梦还在那四面漏雨的快意亭中,商栈的掌柜朱延喜便打着一把油伞匆匆赶了来。

"享姑娘,你便是赶我,有句话我也非说不可。"这里也是鸿蒙商栈的产业,这朱延喜是朱里染的本家侄子,已经颇有年纪,长相也带点因陋就简的意思。扬归梦一行已经在此滞留了好几日,对他也已经相当熟识了。

"朱掌柜,我说了不必给我准备饭了。"扬归梦扫了一眼他手中的食盒,便挪开了目光。她的眼前尽是些怪模怪样的假山柳树,再向上望去,天空阴霾密布,遮得一丝阳光也不见,那些不知道哪里来的无穷无尽的雨水,正顺着竹亭的檐角不断滑落,拉出一道道细细的银线。

她的心中充满疑惑,怎么离海远了,这水却越来越多了?

"享姑娘,我看你身子本来就不好,这几日阴雨连绵,这亭子里又潮又冷,你恐怕要被湿毒外袭,病症会加重的!"

扬归梦晃了晃脑袋,想把一头纷乱的思绪都甩出去。这个朱延喜一贯啰嗦,人却朴实,可能是在平武这种边荒之地苦心经营的缘故,相比灞桥鸿蒙商栈里面那些贼头贼脑、油滑浮夸的账房掌柜来说,他这一天天的唠叨,倒多是真心实意的。

"享姑娘,这里有一盅我让厨房赶出的葱白豆豉汤,你就算嫌屋子里面闷,不回去,也要喝上几口暖暖身子才好。"

他放下油伞,把手中食盒放在亭中的桌面上,从里面小心地捧出一个木盅,掀开盖子,一股热气升腾起来,汤水里面青的青、白的白,看起来倒是十分诱人。

"好吧好吧。"扬归梦探起身子,从灞桥一路跟来的月儿照例倒出一碗，自己先喝下一口。

"不必了，这命已经去了大半条，等会儿这汤凉了再喝一口，恐怕就全没了。"说实在的，以前的扬归梦还不是羊肉上手抓、稠酒大碗灌，什么时候要女孩子来试毒了？

"是。"月儿应了一声，却没有放下碗，而是回头看了一眼在回廊下远远坐着的张望，见张望照旧在那里贼眉鼠眼地关切，他点了头，月儿才给扬归梦盛了一碗，送到她嘴边。

"有点烫。"一口热汤入喉，扬归梦的眼前也腾起了一片白雾，果然觉得舒服了一些。

对于医术，她并不是一窍不通的，道逸舟博古通今，也曾想教她巫医、鬼神之术，不过她那时候一门心思要跟豪麻冲上风旅河战场，整日里专精刀马，对这些灵术却是从没上心过。这一次，她知道了，飞鱼弩未能穿心，靠的便是道逸舟为她打下的幽虚的底子，而那个小孩乌桕，小小年纪，也可以施展体察灵识的问心术。反倒是她扬归梦，羽客道逸舟的亲传弟子，竟然什么都不会，实在令人气恼。

不过，即便如此，她也知道，自己身体现在的鬼样子，和这阴雨湿毒，其实是毫无关系的了。

二

"好喝？那太好了！东西就放在这里，我一会儿叫小二来收。"朱延喜嘿嘿笑了几声，心满意足。

"慢走，"扬归梦一把扯住了他，道，"我想问问，平武侯东进也有一段时间了，听说四马原上已经打起来了，不知道你可有这方面的消息?"

"哎?"朱延喜睁大了眼睛,道,"姑娘,你们可是从灞桥过来的,这四马原在北面,你怎么会知道那边打了起来?"

扬归梦心道,不说青云坊那个死肥猪是个超大喇叭,那一群群士兵穿城而过可是自己亲眼所见。算算时间,只怕此刻李精诚已经攻到了花渡城下,李秀奇带走了几乎整个平武的野熊兵,不是去四马原伏击南方三镇,难道是去金麦山围猎的?

不过此刻朱延喜的疑问,也有十足的道理,这个消息却不是早就从灞桥出发的普通商旅能知道的。

若是一般人,可能便被问住了,不过她扬归梦什么场面没见过,强词夺理,本来就是她的拿手好戏啊。

"那你说说,你足迹不出平武,最近连灞桥都没去过,我又为什么问你?"扬归梦眉毛一竖。

"啊?"朱延喜到底是个老实人,被她问得混乱起来,愣了一刻,才道,"是是,姑娘一定是从这几日进城的猎户那里听来的。"

"你且说说,我为什么要从猎户那里听来!"

朱延喜轻咳了一声,稳了稳心神,道:"此处去四马原,要先走赤叶,穿长葛,北上西望山,从往流集到永定,才算到了四马原,少说也要两旬的时间。不过,猎户们却可以穿过响箭森林,只要翻过济山山脉,便是原乡了。因此从赤叶那边来的消息,至少都是十几天前的,如今姑娘消息灵通,那必定是济山猎户们谈论的了。"

"是了,就是猎户跟我说的,"扬归梦费了些气力,才能盘起自己的腿来,道,"听说花渡那边打得厉害,李秀奇和吴宁边

旧时雨 9

的大军联手，莫说花渡，连永定也快被攻下来了。"

"欸？不会不会！这说到哪里去了，都是没影的事儿！"朱延喜连连摆手。

"我看他们说得有鼻子有眼的，如何没影了？"

朱延喜道："前几日，四马原上是爆发了大战，究竟谁跟谁，大伙莫衷一是。不过，那花渡并没有被攻下来，更不用说永定了。"

扬归梦心头一紧，道："这么说，吴宁边的军队溃败了？"

"那倒也没有，听说永定的骑兵和南渚的赤铁，一起与吴宁边的精兵大打了一场，大概算势均力敌吧。赤铁损了不少兵将，八成对方也没有讨到什么好处。不过啊，"朱延喜叹了一口气，道，"听说啊，冠军侯在沙场上战死了！大战初起，便折损了大将，这可不是个好兆头啊！"

"什么？冠军侯？那个赤研星驰？"

"是，前世子的儿子！"朱延喜放低了声音，左右看了看。

"他是怎么死的？"

"这个嘛，就真的不知道了。"

"行吧。"朱延喜是个老实人，他说不知道，那便一定不知道。

扬归梦心里一阵烦躁。

她第一次跟着扬觉动上风旅河战场，没能临阵，却见过了厮杀后遍地狼烟的惨烈。虽然那时候她还小，但对这个赤研星驰印象是颇深的，主要是因为豪麻和他还蛮投契。而在战后大家喝酒庆功的时候，豪麻滴酒不沾，她便在心底自代了豪麻去找人喝酒，庆功宴上那么多人，偏偏只有这个赤研星驰婉拒了她，也因此让扬归梦记住了他。

这个赤研星驰，是不是总是这样不合时宜呢？青云坊里，她要寻机会杀掉赤研弘，在她的怂恿下，赤研弘正铆足了劲儿要证明自己的勇悍，拿一把刀子就往那个小贼的心口里面扎，又是这个赤研星驰突然拦住了正在发疯的赤研弘，让她功亏一篑。

她还想着再见面时找他算账，这么精神的一个大活人，居然死在战场上了吗？

若不是这时候想起了豪麻也同样有可能死在沙场，她真想在心里骂一声死得好，可这人到底有什么不对，她又的确说不出来。想了又想，只能作罢。

"哎？享姑娘，封先生和那个小兄弟回来了，你们慢慢聊，我这前面还有点事情，那汤如果你喝着好，就差人跟厨房说一声，我那料都是现成的。"

"好，谢谢你了。"眼见着朱延喜也没什么更确切的消息，扬归梦有些失望。

朱延喜笑嘻嘻地撑开了油纸伞，也是，山中的猎户，对战场能有多少了解呢？这南渚朱家的商栈，已经是平武最集中的消息往来之地了，朱延喜不知道事，大概别人也不会知道了。

雨幕中，封长卿和乌桕，一大一小两个人影快步走了过来，后面还跟着一个小啷当，是蹦蹦跳跳的越传箭。

"姐姐师父！"离得好远，越传箭就喊了起来。

扬归梦的嘴角浮起了一丝微笑。这一路无聊，她得空就用吃的做诱惑，教传箭技击之术。教着教着，她发现这个小姑娘很有天分，索性就强行收了做弟子，过一过师父瘾。好在越传箭根本不明白师徒是什么意思，只要有包子吃，要她学便学，要她拜便拜，百无禁忌。

"封先生，怎么了？"扬归梦先握住了越传箭的手，看到封长卿的脸色不对，便随口问了一句。

"嘘。"封长卿将食指顶在嘴唇上，示意扬归梦不要出声。

"嗯？"扬归梦真是莫名其妙，现在雨声滂沱，自己作不作声有什么关系？再说，如果真的有人要来偷袭，张望和跟来的赤铁们也不是吃素的，怎么可能一点反应都没有呢？

扬归梦的想法并非没有问题，她刚觉得这个一路过分紧张的张望不可能对异常没有反应，雨幕中，羽箭便一支接着一支地破空而来。

乌桕翻身神速，一把拉过越传箭抱在了怀里，而封长卿则抄起了桌上的食盒挡在身前，波波波，三声连响，三支箭都钉在了那食盒之上。

散在院中护卫的赤铁被突袭弄了个措手不及，已有几人被射倒在地，血水顺着雨水在院中四溢开来。这一团混乱中，亭中的扬归梦反而成了最没有防护的那一个。谁也没想到，冲向这亭中的一个武士，却被上前一步的月儿拦住了。

"你们是什么人！"

张望眼望着这边，却被挡住，焦急之下，已经把手中的长刀舞成了一团雪花，此时院子里乒乒乓乓连声不绝，偷袭者和赤铁们已经打作一团。

封长卿却对身边的一切充耳不闻，只是眼帘低垂，一脸严肃地把那插了三支箭的食盒又放回了桌上。

"喂！你倒是管管他们啊！"扬归梦看他神游天外，忍不住喊了起来。

不料封长卿又把食指比到了嘴唇上,道:"不要吵!"

这一下扬归梦真是给气死了!如果她现在还能够提刀挥剑的话,她真想一刀先砍了这个老酒鬼。

这时候,抢过来的两个武士逼住了月儿,另一名蒙面的男子终于冲到了扬归梦的身前。扬归梦看着那明晃晃的刀尖,也没有什么好办法,只能瞪圆了眼睛,怒目而视向对方。

然而,那人却一把扯下面罩,喊了一句:"公主,快走!"

危急存亡之际,封长卿依旧呆立不动,乌柏已经和越传箭双双抢到了那武士与扬归梦之间,不同的是虽然两个人都要保护扬归梦,乌柏是闭上眼睛、蜷起双臂,捂住了自己的头,而越传箭则运气凝神,一拳重重打在了那人的大腿上。

这人一开口,扬归梦真是又好气又好笑,她熟悉的人里,说话带着浓浓的旧吴南部口音的,只有一个人,土包子李子烨。

果然,她很快看到了那被自己砍断的半边眉毛。

"乖徒儿,不要打,这是自己人。"她没气力提刀,摸摸越传箭的头还是可以的,就在这短短的一瞬,越传箭充分施展了她这些日子学到的全部本领,李子烨身上大概已经被打了十几拳。

这一刻,扬归梦真是有些许欣慰。这个小姑娘真是个打架胚子,在她这一轮猛攻之下,李子烨的托大必将付出惨重代价,如果不是她只有四岁的话。

"要往哪里走!"

一声大喝,张望纵身跃起,猿猴一般远远荡了过来,这横

旧时雨 13

着截来的一刀老道狠辣，李子烨不得不防，于是在他抽刀回手之际，两把钢刀擦在一起，蹦出了一串明亮的火花。李子烨虽然精于技击，但也一时被逼得无法开口。

看他们一时也分不出个高下来，扬归梦摇摇头，索性又躺了回去。这时候，封长卿却忽地双眼瞪圆，那对肿眼泡摆了一摆，道："快走，不然来不及了！"

他手抓起乌桕的背心，抬腿就走，却没扯动，回头一看，乌桕已牢牢抱住了越传箭，而越传箭则牢牢抱住了扬归梦，三个人连成了一串儿。

"带上传箭一起走！"

"姐姐师父不走，我就不走！"

两个孩子用尽浑身力气，像两把铁索，把封长卿和扬归梦牢牢锁在了一起。

"哎呀，"封长卿用手疯狂挠头，道，"算了算了，一起走！"

他上前一步，猛地把扬归梦扛了起来，拔足飞奔。

"不许走！"

"哪里走！"

又是两个人一起说话，不过这一次同时说话的，却是张望和李子烨。看到扬归梦要走了，两个人都仓促出刀，想要逼退对方，结果又都不得不防。这下可好，谁都没走成，又纠缠在了一起。

"跑跑，跑跑，快跑。"封长卿一路嘟囔着，一溜烟扛着扬归梦冲进了马厩。

"上马！"他把扬归梦和乌桕推上了一匹马，自己带着越传箭上了另外一匹。

"走了!"他照着马屁股就甩了一巴掌。

"封先生,我不会骑马啊!"乌柏拉着马缰,腿还够不到马镫,只能大叫。

扬归梦刚才被封长卿扛着跑,被晃了个七荤八素,这时候稍稍缓过神来,只能伸出一只手,拉住了乌柏的腰带,道:"把马缰给我,你把马脖子抱紧了!"

她试探着用一只手拉了拉马缰,深深出了一口气,觉得好像自己还可以,便拉开嗓子喊道:"老酒鬼,我们去哪儿呀!"

三

封长卿的马已经跑起,大雨中传来些模糊不清的声响,哪怕扬归梦竖起了耳朵,还是无法分辨。

她努力了又努力,发现完全没有气力,无法抓住乌柏的同时再分心驭马,只能自暴自弃地道:"算了,让他自己去疯,我们就在这里等着吧。"

"扬姐姐,你俯身拉住马缰就好。"乌柏忽地说了话。

"什么?"此刻扬归梦从上到下已经被淋了一个通透,正在气恼封长卿的忽然发疯。

"浮生,"乌柏道,"封老师刚才说的。"

"浮生?什么浮生?"

乌柏却没有理她,甩去了脸上的雨水,慢慢闭上了眼睛。

封长卿此刻已经带着越传箭跑得没了影儿,扬归梦连下马的气力都没有,只能试着弯腰抱住乌柏,拉紧了缰绳。

旧时雨　15

然后她在密集的雨幕中,看到了一滴特别的雨水,它在空中颤抖着、晃动着,闪着一丝晶亮的光芒,在极其缓慢地下坠。扬归梦的全部注意力都被它吸引了,甚至都没有回头去看一眼身后腾起的嘈杂喧哗。

就在这滴奇异的雨水落到地面的小小的水洼中,溅起水花的那一刻,她胯下的这匹马儿忽地甩了甩鬃毛,打了个响鼻,开始小步奔跑起来。

这是怎么回事?扬归梦下意识压低了身子,马儿在经过几步试探性的小跑之后,也开始慢慢加速,放开四蹄,越跑越快!

哪怕是在这溜滑异常的青石路面上,它也能发足狂奔,好像长了眼睛一般,每一步都稳稳踏在青石的罅隙,很快,便在雨幕中冲出了一团白雾。

这是怎么回事?这普通的矮脚马居然跑起了速度,那种悠游自在,竟然远超过她骑过的离火原上的骏马。不,是超过了她见过的一切良驹。

当马真的奔驰起来,风雨便变成了一道道鞭子,抽在身上火辣辣的。一片迷蒙的水汽中,她不但睁不开眼,连嘴都张不开了,只能任由胯下的骏马带着自己和乌桕飞驰向前。渐渐的,身后李子烨和张望的声音消失了,甚至整个模糊的世界都不存在了。

浮生、浮生?刚才乌桕简单的一句话,就在她的脑海内盘旋,这两个字她好像觉得很熟悉,又觉得非常陌生,只是越用力去想,越没头绪。她只是在惊叹,这马儿怎么能在这样的速度下还跑得这样平稳。直到她的眼前掠过平武城门洞宽厚的黑影,直到天空中忽然响起一声尖唳的叫声。

这一声啸叫穿透了雨幕,唤醒了她的记忆。"道逸舟?"

她不禁抬起头来,望向遥远的苍穹,喊出了这个名字:"道逸舟,是你吗?!"

遥远的天空之上,一只鹰隼正张开翅膀,浮在云雨之中翱翔。她的眼睛湿润了,他跟着道逸舟学艺八年,也只听过一次羽隼尖唳的啸叫声。

那是她和道逸舟逃出毛民镇,穿过百鸟关的那个下午。那时道逸舟护着她一路西逃,父亲派来的虎卫在后面紧紧追赶,也是一个雨天,他们被逼上了百鸟关悬在云雾间的石梁栈道。

这条路,实在是太过险峻,加上烟雨迷蒙,十步开外,就是一团模糊,就算扬归梦生性悍不畏死,也不想就这样坠下万丈悬崖,才走了几步,她便实在腿软,再也走不动了。

"百鸟关、百鸟关,对鸟儿们来说,都是雄关,何况我们这些人呢?"道逸舟叹了一口气,让她闭上眼睛。

闭上眼睛,难道就可以飞过去吗?她不仅气道逸舟,也气自己。总之,就算是死,她也绝不会嫁给什么赤研恭。可是就这样死了,便再也见不到豪麻了,是不是有点可惜呢?

她还在心绪烦乱,道逸舟已经拉起了她的手,在那峭壁湿滑的栈道上狂奔起来。就像此刻在这马背上一样,她的人似乎失去了重量,随着那细细的雨滴在空中飘荡,她忍不住睁开眼睛,发现道逸舟的双眼也是紧闭着的,这让她着实吓了一大跳。

随后她才发现,在道逸舟的前方有一只鹰隼,正在振翅疾冲、穿云裂石地一路伴着他们飞翔,直到他们平安到达垭口,

旧时雨 17

那鸟儿才砰的一声,化作无数凌乱的长羽,而道逸舟则小心地拈起了其中平淡无奇的一根,收入怀中。

"快走吧,"道逸舟看着目瞪口呆的扬归梦,道,"你不是说,灵术都是装神弄鬼的吗?这下,知道为什么我这样的灵师,被称为'羽客'了吧。"

是了,那电光石火的一刻重又回到脑海,她努力睁开眼睛,发现身旁多了一马二人,正是封长卿和把他抱了个结结实实、一脸兴奋的越传箭。

无论多险峻的道路,这马儿也如履平地,她松开一只手,抹去脸上的雨水和泪水,笑道:"老酒鬼,你跟我说,是不是道逸舟回来了,你才会这样害怕?"

封长卿则苦笑道:"若是他回来就好了,他对这个小鬼头没兴趣,"他指了指乌柏,"这世上的羽客,也不止他一人啊!"

前方便是青水,马匹再也过不去了,后面众人已被远远甩开,四个人钻到已经无人的野渡口去。封长卿在茅屋里寻了一条久已不用的破船,大家谁都拉不动,还是两匹跑得几乎泛了白沫的马儿发挥了最后一点作用,好歹将船拖到了河中。

可是当四个人都上了船之后,新的情况发生了。雨后的青水,已经枝蔓得看不出明显的边界,封长卿倒是想要渡过青水,走上去赤叶的官道,可这小船却偏偏不听使唤,在水中间打起旋子来。

"快,用力划!"封长卿丢过一只木桨来,乌柏接住,跟着他的指挥,努力划了起来。

"刚才那个浮生术,是灵师的鬼神技吧?"扬归梦帮不上忙，已经自行放弃。

"是啊！"封长卿嘿嘿笑起来，这时候还不忘了打开随身的葫芦，抿上一口酒，道，"怎样，我的弟子，还不错吧！"

"可以。"扬归梦白了他一眼。

她终于想起，这些东西她其实并不陌生。灵师的灵术分为巫医、星辰和鬼神三大部。这浮生术，对应五星七曜中主掌希望的未央星，是灵师鬼神部的重要技能。具体说来，便是可以将施术者的灵识、知觉附身于有灵的飞禽走兽之上，从而操控被附身的动物。刚才自己和乌柏所骑乘的马儿其实不是在自行奔跑，而是乌柏在用浮生术进行操控，这和那一日小莽山中的道逸舟在目不能见的情况下，运用凝羽术放飞了羽隼探路是一般道理。

"这么说，那不是他咯？"扬归梦抬起头来，在那一片片乌云的背后，寻找着适才那鹰隼的踪迹。

封长卿摇摇头，道："自然不是。那一日鸿蒙海上他强行召唤重晶，已经形神俱灭，除非有人用南山珠来救他，恐怕他再也回不到这世间了。"

这句话他的语气有些沉重，眼神还有一个莫名的停顿，好像想起了什么事情。

"你的意思是说，若是有了那个劳什子南山珠，他便可以死而复生吗？"

封长卿回过神来，咂了咂嘴，道："正是，有了南山珠，不消说他，任谁都可以死而复生。"

扬归梦眼珠一转，道："那哪里可以找到这种珠子？"

封长卿道："你又在打什么主意？"

扬归梦道："也没有什么主意，就是想着有备无患，万一有一天我自己不小心死了呢？"她嘴硬不肯承认，心里面想的其实是下落不明的豪麻。

"我知道南山珠在哪里！"乌柏突然开了口。

扬归梦心中一喜，道："你说，这珠子在哪里？"

"在青云坊的陨星阁里，萨苏就是靠了它，驱动了上古星盘。"

"转动星盘，经天蠡地这件事，不是你干的？"封长卿两道眉毛挤在了一起。

"是萨苏启动了星盘。"乌柏一直在观察封长卿的反应。

"萨苏是谁？"封长卿疑惑地把乌柏上上下下打量了一遍，道，"难道我当年喝多了，抱错孩子了？"

"萨苏……"乌柏咽了一口唾沫，不知道该如何说下去。

"就是那个厨房的小孩，差点被赤研弘弄死的那一个，害得我只能吃兼味斋的点心。"扬归梦看乌柏吭吭哧哧说不出来，索性把话接了过来。

封长卿意味深长地看了乌柏一眼，道："说实在的，若不是你，我也就放心了，我年纪大了，也不想再搅和这些事了。"

乌柏眼珠转啊转，想了半天，才道："但是，星盘是我停下的。"

于是这小船上余下的六只眼睛都齐齐望向了他。

"所以你见过那珠子咯？"扬一依的心思，却全在那颗南山珠上，"那这样，我们现在就折返回灞桥去，拿了那珠子在手，如何？"

封长卿摸摸脑门，叹了一口气，道："还真的是你，你以为是谁在追我们？如今全天下的灵师，都在找一个能够应和南山珠的人。没错了，就算我看错，那人也不会看错。你八成还真就是那转世的白冠了。"

"白冠？"扬归梦总觉得这个词很熟悉，可又一时想不起来。

"白冠，"封长卿幽幽道，"全天下灵师的王。"

"原来，你和这小子并不是要护送我北上日光城的。"扬归梦恍然大悟。

"是啊，人间的王对于灵师来说，有啥意义呢？日光王对我来说，还不如一壶好酒，更不用说什么南渚大公、世子了。护送你的人，也在后面紧着追呢。"封长卿又抄起了他的木桨，在水里搅啊搅，道，"再说，回去也没用了，这个小兔崽子毁了一颗南山珠。这下子，他在整个八荒都藏不住了。"

"南山珠，毁了？"扬归梦瞪大了眼睛。

"是啊，旁人靠南山珠催动星盘，已是难得，停下星盘，更是不易。这小子无知无畏，在星盘高速运转中强行冲出螭獸天，那南山珠内的重晶之华，此刻已经碎裂成尘了。没有这次波动，我们也不会被盯上。"

"可，我看那珠子还在。"可能因为毁了稀世珍宝，乌桕的声音有些弱弱地，底气不足。

"假象残骸而已，"封长卿把木桨往水中一丢，拿出酒壶来，道，"火曜预言居然是真的，让我缓缓。"

"如果再启动又会如何呢？"乌桕忽地问道。

"轰！"封长卿十根手指向上一扬，比了一个爆炸的姿势，"这八荒，上古星盘也没有几块了。"

再没有人说话了，只有雨越下越大。这小船平日里只是摆渡载客临时用用，连个遮雨的篷子也没有装，此刻就在这青水上一上一下地缓缓漂着。

越传箭半天没人搭理，终于哇地一声哭了出来，抽噎道："姐姐师父，我饿了。"

四

吧嗒吧嗒。

"吃吧、吃吧，慢点吃，不够还有。"说话的，是赤叶城的都尉东双河，东姓是浮玉蛮族中的大姓，这是他自己介绍的。

被困在青水上转了无数个圈子之后，他们的小船终于随波逐流地漂向了赤叶城。很快，小船就被浮玉的士兵们发现，他们伸出绑着铁钩的长长竹竿来，搭在小船的船头，把他们一行四人拉上了岸。

此刻，扬归梦一行已经在赤叶城的雷谷堂中，围着一大盆炭火吃这边特有的烤米粑了。

雨还在不停地下，满屋子的兵士都和扬归梦一样，看越传箭蹲在地上大口大口地吃着。

和吴宁边、南渚的军士们都不同，赤叶城的士兵们身上的甲胄粗陋得多。皮甲铆钉之外，还有许多部分是藤竹编制的，那上面不知擦了什么东西，抹去了竹青的色彩，代之以棕红色的光亮。就连身上的武器，除了钢刀之外，也还挂着一些竹枪竹刺作为补充。

扬归梦到了这里才知道，这世上不是所有的城郭都有高墙深池，也有像赤叶城这样敷衍潦草的。这所谓的赤叶城，其实并没有个城池的样子。若说它是城，也不过是在河谷间背山的一片缓坡上，生长出来的一层又一层的形制奇特的高脚竹楼，又由这些高地三尺的竹楼环环相扣，结成了互为呼应的村寨。

这里之所以叫赤叶城，也许就是因为不知是谁，在这聚居的村寨外用巨石和灰泥砌出了一人高的矮墙吧。进了赤叶城，因为这里的建筑都高高支起，脱离地面，又有若干同样石砌的碉楼星散在竹楼之中，用以观察和守卫。所以乌桕和越传箭都觉得格外新鲜，传箭更三番五次地说，自己就像小矮人一般。而如今众人所在的雷谷堂，正在这赤叶城的中心，是这城中少有的石砌建筑，坚固厚实。在这雷谷堂旁的碉楼上，还置有一口大钟，据说凡有战事和急务，只要敲起这钟来，整个青沼之畔，都可以听到它的回响。

"这么大的雨，连渡口都被冲没了，你们怎么还要渡河？"

越传箭终于吃下最后一口米粑，众人这才如释重负地缓了一口气，不用再担心她继续吃下去要撑坏自己的肚皮。

而东双河也终于开始打听起他们的来历来。

听了他的问话，除了越传箭还在舔手指上的米粒，乌桕和扬归梦不约而同都看向了封长卿。

"你们是要北上的客商吗？货物被水冲走了？这城里有你们南渚人开的商栈，我可以叫人送你们过去。"东双河好奇地搓搓手，又对左右道："哎，不少日子了，好久没见那边有人过来了。"

"是啊，这雨下起来就不停，商路断了，西望山的皮货也进不来，这阵子，可真是清净了。"东双河身边的卫官姓赵，正脱下脚上的靴子，在木地板上敲打着已经干掉的泥巴。

"不过，听说永定那边不再封锁官道，近些日子有不少北方的客商来，不少已经到了长葛了。"

"这样好，省得那些南渚人什么破铜烂铁都拿来换我们的稻子。"

暖暖的炭火燃烧着，这雷谷堂里弥漫着一种慵懒的气息。虽然东双河问的是封长卿，但也没人等他们的回答，这边赤叶城的军士们倒自顾自地聊了起来。

"听到了吗？"封长卿看看乌桕。

乌桕点了点头。

"听到什么了？"扬归梦好奇，小声问。

"那只羽隼，还在。"乌桕用手向上指了指。

"是吗？"扬归梦抬头，映入眼帘的不过是这栏杆碉楼倾斜的屋顶，竖起了耳朵仔细去听，却只有风声、雨声和木炭爆出火花的哔哔啵啵声。

"我们不是客商。"封长卿清了清嗓子。

他这时候已经脱去湿衣，换上了一件浮玉士兵的棕色长褂，腰间随意系了一根麻绳，加上他短短的头发和常年酗酒喝出来的一副肿眼泡，看起来愈发不伦不类了。

他四下里瞄了一圈，道："实不相瞒，我们冒着大雨赶到咱们这里，是来找人的。"

"哦？你们在这边有亲友吗？"东双河的注意力被拉了回来，士兵们愈发好奇了。

"我要找的人就在长葛。"

"说说嘛，没准真的认识。"

"那自然，你们一定认得，他姓姜，单名一个潘字！"封长卿一本正经地说完，满屋子人哄堂大笑起来。

东双河道："老丈，不管是你们失了盘缠，还是就是奔着免税田来，赤叶城都有一口饭吃，尤其看你们一家人，像个能写会算的样子，稍微勤勉些，在咱们这里过上体面的生活，不难。实在是不用攀姜潘大人的关系的。"

封长卿眼睛一瞪，道："你看，你要问，怎么我说了，你还不信！我是他的旧年老友。"

东双河笑得一脸憨厚，道："老丈，姜潘大人是从北方来的，你这是从平武来，这一南一北，方向就不对，大家都看在眼里的。再说，姜潘大人这些年来了浮玉，就没离开过，哪里会有你这样的老友？"

封长卿在那里随口胡扯，扬归梦本来已经有些烦了，这些个赤叶城的守备们，又对封长卿的表现乐不可支，更让她恼火。她开口道："谁跟他是一家人！还有，他说话，你就听着！很好笑吗？"

扬归梦虽然病势不轻，但是冷起脸来，那一股自小生得的威严之气还在。这几句话说得声色俱厉，东双河一愣，不由得把后面的笑声都憋回了肚里。那正抡着靴子敲泥巴的赵卫官也犹犹豫豫地把靴子穿了回去。

东双河道："诸位，我虽然是个都尉，但这边地小城的守备都尉，论职级，也是和姜潘大人说不上话的。你看，既然你们坚持说是姜潘大人的故旧，那么，总要给我些由头，我也才好向长葛通禀才是。"

封长卿刚要说话,扬归梦已经抢先把话头接了过去,道:"要什么由头!我们在灞桥,见赤研井田,也还不是说见就见,你怀疑他去攀姜潘,说什么姜潘没有离开过浮玉,你以为他们相识,便是在这几年吗?"

"这?"东双河有些尴尬,看看封长卿,满脸不可思议,看看扬归梦,又带上几分犹疑,终于道,"这位姑娘,姜潘大人是大公的上宾,老丈若真是他的朋友,我们怎么敢怠慢。"

"我看不如这样,"他舔了舔嘴唇,试探道,"等雨势稍歇,我便亲自送几位去长葛城,好不好。"

扬归梦自然知道,封长卿这个样子,莫说他是姜潘老友没人相信,就算说他是任何稍有身份的人,恐怕也一样没人信。这局面,恐怕全要靠自己来撑了。这时候,她又有些想念土里土气的李子烨了,哪怕,是那个天天皱着眉头的张望在也好呀。

"封长卿,你说,你是什么时候、在哪儿,遇到的姜潘,又怎么结成朋友的?"

"啊,这个,"封长卿挺直了身子,道,"十四年前……"

"好了,不要说了,"扬归梦打断了封长卿,向东双河道,"你听到了吗?"

"啊?"东双河被她盯得心里发毛,开口道,"听到了。"

"你准备一下,我们现在就出发去长葛!"扬归梦把手伸进怀中,摸出那张自打她离开吴宁边就再没有花出去过的银票来,抖了一抖,向东双河甩了过去。

东双河跑上一步,把那银票郑重捡了起来,细细看了一遍,道:"这是什么?"

赤叶城没有合适的马车，扬归梦依旧骑在矮脚马上，身前坐着乌桕。只不过这一次，她已经戴了斗笠，披上了赤叶城能找到的最好的蓑衣。

也不知是这东双河果然心眼实在，还是他最终搞明白了那一千两银票的功用，总之他真的准备了一大堆雨具和家什，带上马骡和几个士兵，如约要陪扬归梦一行上路了。

"此去长葛二百里，路并不好走，诸位，请一定跟紧我们。"不管如何，东双河是再也不敢开封长卿的玩笑了。

扬归梦却依然皱着眉头，也不知道什么人在后面盯着，这封长卿不是赶时间吗？现在这队伍里面带上几个士兵也就算了，搞了几匹驮着辎重的骡子，这速度如何快得起来。

东双河态度太好，她一肚子无名火无处发泄，现在正要找封长卿的麻烦，不想封长卿自己主动凑过来了。

"扬姑娘啊，你刚才，为什么不让我把话说完？"

"让你说完？你万一说漏了，我们还走不走了！"

"什么？漏什么，怎么漏？"封长卿眨眨眼，肿眼泡也跟着抖了一抖。

扬归梦怒道："你真的认识那个劳什子姜潘吗？还不是过龙牙口时候，听那个姓史的船工说起来的？"

"我认识啊！"封长卿正了正斗笠，道，"十四年前，他十九岁，是日光城里一位好少年，肥州的少年公子里面，数他最为博识俊朗，不知道牵动了多少少女的心啊！"

封长卿一边说一边摇头晃脑，啧啧有声。

扬归梦却愣住了，想不到，这个酒腻子还真的认识如今浮玉的这位大人物。

她低下头,发现乌桕的眼睛瞪得溜圆,也在看着封长卿。

她还要想着说些什么,空中又响起了那如影随形的羽隼唳叫,这让她想到了更为重要的事情。

"老酒鬼,我问你,现在后面这个鬼一直跟着我们,到底是什么来头,究竟会有什么后果?为什么我们一直跑,你打不过他们吗?"

封长卿长长出了一口气,道:"你说,如果你是现在晴州灵师的大宗主,僭位自封白冠,掌握天下灵师的生死存亡,然而有一天,忽然有人告诉你,真正的白冠可能重现世间了,你会怎么办?"

"当然是找到正牌白冠,让出位子了。我就不明白,这些东西到底有什么好争的。"

也的确是这样,在扬归梦心底,除了一点放不下的温情,天下事,也确实没什么值得争的。

现在轮到封长卿瞪眼了,伸出一只大拇指,道:"小姑娘,你这心胸,不愧是扬家的女儿!不过说归说,他把这羽隼都放出来了,还不快点跑,那就真的死定了!"

"现在我们这老的老小的小,有马有骡,如何快得起来?"扬归梦想到刚才自己居然被这个老酒鬼唬住,又气不打一处来,道,"人家一只鸟,你怕什么!你也是个羽客,刚才我们在河上,你怎么不用用灵术,让我们快一点过河!?"

"啊,流光、浮生、牵风、凝羽,"封长卿还没有完全醒酒,掰起了手指头,抬头道,"鬼神术里面,好像没有渡河这一项啊?"

"那我就放心了!"扬归梦没好气地说,"后面跟着的那个王八蛋,大概也没那么快能追上来了!"

五

从赤叶往长葛的这一条商路,临水凭山,五里十里,就有街亭村落,如果不是那些形制奇特、平地拔起的栏杆竹楼,没有冲毁了塘坝四处漫溢的青水,竟会给人平明古道上墟烟村落、鸡犬相闻的错觉。可见平日里,这深林大泽旁的浮玉也并不像人们印象中的蛮荒原始,相反,这里的人们倒颇有一番独特的悠然自得。

这一路虽然道路难行,但走得最惬意的,却是东双河。看得出来,他经常往来于赤叶、长葛之间,浮玉人亦兵亦农,出了赤叶城,他的身份便也含糊起来。这许多大大小小的村落,他一路打着招呼,大家便拿出好酒好肉来款待。东双河也毫不客气,大声地给乡民们介绍:"那,我身后的这几位呢,就是姜潘大人的老友了!"

越传箭每天吃得开心,封长卿的酒更是可以喝个够,不过两日的工夫,走着走着,对于天上还有羽隼、后面尚有追兵的事情,便再也没人提了。

说不意外,是不可能的。无论是吴宁边或南渚,甚或是幼时去过的日光城,扬归梦从来没有遇到过如此淳朴而没有戒心的乡民,无论怎样离奇的传言,你坚持说下去,他便信了,可是他即便信了,该做什么还是要去做什么,似乎那些天下刀兵、打打杀杀的事情,永远也不会发生在自己的身上。

对于浮玉人这样随遇而安、心满意足的生活状态,她是很好奇的,也忍不住去问东双河。

东双河便道,以前姜潘没有来到浮玉的时候,大家种不好地,更不愿意当兵,每年就靠这浮玉泽的水产和林子里的猎物,连吃饱饭都是大问题。除了数十年前出了一位想打通三泽水的南渚王赤研夸,这地方更是穷得都没人愿意攻占,怕占了下来,反而成为沉重的负担。而今大家有酒喝、有肉吃、有米卖,和和乐乐的,什么王霸雄图,对于这里的乡民来说,真是不存在的。

这样的生活,对扬归梦来说,总有那么一点不可思议,觉得自己以前在大安城叱咤风云的日子,似乎也未必比这里的乡间少女更加快乐。只是,快乐归快乐,她毕竟是扬觉动的女儿,心底也多了一层隐忧。以前的浮玉是穷山恶水,可以自外于天下;可如今的浮玉,人也多了,米也多了,就没有人眼红吗?这样的好日子,还能过上几天呢?

已经是第三日的傍晚,众人歇脚的,是长葛西南的小镇仰枝,照例是镇上的高脚驿站。屋中火塘生起一堆火,众人便在一旁的矮桌上吃吃喝喝。

封长卿和东双河走了这一路,越来越投契,不过片刻工夫,二人已然喝得脸红脖子粗。这时候两个从往流集赶回青沼的行商引起了大家的注意。因为他们带来了"滞后"的消息,前阵子永定城的卫成功回了城后,就把市恩镇通向往流集的商路再次封了,听说这一次,他亲点起永定的大军,向东往花渡去了。

既是如此,花渡首战之后,恐怕三镇兵马要面对更加严酷的考验了。听到这消息的那一瞬间,扬归梦终于又把自己从这宁静和乐的大梦里拔了出来。

她用手肘点了点封长卿。

他猛然警醒,睁开了蒙眬的醉眼,道:"二位,这是什么时候的事,不都说卫成功死在了灞桥吗?"

"死在灞桥?没有的事!"两位行商对望了一眼,"返回永定的棺材里根本没人,倒是前月刚入雨季,还没等青沼的水涨起来,卫成功就从这一条官道上星月兼程,返回永定去了。"

"再说了,除了他,也没有人能调得动那些坦提骑兵。"

"就是,真是倒霉。还以为这一次的皮货可以在往流集卖个好价钱,没想到,这卫成功回去的第一件事,便是把商路重新又封了。"

"他那是防着我们哪,怕他带着永定的营兵一走,季大公会调兵去叩关,趁机把永定城打下来。"东双河又给自己和封长卿各倒了一碗酒,举着酒坛子,冲那二人道:"这边一起喝点呗?"

"好,好。"常年在路上走的行商,大半都是话痨,东双河这一句话,两个人索性端着碗碟都挪了过来。

"打永定?他可真是想多了,现在长葛城里安静得很,大公恐怕都懒得往北看一眼呢。"

"哎,也不能完全这么说,就算大公没有这个意思,姜大人可未必没有,大公顶着木莲的压力将他留在了长葛,也有七八年了。过去大北口以东那一大片土地,可就被卫成功找借口给夺了去了,姜潘大人可是一直觉得对咱们有所亏欠呢。"

"也是,也是,太可惜了。"聊到兴起,东双河咂着烈酒,

旧时雨

嘴里啧啧有声。

"怎么回事呀？"扬归梦又点了点正在摇头晃脑的封长卿。

封长卿放了手中的瓷碗，拿手指沾了碗中的酒，在桌面上东倒西歪地画了起来。

开口的，却是乌柏："沿着西望山向北直到百里镇，原来都是浮玉的疆域。从往流集到百里镇总也有二百余里，从百里镇和往流集，到东边四马原上的市恩镇，也差不多这个距离。三镇之间的这块三角区域，是那个姜潘来了浮玉后，卫成功借着替木莲讨伐朝堂之乱的名义硬抢了去的。"

扬归梦愣道："你是怎么知道的？难不成你真的是那个什么劳什子白冠转世，可见过去未来？"

乌柏脸上一红，道："青云坊里，什么八卦都有。我要真是白冠转世倒好了，晴州白冠，又号称牧灵天神，我要真是白冠，先让封老师戒了酒，他是肯定不敢不听的。"

扬归梦看了一眼正飘飘然的封长卿，小声道："喂，你说，前几日那羽隼，是不是这个老酒鬼编出来骗我们的，其实我们身后并没有什么危险紧咬着不放。"

乌柏摇摇头，道："这个真不是，我们后面，确实跟着很厉害的人物。"

"怎么个厉害法，封老头不也是个羽客吗？"

乌柏道："那还是不一样。灵师的等级，是以鬼神技中的凝羽术来区分的。通的黑衣灵师，是无法施用凝羽术的；高一等级的方士，可以凭借带有重晶之力的法器在短时间内偶尔施术；而羽客，便是那些无需借助任何灵物，可以凭借体内的星辰应力在虚空中化出羽隼的人。能做到在虚空中化出羽隼这一点，便是常人眼中的大灵师了。但是同样能够凝羽的羽客，有的可以对凝羽术操纵自如；也有的人耗尽毕生精力，也不过只能完成若干次施术，甚至一生只能凝羽一次的羽客也不在少数。"

"这样啊。"扬归梦长长出了一口气。

"嗯，"乌柏点了点头，"我们前几日遇到的那一位，他的羽隼可以在风雨雷电中自由翱翔，对我们穷追不舍，从日中直至日暮，这已经是羽客中极高的修为了。我想，这也是为什么封老师只大概看上一眼那羽隼，就决定要带我们跑路的原因了。"

"好吧，"扬归梦点点头，"原来糟老头子不是顶厉害的那个。那灵师中的龙狮和白冠是怎么回事，也和这凝羽术有关吗？"

乌柏道："对，凝羽术可以在虚空中化出羽隼，之后便可以用浮生术附着其上，羽隼睺天，山川江河便可一览无余。所谓龙狮呢，就是凝羽术达到出神入化的境界后，灵师可以在虚空中化出龙、狮这样的猛兽，自由驾驭。那位帮助朝家统一中北十州的大灵师疾渡陌，就是一位龙狮。而白冠名字的来历，我就真的不知道了。毕竟，封老师说，这世上还活着的羽客，大概不过二三十人，龙狮也许三五人，而灵师的宗主，号称牧灵天神的白冠灵师，已是一个都没有了。"

"你又在胡说，他不是说，晴州已经有了新的白冠了？还有，你不是什么白冠转世吗？"

"这个嘛，晴州是灵师们的发源地，既然他们说有了，那便应该是真的有了吧。我也觉得封老师可能有什么误会，"乌柏挠挠头，道，"我连个羽隼都凝不出来，还说什么白冠转世呢。"

旧时雨 33

"哪,我再问问你,如果一个人,能在你闭上眼睛的一瞬间,搞出一只那个,嗯,羽隼来,并且让这羽隼就飞在身前十余丈,来替自己探路、辨别方向,这,大概是什么水平的羽客呢?"扬归梦心底,还是又想起了道逸舟来。

"那是很厉害的,至少不会比追着我们不放的那一位差便是了。"

"呃。"扬归梦点点头。果然,他是极厉害的。

这些灵术,如果自己当初要学,他一定会教给自己的吧。可惜那个人,偏偏只信手中的刀。

"那他呢?"扬归梦看看旁边和众人喝得开心、哈哈大笑的封长卿。

"封老师呀,我从来没见过他凝羽诶。"乌柏把嘴巴噘了起来。

"好好喝呦。"越传箭的小脸红扑扑的,举着木碗,一口一口地咂着碗里的酒。

"你怎么也喝!"乌柏伸手去抢越传箭手里的木碗。

扬归梦却及时一把捉住了他的手腕,道:"她喜欢,喝一点点,碍到你什么事了!"

六

夜深了,夜风从青沼湿地上吹来,难得带上了一丝凉意。东双河鼾声已起,乌柏和越传箭睡着后,扬归梦的眼睛也有些睁不开了。只有封长卿还在那里睁着满是血丝的眼睛,和几个行商有的没的胡扯一通。

不知道是不是错觉，同样是来自八荒天南地北的行商，浮玉的这些买卖人，和鸿蒙商栈里的那些账房比，要朴实太多。难道是因为浮玉地处蛮荒，精明人不肯来冒险？还是浮玉人比较憨直，跟他们做生意不用计较太多的脑筋？扬归梦想了好一会儿，也没个答案，这个时候，她开始理解平武城中为什么会有个老实憨厚的朱延喜了。

在火光中，她可以看到雨水穿过夜幕，细细密密地落在远方。无论在哪里，夜都是相似的，黑暗中的喧哗里，总带着一点不易觉察的安静。

一股困倦袭来，扬归梦缓缓闭上了眼睛，在这炭火熊熊的干爽房间内，这内心的宁静到底来自何方呢？这是一次极为短暂的入眠，只有电光石火的短短一个瞬间，她很快再次睁开了眼睛，她终于知道为什么会有这种诡异的安静了，雨声！

商人们的醉后言语声、木炭的燃烧声、木碗在桌上的旋转声、入睡者的鼾声、高脚楼楼板晃动的吱呀声，所有的声响混杂在一起，烘托出了一种极度热烈的欢快气氛。可是，独独缺少了一种声音——屋外的雨声。此刻，雨无声地落在茅檐上，无声地在窗口织起水幕，无声地落在地面……雨包裹了整个世界，却没有一丝一毫的声响，这就是刚才那诡异的安静的来源。

她的眼睛越睁越大，她看到窗外的世界渐渐扭曲模糊起来，她够不到封长卿，便匆忙去推乌柏和越传箭。"醒醒，快醒醒！"

轰的一声巨响，众人的头上破了一个大洞，从洞中落入两个人来，把一盆炭火全部掀翻在地。

旧时雨　35

"谁?"东双河被烫得连声怪叫,从睡梦中蹦了起来。

扬归梦本就没有气力,炭盆翻倒,躲是躲不开的,只好看着四溅的炭火落在自己的身上,瞬间就烧穿了身上的衣服,将皮肉烫得滋滋作响。

她紧咬着牙关,一声不吭。那重重摔在地上人却弹了起来,踏着炭火一路飞奔过来,一把将她从满地的炭火边拉开。

钻心的疼痛下,扬归梦还是龇牙咧嘴地笑了笑,又见到了老熟人,总是值得高兴的事情。

"你没事吧!"李子烨动作敏捷,伸手将落在她身上的炭火拨了个干干净净,好像这星星点点的炭火不是烫在扬归梦的身上,而是烫在了他的心上。

也就是这一瞬间的工夫,不知道累积了多久的雨水从天棚和墙壁的缝隙沉入这屋中,汹涌地爆破开来,把四围的墙壁和头上的建筑全都横扫一空。无论是兵士还是旅人,都随着这浪涌不知去向,驿站只剩下了一个高脚的空台。自己没有被巨浪带走的唯一原因,是封长卿。此刻,刚才还喝得歪歪倒倒的封长卿正长身肃立,他和对面的那个模糊的人影之间,正隔着一道缓缓波动的稀薄水幕。

在水幕这一侧,李子烨紧紧拉住扬归梦,而东双河则紧紧抠住了地上的木板,把乌桕和越传箭都一股脑抱在了怀里。倒是一路和李子烨纠缠不清的张望和旁人一起,被这一股巨浪掀了出去。

"你,你没事吧?"李子烨说话都磕巴了起来,伸出手去,碰了碰扬归梦腿上新烫出的伤口。

一股钻心的疼痛击散了她心里那一点点喜悦,她怒道:

"你倒是不痛！你才没事！"

这一声吼得清脆，把李子烨弄了个大红脸。

"你们怎么回事，怎么现在才来？"

"我们……"李子烨四处看看，已经找不到张望的影子，只得道，"你们走了之后，我和那个家伙好不容易停下打斗，一起追了好几天，才得知你的踪迹，同时也知道那个家伙想要暗算你们。"他看了看水幕对面的那个影子，又道："这人不知有什么神通，在外面弄了个大水泡，把这屋子都包起来了，我想着先把他解决了，没想到反倒着了他的道。"

"他吗？"扬归梦眯起了眼睛，看向那个在波纹中不断散开又聚拢的瘦长身影，这就是这些日子来一直追着他们的那个神秘羽客吗？

雨还在下着，那水幕越来越薄，越来越薄，渐渐至于透明，终于变成一股氤氲的水汽，从那缭绕的雾气中走出了一个青衣男子来。

"疾师兄，多年不见了，"对面的男子带着三分期盼的神色，"怎么也没想到，你竟然会改名换姓，连容貌也毁掉。这许多年，晴空崖散了天下的耳目，在深山大泽中逡巡，居然找不到你的半点影子，原来你就藏在赤研家的青云坊。"

他又扭头，看了看乌桕，温和地说道："你就是乌桕吧？若不是你在陨星阁里爆了一颗南山珠，我们恐怕今天也无缘相见呢。"

"哎，啰嗦，这么多年，你还是没变。"封长卿伸手照脸上一撸，抹去了满脸的雨水。

那男子摇摇头，道："疾师兄，一起回晴空崖吧，等到解决了白冠之争，我来酿几坛桂花小排，你我清秋把酒，岂不快哉？"

封长卿微微侧了侧头，道："你这庾氏排骨我是爱的，但日光城中的疾白鸣早已死了。"

疾白鸣？原来封长卿不叫封长卿，还有另外一个名字。这里又说到日光城，那他说他认识姜潘，八成也是真的了？

"喂，你是谁？"扬归梦沉不住气了。

那男子拱手，道："小公主，我是晴州羽客庾山子，和令姊还蛮熟的。你虽然是道逸舟的徒弟，可不是晴州余脉，这件事情和你实在也没什么关系。"

"我哪里小了？我从未听过扬一依提到你这一号人物！"扬归梦有些恼火。

庾山子哈哈一笑，道："小公主误会了，你又不是只有一位姐姐。"

"哦，原来你认识我的大姐。"

若不是此刻庾山子主动提到，扬归梦快都忘记了自己还有个大姐扬苇航了。

"你一路追来，是要带乌桕走吗？"

"正是。"

"你怎么这样气派，说什么都是你？"扬归梦一下子冷了脸。

"这……"庾山子一时语塞，想了好一会儿，才道，"大概，是诸位今天都奈何不了我的缘故？"

这人走近来，她才发现，原来他双鬓亦是斑驳，年纪也是不小了。

扬归梦道："老酒鬼，好巧不巧，我现在浑身没有气力，是挡不住他了，你有什么法子没有？"

封长卿挠了挠头，道："没有，十几年前我就搞不过他，今天应该还是一样吧。"

庾山子点头道："疾师兄，你酒喝得太多了。如今八荒灵术异统消亡，无论澜家或是道家，都已经扫除干净，白冠也是为了龙狮当年的火曜预言，避免生灵涂炭，才决定帮助王上统一八荒。这么多年过去，你也该想通了。"

封长卿道："白冠宗主之位已经空缺了二百余年，正说明不是什么阿猫阿狗都能坐得。疾渡陌帮朝崇智统一中北十州，建立日光木莲，如此伟业，尚且不敢染指白冠之位，他怎么就敢！难道你们都忘了朝承露继位之后，是怎么对付我们的吗？当年带领羽客们辅佐各州大公，群起反抗朝家暴政的那个人，在我的心中，早就死了。"

"疾师兄，你们太固执了，如果晴空崖不能和人间的权力结合，又如何改变八荒，阻止山海变呢？"庾山子说着抬起手来，那纷飞飘落的雨丝便在他的掌上渐渐凝成一抹浅绿。

"这家伙到底什么来路？"那边话说个不停，东双河还在小心翼翼地趴着。

"东大叔，看样子我们要糟，你能不能带着传箭，去找姜潘大人？"乌桕把越传箭往他怀里一推，道，"你就跟他说，疾白鸣陷在了青沼边上，希望他能想想办法，好不好？"

东双河看看越传箭，又看看那边的庾山子，咽了一口唾沫，道："行，我带小姑娘先走。"

越传箭知道现在是紧要关头，不敢去反驳乌桕，只是伸出小手来去拉扬归梦。

扬归梦用手指蹭蹭她的脸颊,道:"乖徒儿,吃饱了,困了没?"

"有一点儿,"越传箭慢慢把手收了回来,指着乌桕,道,"师父姐姐,他还是个小孩,你不要丢下他了。"

"放心了!"扬归梦看着这个包子脸的小徒弟,心中微酸,"你还不知道他?谁丢下谁还不一定。"

扬归梦试着运了运气,终于还是颓然放弃。现在的她,别说打架了,跑都跑不动,万一遇险,恐怕也只能和乌桕各安天命了。

"去吧!"她忽地烦躁起来,一只手把越传箭的头发拨了个乱七八糟。

"走了走了,抓紧我。"东双河让越传箭环住自己的脖颈,返身从竹台上跃了下去。

"你,也去,给我护着这个小女孩。"扬归梦对李子烨发号施令。

"我走了,你怎么办?"

"什么我怎么办?"扬归梦冷冷道,"你留在这里,我就有办法了?"

那个庾山子灵术高超,此刻情况紧急,她实在不想李子烨也陪着自己死在这里。

"他说了,这事和你没关系,你若想回大安,我就可以带你走。"李子烨仍不肯放弃。

"他说什么你就信什么,赤研井田有没有跟你说,你杀了卫成功!可现在卫成功正带着他的坦提骑兵,在花渡围攻你父亲呢!"

也许这也是道逸舟的亲传,扬归梦说话的刻薄程度,令人叹为观止。李子烨的血立即从脖子根涌到了脸上。

那一边,庾山子已经抬起手来,蓄势待发。不能再等了,这个李子烨怎么到了这个时候还要婆婆妈妈,好生烦人!她用尽全身气力,一脚把他从竹台上蹬了下去。

七

"来了。"乌桕晃了晃她的肩膀。

扬归梦回过头来,那个每天泡在酒里的封长卿,此刻肿着一对眼泡,正把手伸进怀中摸来摸去,掏出一根羽毛来。

扬归梦忽地感到了一股莫名的慌乱,她又想起了鸿蒙海上的道逸舟,这个糟老头子不会也搞出一个什么毁天灭地的怪兽来,要和对方同归于尽吧?这样的事情她已经经历了一次,这辈子都不想再经历第二次了。

虽然身上的烫伤痛彻心扉,她还是去四处摸索,希望能抓起一把刀来也好。

"有人来找我们了。"封长卿神色平和,一扫平日的萎靡不振,用右手食指和中指夹住那根褐色的羽毛,在身前缓缓画了一个圈。

"你在说什么?来找我们的人不就在眼前吗?"此刻的扬归梦无比混乱。

"来!"封长卿带着酒气的呼喝声中,那些正在空中飘落的雨丝好像遇到了一个湍急的旋涡,纷纷向他的眼前汇集而

旧时雨　41

来。当天空的落雨在他的眼前变成一片旋转的旋涡，他的眼中忽地闪烁起幽蓝的光芒，伸出右手去把那水幕一按，嘭的一声巨响，那水幕四分五裂，化作万千晶亮的白羽，四散飞扬。接着，他手中那褐色羽毛缓缓升起，被那些白色的羽毛团团裹住，渐渐地出现一只白首黄喙的鹰隼来。

"凝羽！"这一下太过华丽惊人，扬归梦已忘了身在何处。

"来！"对面的庾山子也是一声大喝。

封长卿手掌斜斜一挥，凝出的这一只鹰隼展开双翅，箭一般地飞向庾山子。铜喙铁爪熠熠生辉，带起了满天风雨，当这羽隼带着惊人的力量冲进庾山子手中幻化的那一抹青蓝时，爆发出一声极其尖利刺耳的啸叫。扬归梦情不自禁地捂住了耳朵。

嘭的一声巨响，那羽隼消失无踪、乱羽飘零，封长卿在这一瞬间矮身抄起乌桕和扬归梦，纵身跃下竹台。早躲在一旁的张望冲了过来，去格挡庾山子，从张望身后则闪出一个黑影来，一把架起了扬归梦。四个人没跑出多远，身后呼啦啦的袍袖声响再度响起，原来是庾山子摆脱了张望的纠缠，再次急急追来。

"你们先走！"扬归梦猛地推开身边男子，咚地摔在地上，伸开双臂，拦住了庾山子的去路。

庾山子虽一脸焦急，还是收住了脚步，道："梦公主，我说过了，这是我们晴州灵师内部的旧事，和你无关，你若不让开，我就追不上了。"

"我为什么要让开？"扬归梦反问，既然这庾山子已经追了封长卿和乌桕这么多年，还不肯放弃，难道还能有什么好事吗?这个庾山子虽然灵术超群,但实在是个呆子,不跟他多胡搅蛮缠一会儿都对不起他。

"你是道逸舟的弟子,他都未必拦得住我,你这是何必!"

"我师父说过,灵术存乎一心,不在高低!"这话不是道逸舟说的,是她胡诌的。

庾山子皱起了眉头,道:"你这样说,也不能说没有些道理,但我实在是赶时间。疾白鸣的羽隼已毁,他现在要带着那孩子进入浮玉,危险得紧!"

"你们远在晴州,已经有了自己的白冠,为什么还要如此追杀一个孩子?还有,道家已经躲到了南渚,怎么又惹到你们了,这么多年过去,居然还要痛下杀手!"

庾山子深深压下一口气,道:"小公主,八荒上王公们的争斗,是说不清的。你提到道家,羽客违抗晴空崖的律令,介入人间的权力争斗,要借助人间力量推翻龙狮的火曜预言,这本来就是危险的路,道家是被朝家和赤研家联手灭族,其实,和我们无关。"

"晴空崖的律令?"扬归梦冷笑一声,道,"是道家不承认你们现在的僭主白冠吧!不然,怎么会有那么多人反抗你们那个晴空崖。我父亲身边的疾白文,原来不也是晴空崖的人?"

这一瞬间,她有限生命中的点点滴滴都被重新唤起。道逸舟的冷言冷语,疾白文的神神秘秘,她是真的不明白,为什么这些所谓的灵师、羽客,不能好好过自己的生活,都跑到八荒的王侯身边,他们到底想要得到什么。

庾山子憋了一口气,不得不把手放在胸前,从上到下捋了几遍,才得通畅,道:"行吧,算你说得有道理。你的问题我回

旧时雨 43

答完了,现在小公主总可以让开了吧?"

"不行,我还要你给我讲讲这件事的来龙去脉……"扬归梦强撑着一口气,还要胡搅蛮缠,然而耳畔忽然传来一个极其细微的声音,道,"好了,可以了!"

树影婆娑,那些细长的粉紫枝桠抽打在脸上、身上,尤其是自己的伤口上,疼得简直难以忍受,扬归梦被人拉着,腾云驾雾一般,在前方不远处,便是一样拔腿狂奔的封长卿和乌桕。

发生了什么?庾山子呢?

扬归梦转头看看身边的人,吓了一大跳,道:"你是谁!"

天空中再一次响起了尖利的啸叫声,听起来十分熟悉,却少了一些从容,多了几许愤怒。

四个人都收住了脚步,蹑手蹑脚地聚拢在了一起。

接下来,要解决的问题就比较一致了。封长卿、扬归梦、乌桕,三个人都看着这个不知道哪里冒出来的陌生人,目光充满了疑惑。

扬归梦最讨厌茫然不知所措的感觉,眉毛渐渐竖了起来。

"你刚才掉入了流光幻境,"封长卿抬起双手,在扬归梦眼前摆摆,"你和庾山子在流光幻境中对话的时候,我们几个正在拔腿狂奔。"

"连青崖白鹿都被你唬住了,你这灵术是哪里学来的?"封长卿转头看向那个男人。

"享姑娘,你不认得我了吗?"那人苦笑着,"张望在明,我在暗,这一路你们的伙食住宿,可都是我一手包办的。"

"谁知道你是谁!"

那人无奈，道："在下和公主一起在阳坊街上吃过包子，在鸿蒙海上挡过赤铁，姑娘是真的一点都不记得了吗？"

她脸上的迷茫神色渐渐褪去，两道眉毛徐徐展开，惊讶道："是你？你没死吗？"

那日鸿蒙海的牙船之上，那个油腔滑调的宁州商人的样子渐渐清晰了起来。

"没错，是我。我是卜宁熙啊！"

"卜宁熙？"封长卿走了过来，拍了拍他皱巴巴的衣服，问道，"卜宁熙是谁？"

扬归梦道："他那日是与我一起乘坐牙船出海的，后来在鸿蒙海上受了伤，血都被那重晶吸了去。喂，你不是都被那巨兽吃了吗？怎么又活过来了？"

"血饲重晶？"封长卿一把捉住了他的手腕，翻过来，果然有一道粉色的刀疤。

他对乌柏道："来，你不是一直想见见海兽之血吗？"

扬归梦莫名其妙，道："你们一老一小搞什么鬼？"

"怎么样？"封长卿看定了乌柏。

乌柏搭上了卜宁熙的手，好一会儿才松开，又是一脸茫然，道："没有灵识？"

封长卿满意地点点头，道："因为这位卜先生身上流着的，便是海兽之血了。"

"是了，"封长卿点了点头，"血饲重晶之后，重晶会沿着伤口浸入人的筋脉骨骼，海神洞悉一切。只要它愿意，便可以重塑这世间所有的生灵。自古以来，那一部分血脉被上古重晶侵蚀过的人，可以通过重晶再造永生不死，这些人，就是海兽之血了。但普通人若要凭借重晶重生，便要将四散的灵识重聚才行。不要小看这一点点灵识，想要找到它，是极端困难的。它需最顶级的千寻术，而你很幸运，遇到了一位精通此术的灵师。"

卜宁熙不知道说些什么好，只是露出了一个尴尬的笑容。

"有了海兽之血的人，本身就蕴含有重晶之力，对灵术的体察感悟，更加容易便捷，这也是他可以在大雨中召唤出流光术，再造一个空间，把庾山子也骗过的原因。"

扬归梦点点头，道："我听懂了，重生了，就更厉害了，是不是这个道理？"

"差不多吧。"封长卿看向卜宁熙的眼神颇为复杂。

"好吧，"扬归梦没好气地说道，"这么神奇，能不能给我也血饲一下，我真是痛得要死掉了。"

第二章 困兽

太阳已经敛去了最后一丝光芒，连天边通红的云朵也开始变得晦暗起来。这片处处陌生的原野如此广大，他的木椅被架到了尚未制作完成的攻城望楼上，高是够高了，只是总有些岌岌可危的感觉。但是甲卓航还是坚持一定要上来，他要亲眼见证花渡的陨落，当然，也很可能见证三镇大军的彻底溃败。

一

原野无星无月,辽阔犹如万古长夜。

他紧紧握住马缰,身上刀甲相撞,哗啦作响。

甲卓航心中一片茫然,自己在哪里,在做什么?

直到那只火把横空而来,在夜空画出一道燃烧的火线,这大地一下子沸腾了起来,这转瞬即逝的亮光放大了无数黑色的影子,他们正随着火光跃动着、扭曲着,舍命相搏。浓重的血腥气升了起来,大地上的尸骸惊得战马人立而起,甲卓航就这样被抛到了空中。

那层层叠叠的尸骸从他的眼前一闪而过,火光消失,周遭重新陷入了一片沉寂的黑暗之中,只有他在无止境地坠落着。

他听到了自己急促的喘息声,在火把最后的亮光中,甲卓航又看到了赤研星驰的脸,不知道为什么,他眼帘低垂,向甲卓航露出了一个诡异的微笑。

"赤研星驰!"他猛地想要坐起身来,但一阵剧痛把他死死压住,所有的努力,都变成了一声轻轻的喟叹。

"醒了、醒了,快去叫李将军!快去!"他的耳畔响起了杂沓的脚步声。

长夜随着这脚步声裂开了一道缝隙,在遥遥的远方,露出了一丝极细的光亮,就像离火原天边日出前的那一缕微光,把每片细嫩的草叶都染上了一点闪亮的金黄。意识到如果自己放弃了这一点光亮,便会沉入适才那永无尽头的夜色中,他便咬紧牙关，向那光亮伸出手去，幸好那光亮在飞速地不断扩大，很快就追上了还在不断下坠的他，片刻之后，甲卓航终于融入了那一大片明亮之中。

"哦。"甲卓航的吼叫变成了轻声的呻吟。强烈的疼痛，从尾骨一直蜿蜒到天灵盖上，如果此刻他哪怕还能挪动一根手指，他一定会像条翻到河岸上的鱼一样，极尽夸张地呈现他所遭受的一切。然而，只是睁开眼睛，已经耗尽了他的全部气力。

"你怎么样？"问话人眉头微蹙，汗湿的卷曲长发软软地贴在额头上，正疑惑地看着自己。

眼前人渐渐清晰起来，是浮火花。他的脸上露出了一丝笑容，她究竟没有死。

"你这药，到底是不是给他熬的？！"浮铁虎的声音也响了起来。两个，这个粗粝的汉子也还活着，甲卓航在心中计数，手指又尽量握紧了些。

"若是，为什么还不喂他？"

一只大手伸到他的脖颈下面，把他微微托起。

"我来。"浮火花接过了那黑黝黝的粗碗。

"来，张开嘴。"浮火花的声音轻柔。

"怕是没有力气，张不开吧？"浮铁虎伸出一只手来，捏住了甲卓航的嘴巴，探头探脑。

在张了，在张了，甲卓航在心底大喊，奈何粘在一起的嘴唇就像有千斤重，无论如何也不能够分开。完蛋，他在心中叹了一口气。

果然，下一刻，一只粗大的手指便从他的双唇之间伸了进来，硬塞进他的牙缝中，好像古旧生锈的铁闸被无边的巨力撬起，那吱呀的响声就在甲卓航的体内深深浅浅地回荡着。那手指不管不顾地继续深入，直接塞入他的后槽牙之间，还上下搅动了一下。

"可以了，不会咬到舌头就好。"浮火花在小声埋怨。

他的舌尖还没有适应那手指上的腥咸味道，一股又苦又涩的药液便顺着那手指流入了口中，他只能把全副精力都集中到唇齿之间，让那一股苦涩能够顺利滑落，而不至当场窒息昏厥。

虽然看不到这药液的颜色，但是甲卓航觉得它一定是黑色的，只有纯黑的颜色，才当得起这样的苦。这大概是他甲公子悠游八荒所品尝过的最为刻骨铭心的味道了。

说也奇怪，这苦药下了肚，便好像有什么东西止住了那四处飞溅的疼痛，他的颤抖也渐渐平息了下去，他终于开口说了生平最艰难的一句话："太苦了！"

"哇！"浮火花欢呼一声，跳了起来。

浮铁虎则双手发力，把甲卓航直接拉得坐了起来，拍了一下他的肩膀，道："你可终于醒了！"

浮铁虎这一掌虽轻，甲卓航的五脏六腑却似乎再次拧在了一起，疼得汗水模糊了眼睛。

"小杜，你的药果真好用诶。"浮火花向后招手。

一个二十几岁的黑袍灵师从浮氏姊弟身后走了出来，伸出一只瘦长的手来，搭在了甲卓航的腕上。那温热的指尖传来一点跳跃的翕动，径直扎入他的血脉之中。

"如何？"浮火花一脸期待。

旧时雨 51

他看看甲卓航，收回了手指，道："甲大将军只要静心调养个把月，性命当可无虞。不过这次伤情实在凶险，大将军心脉受损，日后一定要多加小心，尽力避免愤激、暴怒的情绪，以免引起旧伤复发。如果再次引发心疮，恐怕八荒最好的灵师，也将无力回天了。"

"问心术？"这灵师的轻轻一搭，自己的腑脏气息都跟着他那一点龠动游走，他年纪虽轻，却自信得紧，这话说起来头头是道，好像他已经是这世上最好的灵师了。

"是了，由我为将军调养，大可放心。"那青年的嘴角微微上翘。

甲卓航缓慢地点了点头，他的手指也在恢复知觉，跟着自己的意志，一根一根握成了拳头。

"怎么样？可醒了吗？"

帐篷的帘子被猛地掀起，露出一天星月。伍平冲进来的时候，还打了一个大大的哈欠。紧随其后的是李精诚，再往后，冉平、张盛柏等人身着全甲，都一股脑涌进了这小小的军帐中来。

甲卓航疼得龇牙咧嘴，还在默念每个人的名字，每多进来一个人，他心中便多一份欢喜。自清醒的那一刻起，花渡那惨烈的一夜便一点点回到他的脑海中，对后来到底发生了什么，他实在没有把握。

"战况如何？"他问出了这句在心头悬了太久的话。

李精诚的嘴角露出了一丝微笑，道："初战小胜！"

甲卓航把面前诸人一一看去，李精诚的头发又白了一片，伍平的脸上没来由的多了一道伤疤，众人本就伤痕累累的甲胄上无一不添了新痕。浮火花的大旗真的扛到最后了吗?他落马前最后的记忆,是冉平的步兵们拉着翻车刀排,抵着箭雨在一寸一寸地推进,而挺身站在大车上的浮火花,正被夜风撩起了长发。

胜利了吗?李精诚生性谨慎,他口中的小胜,那便是确定无疑的大胜。这样说来,那一夜倒在四马原上的无数生命,就并非全无意义。

他缓缓地点头,眼眶慢慢湿了起来。

"兄弟,你的命太大了,"冉平用手在自己的前胸比画了一下,道,"对方的手段也是阴狠,那一刀都把你扎穿了,我们当时都慌了神。"

"妈的,我是没看到,否则,他绝对近不了你的身,就算近了你的身,也绝对逃不过我的箭!"提起当时情形,伍平仍旧一脸愤愤不平。

甲卓航问询的眼神看向了一直笑而不语的浮火花。

张盛柏会意,道:"在龟甲和银梭的连番猛攻下,能够保得将军长旗不倒。不消说,火花将军比我们还要硬朗得多!"

"这一战打得很成功,"李精诚再次开口,"和我们开战前预计的一样,不提徐前龟缩不出,虎鲨果然来偷营,也被尚山岳牢牢抵住了。在正面战场,我们对李秀奇的打援也很成功。赤铁一步踏错、步步踏错,终于乱作一团,损失总有十之五六,那样的情形下,野熊们也难有作为,南渚这一阵,是确确实实败了。"

只是激动了一刻,甲卓航的兴奋就马上开始退潮了,因为他在李秀奇的语气中竟找不到一丝振奋。

"怎么了？"他又尽力坐起来一点。

李精诚看了看他，想了一刻，才道："李秀奇的大军还在，卫成功的骑兵也压上来了。听说秋口的援军六千人也进入了米渡，在你昏迷的这几天，大家都僵持在了四马原。"

甲卓航的心猛地一沉，南方三镇此次是劳师远征，早已放弃了后方，无论如何，被拖在这百花溪畔都是极其危险的。他马上想起了这次举兵花渡最重要的目的。

"我昏迷了几天？"

"四天！"浮铁虎比出四根手指。

"这样看来，算算时间也差不多了，"他看向了李秀奇，"浮伯和白旭将军他们有消息了吗？"

"没有。"李精诚缓缓摇了摇头。

夜风从军帐的缝隙里吹进来，烛光摇曳，人们陷入了一片寂静之中。

或许是终于有了一点精神，甲卓航重新感到自己活了过来，也随即感到了这盛夏的闷热如影随形，竟压得人喘不过气来。

没错，当初三镇冒险在百花溪侧孤注一掷，为的，就是吸引敌人的兵力，给浮明焰的花虎奇袭米渡创造机会。然而现在，吸住兵力的目的是达到了，但是，花虎并没有按时完成攻取米渡的任务，不管他们消灭了多少敌人，只要四马原的粮道一天还在运转，对于离火原上的扬觉动来说，三镇的行动，就是彻彻底底的失败。

而这样不可接受的失败，好像离这些舍生忘死的战士，越来越近了。

二

"一点消息都没有吗？"明知道李精诚不会隐瞒哪怕最微小的喜讯，甲卓航还是抱着一线希望。

"没有，"李精诚平静地答道，"最后的消息来自距此三十里的水头村，浮明焰在那里最后一次补给，之后，便甩开了辎兵和步弓手，一路北进，只带了三天的口粮。"

三天的口粮，刚刚好够他们抵达米渡。甲卓航摇了摇头，最初他们可不是这样设计的。他们商量好的计划是，在花虎和苍头骑兵出发后，尚山岳会带着辎兵和柴城步兵紧随其后，一是掩护，二是对花虎的战果加以巩固。想不到花虎和苍头游骑竟然这么早就选择了甩开辎兵，单独前进了。

"他们为什么要这样？"甲卓航口中喃喃，他很清楚，没有补给的队伍，哪怕是花虎重骑，在群敌环伺中也注定凶多吉少。

"老浮一定仔细考虑过了，我们这些人在花渡，多些粮草，还可以坚持，而他们全是骑兵，不靠速度打野战，便毫无意义。"

骑兵冲阵打援都是上佳的选择，但是消耗巨大，尤其无法在兼顾粮草的情况下实现快速突击，这个道理甲卓航懂，浮明焰自然也懂，在场的每个人都懂。在当时的情形下，既然做出了他们北上插入米渡的安排，也就应该想到他们有可能放弃辎兵的结果，只不过每个人都不愿意捅破这层窗户纸罢了。

甲卓航又想到了初到百花村的那一夜，面对麦田里的熊熊火光，浮明焰和他说过的那些推心置腹的话，他一定早就想好了这样的结局。他又看了看不苟言笑的李精诚，这两个老兄弟彼此都明白什么是最该做的事情，应该怎样去拼尽全力争取最大的胜利，只是作为决策者，自己却一直在欺骗自己。说到底，甲大将军还是年轻，"慈不掌兵"这四个字，说起来简单，做起来却是太难了。

"没什么了不起的，"浮火花故作轻松地理了理她的长发，"我了解阿爸，既然出手，便要雷霆万钧，便要一击即中。这世上本来没有所谓的万全之策，要是赶不及的话，那倒不如不去了。"她回身拍了拍浮铁虎，道："阿虎，你说呢？"

浮铁虎则闷哼了一声，道："想要花虎溃败，恐怕也没有那么容易！"

如果现在甲卓航能够起身走动，他真想站到他们身边，哪怕只是静静地站上那么一小会儿。可是，他现在当真动不了。

无论分出的北路骑兵境遇如何，眼前总有一场硬仗，要继续打下去。甲卓航沉默了一刻，道："李伯，还有什么是我应该知道的吗？"

"有，"李精诚抬起了头，道，"还有一个不知是真是假的传闻，我也无法确定对我们来讲是好是坏。"

他看着甲卓航，慢慢一字一句道："赤研星驰死了！"

赤研星驰，死了？

忽然之间，甲卓航感到一片茫然。可以说，这一次花渡之战，他的每一次小心设计、反复求证，都有一个确定的假想敌，那便是对方那个文韬武略又极度了解己方军队的赤研星驰。

而在初战中，赤研星驰的表现也的确没有令人失望。即便他掉入了甲卓航布置好的陷阱,也还是凭着他惊人的应变反应,成为了花渡之战中的最大的变数。为了初战告捷,甲卓航亲率点钢营上阵,能够在极短的时间内把素称凶悍的永定骑兵完全冲垮,却奈何不了开局不利的赤研星驰。赤研星驰的银梭营敢打敢拼、悍不畏死、士气高昂,就像镜子中的另一支点钢军。这一晚虽然花渡战场投入了十数万的兵力鏖战,但甲卓航自以为胜负的关键,其实就在和赤研星驰的对决之中。

百花溪畔的这几次肉搏拉锯,点钢和银梭集中了双方最为精锐的兵士,展示了超乎寻常的耐心与顽强斗志,步步血战、触目惊心,令战局几度反转。自己的一念之差,想要围歼赤研星驰,结果反被极端不利境遇下的银梭咬住苦战,差一点被随后的龟甲、飞鱼反噬成功。若不是浮火花不顾生死地自杀式展旗冲阵,恐怕今天的甲卓航就不是身负重伤,而是一个十成十的死人了。

这个人到底有多重要其实毋庸多言,就连刚才的梦魇之中,他看到的也是赤研星驰的面孔。而现在,这个两度逼自己转移战场、差一点暗夜翻盘的对手,居然死了?!他明明已经带着残兵,消失在夜色中了啊!

"我们做的吗?"甲卓航还在发问,可答案已经非常明显。如果赤研星驰被吴宁边士兵截杀,那么就不会有"传闻"这样的说法。

"不是,"李精诚摇摇头,"激战过后,我们在四马原上发现了银梭余部的尸体,包括了赤研星驰的贴身侍卫,他们是被集中射死的,地点,就在昨夜南渚中军的停驻之处。抓住的俘虏说,赤研星驰已经被阵前斩首,尸首被收回带走了。"

甲卓航愣住了。

"这当然是好消息啊！"浮火花道，"这个人真是不好对付，没有他，那夜也就没有那么危险，本来商量得好好的，就因为他死战不退，险些令我们都折了进去。"

伍平却摇了摇头，道："好消息是好消息，不过可惜了。赤研星驰是个能打的，也对我们知根知底。"他只是在前敌统军作战，首先想到的，是对战士的敬重。

然而甲卓航明白李精诚特别提及赤研星驰的意思。

南渚阵前斩将，还是赤铁中最为得力、文武双全的悍将！这究竟意味着什么？难道是赤研井田要借赤研星驰的项上人头，来展示他不惜一切代价，也要击溃三镇兵马的决心吗？军纪涣散的赤铁也的确早就需要重新整顿，也许李秀奇杀了一个吕尚进不够，再杀了赤研星驰才够力道，不然赤铁会永远在战场上混乱下去！又或者，是代表赤研家族已经完全放弃了赤铁军这一支昔日的王牌军队，从此，整个花渡战场的指挥威权便全部集中在能征善战的李秀奇手中？

就像李精诚所说的，赤研星驰的死亡究竟会给花渡战局带来怎样的变数？这到底是个好消息，还是坏消息？

甲卓航环顾四周，总觉得好像少了一个重要的人。

这时候帐外马蹄声响，他很快就知道这感觉从何而来了。

来人一瘸一拐，路走得不太利落，皮靴踢到了军帐前的木桩上，咚的一声闷响。商城伯尚山岳掀起帐帘，走了进来。

他倒是一句废话没有，左右环顾看看，对甲卓航拱了拱手，道："皋兰那边来消息了，李秀奇棕熊部围攻商城已经近二十日，尚山谷顶不住了。"

尚山岳的嗓子全哑了，这句话说得随随便便，但是每个人的心口都被压上了一块大石。这是今天晚上甲卓航听到的最为凶险的消息。

商城是三镇兵马西进的起点，也是撤退的唯一通道，南渚如果毁约背盟，必定会对后方的商城下手。为了打下花渡，众人早就抱定了有去无回的决心，但是只要商城还在，总还有一线若有若无的希望。但是到了今天，当这唯一的后撤通道终于被截断，当陷入死地这一天真的到来，当三镇八万将士注定要埋骨在这四马原上时，这种感觉却比事先预想的还要沉重一万倍。

见没有人回应，尚山岳自顾自转换了话题。他默默从怀里掏出了随身的账簿，也并没有认真去看，道："我这里盘了盘，现有的军粮，勉强还够十日所需。"

这个人还是老样子，好像这世上就没有什么事能让他方寸大乱。

"老尚，你还没说，尚山谷怎么样了？"浮火花开了口。

"尚山岳，你亲弟弟也不认了？"伍平和尚山谷一路从鹧鸪谷走来，实在忍不了尚山岳这副不动如山的无情嘴脸。

尚山岳的手指停在了不知哪一页，轻轻在纸面上摩挲着，道："他五日前遭了斥候摸出城来，说守不住了，要我们不要管他，他要和商城共存亡。"

五日，甲卓航在心底默默算着，商城刚刚被三镇攻破，纵然没有遇到重大抵抗，刀兵之下、城防能力也会大减，再加上三镇兵马不顾一切地挺进花渡，留在商城的兵力实在不过是意思意思而已。自己一行曾和驻扎金麦山的棕熊部擦肩而过，那时候，花渡战场形势未明，南渚对商城还保持着耐心。那吴业伟是平武野熊中出了名的悍将，他对商城围而不攻这么久，绝不是对商城的民众有什么体恤之情，而是为了让三镇西进的兵马方寸大乱，堵他们为了留下这一条生存通道，回身来解救商城之危罢了。

但是，吴业伟真是低估了眼前这些人的决心，尚山谷不但死守不撤，更拒绝发出求救信号，尚山岳明知后方起火，也硬是视而不见，在四马原上统筹调度，为大军西进四处征集粮草资材。这两弟兄一武一文，个性不同，却一样执拗刚劲，更不要说吴宁边诸将也早就看明白了这一点，当三镇在商城做出继续挺进花渡的决定时，李精诚和浮明焰必定也早已了解，此战终会有马革裹尸的一天。

三

"我老伍今天也算是见识了，怪不得他从来不提还有个哥哥！"伍平愤而作色，砰地一拳打在桌上，掀开帘子，走了出去。

甲卓航理解伍平的激愤，对战局的无能为力是每个战士最大的耻辱，除了尚山岳，他去跟谁发泄这种压抑的愤怒呢？就算这样的结局早在意料之中，也总要有个人来承受后果，大家心里才会好受一些，不是吗？

尚山谷是谁？在鸿蒙商栈，他是那个替所有人买单结账的临时账房；在南海驿馆，他是众人离城前细心布置、抱住撒酒疯的伍平死不松手的尽职管家；在阳宪，他是众人受伏遇袭时早早拢好马匹,拉众人从容突围的战士;在鹧鸪谷底,他是那个在众人怀疑的目光中,对唐笑语安慰鼓励的温厚兄长;在满目疮痍的离火原上,他是那个心细如发,首先辨别出南渚兵力动向的百战老兵。

其实此次灞桥之行之前,甲卓航和这个沉稳细致、不事张扬也没有什么存在感的尚山谷并不熟识,但是这几个月风里雨里一路走来,才发现,原来处处都有他那沉默寡言的身影。如果不是当年他目睹了尚山谷在尚山岳面前的失态,甲卓航甚至怀疑他究竟会不会有激动这种情绪。

然而就在这短短的几天之内,他刚刚失去了一个不乏敬畏的对手,很可能也已经失去了这个生死与共的朋友。战争就是这样,甲卓航摸了摸自己胸前伤口上的绷带,谁都不知道自己究竟会失去些什么,又会失去多少。

说心里话,甲卓航此刻是后悔的。当他们途经商城,向西猛追三镇兵马的时候,尚山谷便停下脚步,不肯再走了。他要留守商城,因为那是其父尚南岩苦心经营三十年的城池,也是他们兄弟出生成长的地方。当年澜青大举偷袭,尚南岩宁死不退,被射死在城南红石坡的那一刻,也成为了他心中最深的伤口。尚山谷一直想的,便是终有一天要重归故里,为父亲拿回尚家的这座城池。他只是不知道,其兄尚山岳心里想的,其实和他并无差别。

那时候,甲卓航心里也想过,把尚山谷留在商城究竟是不是一个好的选择。棕熊就在身侧虎视眈眈,尚山谷这执拗的汉子的血是沸腾着的,如果遇到危险,一定和老伯爵尚南岩一样,不会有半分退缩。可是,尚山岳已经随着大军西进,还有比尚山谷更适合的主掌商城的人选吗？又或者，尚山谷跟自己一起进攻花渡，难道就会比较安全吗？

更重要的，尚家两兄弟的关系也让他头痛，这两个人数年前已经闹到刀兵相见。这一次要让他和尚山岳见面，真的有利于三镇兵马的稳定吗？

他不知道，真的不知道，如果他坚持让尚山谷一起来花渡会怎样，但他终于知道，这一次他选择留下了尚山谷，却真的成为永决了。

人生如寄，谁又能永远活在过去呢？从鹧鸪谷一路走来，他大概再也不是旧日的那个甲卓航了。

哗啦声响，尚山岳终于把手中的那一页翻了过去。

"十天。"李精诚抬头，看看甲卓航。

"十天。"甲卓航下意识把这个数字重复了一遍。

军队无粮，马上就会溃散。他们这一路走来，尚山岳精打细算，已经把四马原上尚未收割的新粮全部一扫而空。现在南有李秀奇，西有卫成功，东是吴伟业，北方则是那座被徐前坚壁清野龟缩不出的花渡城。

十天，这是这支劳师远征、连战连捷的队伍最后的机会。

既然浮明焰和白旭截断平明粮道的计划杳无音讯，那么，三镇大军这一次不顾生死的英勇远征已经无意义了。就算大家已经舍生忘死，尽了全力，但是结局是残酷的，他们连最基本的目标都未能达成。

但是他们还有一个最后的选择。

"花渡。"李精诚和甲卓航不约而同地说出了这两个字。

"拔掉花渡城。"李精诚说。

"干！"浮铁虎的话总是这样直接！

"干他娘！"冉平给浮铁虎的表态加上了两个字！

浮火花和张盛柏也都点了点头。

"可以吗？"甲卓航看向了尚山岳。

尚山岳还捏着他的账本在轻轻敲打，道："也只好这样办。"

这是这支队伍唯一的也是仅存的选择。打掉花渡，打掉澜青的粮仓！这是他们誓师出征的第一目标，而现今这强敌环伺的四马原上，花渡也是唯一藏有能够让三镇兵马继续生存的粮食的地方。后路已断，不再存在犹豫的选项，花虎失联，三镇兵马也失去了打野战的最大本钱。这个时候，赌局已经开场，既然已经下了重注，索性赌得再大一点，不妨全部押上。只是这一次，他们只能面对面硬来了。

"张盛柏。"李精诚招招手。

哗啦声响，他在众人眼前，又展开一张花渡的全图来。

这地图绘制得极为精细，不仅有花渡周围的地势高低特征，就连城外的民居、城内的街巷也都清清楚楚，甲卓航只能再次赞叹毛民斥候们的刺探功夫。

"甲将军、李伯，诸位将军，这是花渡的基本情况。"张盛柏摸了摸额头，道，"花渡本身不是大城，而是军镇，所以规模并不大，可以说，城不甚高，池不甚深。它的南北城带有瓮城，高约四丈，东西城墙上高度比南北城墙略低，因为自木莲建立以来，花渡就没有战事，所以年久失修，也不甚牢固。最近一段时间，徐前调集乡民，正在拼命修补。至于护城河，原来引来的是百花溪的一条支流灌水，后来经年不用，也早已荒废，现在大概还剩三丈宽、一丈深的土沟，已经和外城的建筑杂糅在了一起。如果我们攻城，最先要处理的，是花渡城外这些杂乱的民居和这个干涸的大沟。"

"城外还有民宅？"浮火花上前一步，去摸那地图，道，"我们这么多人，一路明晃晃地攻过来，难道徐前就没有提前做一些准备吗？"

"有的，还不少，"浮铁虎道，"我昨日带着苍头游骑去花渡南门骂了那个缩头乌龟个把时辰。城下乱了套，城上却毫无反应，连箭都没发一支。"

"你去挑阵了？"浮火花眉毛一扬。

"是啊，每天都困在这里，身子骨痒得很。"浮铁虎嘿嘿一笑。

"不怕他们开了城门，把你这几百苍头都捉了去？"

浮铁虎摇摇头，道："这个徐前真是个属王八的，我后面一马平川，半个人影都没有，更别提埋伏援军，他要是真的开门来战，我也只好逃跑。这下可好，让我骂了个痛快，嗓子都哑了。"说完，他哈哈哈大笑起来。

"不好笑。"浮火花白了他一眼。

甲卓航暗地里摇了摇头，这个浮铁虎性子憨直，随意惯了，作为重要将领，竟然亲自带兵去人家城下挑衅。

浮铁虎笑得正开心，看到了甲卓航的表情，道："你可不要怪我又胡闹，这一次，可是李伯要我去的。"

"是我要铁虎去的。"李精诚如此开口，众人都有些诧异。

李精诚又道："看来徐前是铁了心要闷在里面，无论什么情况，都不会出来了。"

原来他是要浮铁虎去试一试徐前会不会因为托大出城。试了也好，到嘴的肥肉就在眼前，却不为所动，这定力也不是人人都有，看来倒也不能轻视了这个花渡城守。

"这花渡的情况的确有些特殊，"看大家都不说话了，张盛柏又伸出手去，沿着花渡的城墙画了一个圈，道，"因为以军镇建城，最初城内驻扎的多是屯田的军人，但是四马原土地肥沃，这里又是北上木莲、东进商城的著名商路，所以后聚来的平民百姓便越来越多。这花渡原有的大小根本就容不下这么多人，于是这房子就一路盖到了城外。这个徐前反应也不能说是慢，在我们进攻商城的时候，他便开始派下青骑，去监督四马原的乡民抢收夏粮。同时开始强行拆毁外城的民居，一边重新开挖淤塞的护城河，一边在城墙外设立大量的鹿砦、拒马和蒺藜，尤其是最可能被我们突破的南门和东门，真是左一层、右一层，不知道到底码了多少层。"

"既然准备得这样早，为什么还留下这么多民居？"

"功夫下得早，还要看做得好不好。我们占领的百花村就是最好的例子。不管青骑进村多久，乡民们就是拖着不肯割麦子，最后那粮食也就全落入了我们的口袋。"

"你的意思是？"

"是的，徐前这个人生性谨慎，但是不够强势。四马原多少年没有人攻过来，散漫自由已成了常态，他虽下了严令，但自己也心存侥幸，觉得我们未必会真的杀过来，加上花渡如果将城外的民居全部拆毁，大半个城也就没了，他在此数十年的经营也就毁于一旦。因此这政策执行得未免婆婆妈妈、拖拖

旧时雨　65

拉拉，到了今天，也不过将靠近我们方向的东门和南门拆了个七七八八，更不用说恢复护城河了。"

四

张盛柏说得细致，这边浮铁虎听得不耐烦起来，道："既是如此，那我们攻城之前，就一把火烧过去，如何？"

李精诚道："不急，既有民居，必有资材，他既留下了，我们便用起来。徐前拆了不少民居，那些民居里的百姓呢？"

张盛柏看了一眼李精诚，道："回李伯，徐昊原十万大军远征风旅河，需要大量的粮秣，在此之前，徐前已在四马原征集了七八万民夫，专门把集中在花渡的粮食抢运到箕尾山去，这次我们打过来，他便把这些民夫在城外的居所先拆了。"

"哇，这个人做事怎么这么、这么……"浮火花想了半天，居然没有找到一个好的形容词来。

"他就拆得那么正好？恰好这些民夫的房子都在城南城东？"甲卓航觉得这个徐前不是个东西的同时，也对他这个做法产生了深深的好奇。

"自然不是，咱们都知道，这上面的命令，能不能奏效，起到多大效果，其实全靠执行。徐前的命令一下来，百姓大哗，下面执行的时候阻力重重。于是，拆掉城南城东的民宅就变成了拆掉无权无势无门路，又位于城南城东的民宅，他们也不管人家到底有没有人在服役运粮，统统拆了个干净。于是，被拆到无家可归的民众便挤到了西门、北门去了。"

"这，岂不是乱套了吗？"连一向话少的冉平都惊诧了起来。

又听了一会儿，甲卓航已经对花渡的现状有了大致的了解。目前，花渡城南城东两个城门，徐前已经做了大部分的民宅拆除和埋设鹿砦、蒺藜的工作，不过由于前期抱着侥幸心理，执行不够坚决，拖拖拉拉，还留下了大量的民宅民居。与此同时，他们放到四马原上的斥候，在斥候战中全面败北，不仅派往这一边的斥候被张盛柏扫荡了个一干二净，就连南渚赤铁也不给他们面子，把花渡的斥候抓的抓、杀的杀，因此很长一段时间之内，这花渡镇的眼睛就跟瞎了一样，根本不知道吴宁边这边的进度，等到三镇兵马星夜兼程，突然出现在百花溪旁，他再拆已经来不及了。

因为徐前的保守性格，除了对城北通向平明的官道，他在战略要点预先驻扎了部分兵力，花渡剩下的一万两千名步弓兵和青骑已全部被他集中在了城内。这还不算，这一个月来四马原上其他军镇和村落中新征募的杂兵大概近万人，也都被他全数编入城中。

就在两日之前，他还从秋口接收了大概六千名援军。这样，花渡城内的总兵力，大概已经接近三万人，以花渡的规模来说，已经可称雄厚了。

由于城内聚集的兵力太多，花渡的粮食也紧张了起来。在徐昊原的严令下，徐前不敢停掉向北的粮道，向平明的粮食运输依旧在进行，但花渡守军的吃饭问题总要解决。于是，守着存粮冠绝八荒的花渡，一切从稳妥出发的徐前大将军，便开始了未雨绸缪，大幅减少了对外城普通百姓的粮食供应。这边花渡颗粒必争地开始了粮草的征收和储蓄，但另一边，是四马原上连番混战，被焚毁的村落不计其数，大量的难民无衣无食，逃向花渡寻求庇护。

徐前实在找不出两全其美的办法，干脆把四门一关，只求守住手里的存粮，保住通往平明的粮道，却是再也不管城外百姓的死活了。

"要攻城，这些百姓怎么办？"浮铁虎看了看李精诚，又看了看甲卓航。

李精诚沉吟了片刻，道："他们不清，我们自然要清掉，这是徐前留给我们的吃穿用度，不要浪费。之后，恐怕就要如你所说，放上一把火了。"

李精诚说得平静，众人也都沉默。

甲卓航舔舔干裂的嘴唇，他眼前又出现了那些在渡口发馍馍的少年士兵，百花溪渡口的火把映红了那些乡民的脸庞，士兵们兴奋的表情如在面前。"快走，快些走，到了那边，就有吃的了。"在那一刻，发馍馍的和领馍馍的人们都被一种模糊的希望包围着，他们并不知道，他们正在进入一个最为惨烈的屠场，很快，就会成为那冰冷的土地上横陈的一具具尸体了。

"这也是没有办法的事，看样子，那个徐前缩头乌龟当到底，是绝对不会出来的了，"浮火花清清嗓子，道，"不说他对铁虎的挑衅不闻不问，就是前几日，他们好不容易和南渚、永定一起列兵四马原，还不是自己悄悄撤了？四马原的子民，他都不管，我们也犯不上为他操心了。"

"大家还有什么想法，可以都说一说。"李精诚和甲卓航对视了一眼。

"我们这次一直在拼速度、打野战，仅有的攻城器械，都丢在商城了。"张盛柏犹豫了一下，还是开了口。

"既然已经决定了要打，便一定有办法。"冉平拍了拍他的肩膀，道，"那不是还有商城伯吗？"

尚山岳摇摇头，道："时间太短，缺工少料，很难做出有威力的冲车望楼。"

"那怎么办？我这四百重骑，可是上不得墙的，"浮铁虎皱起了眉头，想了想，又道，"尚掌柜，我看你那辎兵里面，好多掘土的翻车和运粮的大车，不如你就搞些辎兵，用大车载了土，冲到城墙下去，由远及近，将一车一车的土堆起来就是。等到积土成山，我们不就可以踩着斜坡冲上去，和他们一决雌雄了吗？"

"什么？"浮火花连连摇头，道，"这太困难了，一车土能有多少，要想顶着城上的箭雨、落木和滚石，在花渡城下堆起一座小山来，实在太困难了。"

"他在那大车上加一个篷子不就好了？"

"对方放火怎么办？"

"我们先淋上一些水！"

"我说的是，那城下都是民居，等我们冲进去，他们点起火来，不是烧个正好？"

浮铁虎一愣。"他们干吗要烧自己人？"

"反正我们去了，也是要烧的，所谓的自己人，也是一些死人。"

"好了好了，二位不要再吵了，"张盛柏道，"辎兵里面，大多是普通百姓，他们和我们的士兵不一样，有胆量冒死往前冲吗？再说，这期间如果坦提骑兵冲过来，怎么办？"

浮铁虎挠挠头，不说话了。显然，刚才所有人的注意力都专注在这花渡城上，反而把在西面扎营、虎视眈眈的永定骑兵忘掉了。

"还有南渚，"甲卓航缓缓道，"就算他们都不出兵，而我们也顺利冲上了城楼，你能保证这城墙从里面能下得去吗？他们三万兵马塞在这小城里，整座城池都是后方，而我们后面却一无所有。城墙这短短的一段，本就没有多大地方，大家陈兵有限，什么战术都没有，只能一对一地肉搏。死掉一拨，才能再上一拨，这样一拨一拨耗下去，等到打光城内的三万人，我们的人也都饿死了，怎么办？"

"啊？"浮铁虎一愣，"那怎么办，不是要打这城吗？现在看来，打不得？"

"可是我们的粮草，不是也撑不了多久了吗？"冉平也急躁起来。

"商城能拿下来，花渡一定也能。"张盛柏看看甲卓航。

"那不一样的，"一直沉默的尚山岳开了口，"这些年跟随大公攻城略地的主要不是我们三镇的兵马，我们擅长的，是野战。拿下商城，是出其不意，也是有家父数十年的经营做底，这一次我们的时间太少，又强敌环伺，如果硬来，实在危险。"

"怎么办？怎么办？怎么办？"无数个怎么办在甲卓航的脑子里面盘旋。

这一瞬间，他竟有一种山穷水尽的感觉，好像这一支劳师远征的队伍里，所有人都已经尽心竭力了，哪怕现在的这群人再勇悍，也不能用血肉之躯去往刀口上撞。但是又能怎么办呢？无论如何，大家胸口的这口气不能散，这样的情形下，一旦有一个人泄了气，绝望就会在士兵中飞速蔓延。只要一个小小的破口，这支数万人的队伍就会顷刻崩塌。不能，绝对不能这样。

怎么办？李精诚闭起了眼睛，所有的人都在看着甲卓航。

不能再这样沉默下去了，甲卓航清了清嗓子，道："我有一个判断，这一次，南渚不会成为我们的绊脚石。"

他看了看这些久经战阵的悍将，道："南渚和澜青的矛盾，让他们无法联合起来对付我们。"

"何以见得？南渚不就是为了对付我们而出现在这里的吗？"浮火花的提问代表了众人的困惑。

甲卓航清了清嗓子，道："在花渡来说，赤铁这一个月在四马原上烧杀抢掠，已经激起了极大的民愤，那些逃回花渡的乡民，带回去的，都是对赤铁的仇恨，徐前对他们的戒心不会比我们更少。在南渚来说，四马原一战他们派出了最为精锐的赤铁，结果大败亏输，其中非常重要的原因，就是花渡观而不战，居然临阵撤兵。双方的信任，早就没有了。这一次首战失利，李秀奇连赤研星驰都杀了，整个赤铁恐怕一时半刻不易凝聚。早听闻野熊和赤铁之间矛盾重重，他们自己尚且阵脚不稳，更不会贸然出兵。既然所有人都认为花渡没有那么容易打下来，换他们观战，大概是个更好的选择。"

"所以？"

"所以我们只要派一小队人马盯着南渚的动向，不要浪费一兵一卒。剩下的人，只要在铆住永定的骑兵同时，全力攻城就好。"

"怎么铆住？我们只有四百花虎和六百苍头，他们除了步卒，至少还有几千骑兵，若是论速度，花虎的霰雪马也是冲不过坦提风马的。"

"所以，我们就是要利用攻城的步卒，把他们的骑兵吸引过来，然后再把花虎放出去。"

"好，就算这样，我们至少对卫成功，还有人数上的优势。你真是笃定在攻城的过程中，徐前不会打开城门，和他们里应外合吗？"

"不会。"甲卓航硬着头皮道。

"可是，你还没说，我们具体怎么攻城呢？"

"我有办法。"甲卓航紧咬牙关，说得无比坚定。

每个人都松了一口气，只有尚山岳扶了扶他歪掉的兜鍪，好像听到了，又好像没听见。

五

"其实你并没有办法对不对？"李精诚拍了拍身上的灰尘。

百花溪畔，都是笃笃的声响，是尚山岳的辎兵们正抡起斧子，砍伐树木。这里面有不少是四马原上的乡民，原来的辎兵毕竟可靠些，各部队损失得多了，便由辎兵加以补充，而这些流离失所的乡民，就摇身一变，成了新的辎兵。

"这些乡民倒真是很卖力啊。"甲卓航并没有直接回答李精诚的问题。

此刻，他坐在尚山谷特别为他打制的木椅上，黑衣灵师杜学书是羽客杜广志的儿子，他不允许甲卓航骑马，尚山谷便命令辎兵营中的工匠为他量身打造了一把木椅，又在木椅两侧，安上两个木轮，便于进退行动。

"不卖力又能怎样呢？"李精诚难得地笑了笑，"敌人和朋友之间，本来也没有那样清晰的界限，比起那些在花渡城下忍饥挨饿的乡民，他们在这里伐木造梯，不是好得多吗？"

甲卓航默默点点头，那一定是好得多，虽然三镇兵马战败，他们一样变成孤魂野鬼，但是至少不用在自家门口被烧成焦炭。

"你对南渚不会搅这次的浑水那么有信心吗？"李精诚眯起他细长的眼睛。

甲卓航想了想，道："没有，但是我能怎么办？李秀奇不来，这已是死局，他如带着野熊上阵，那我们更是毫无希望。"

"那你觉得，他到底会不会插上一脚呢？"

"难说，只要他稍微有那么一点点胸襟和眼光，便一定会带着野熊上战场。但是，我还是想赌上一次。"

"也是，"李精诚点点头，道，"我们算得再精，也算不过天命。如果已经努力成这样还要失败，那便认了吧。"

甲卓航笑了，道："我对李秀奇按兵不动的一点点希望，其实来自一个死人。"

"哦，让我猜猜，赤研星驰？"

甲卓航点点头，道："赤研星驰的死，我总觉得没有那么简单。难道赤研井田没有听过朝承露的那道传遍八荒的谕令吗？"

"凡王族后裔殁于州城，木莲必举天下之兵而共伐之。"

"不错，赤研星驰再怎么说，也是有着日光家族的血统，居然就这样随随便便死掉了。"

"所以，南渚和澜青的联盟有可能因为他的死亡而破

旧时雨 73

裂吗?"

"谁知道呢?"甲卓航叹了一口气,道,"再怎么说,徐昊原敢于大举兴兵,还不是因为背后站着朝守谦,如今赤研井田借这一战杀了朝家想要扶立的未来南渚大公,木莲会不会找赤研井田的麻烦?"

甲卓航说完,两个人都笑了起来。

"说到木莲,如果李慎为像三年前一样,从肥州南下,我倒是很担心大公和豪麻能不能守住大安。"

"那是大公要解决的问题,如果他面对的问题比我们还要容易,那我们未免也太苦了。"

"是啊。"李精诚微微点头,又把他细长的眼睛眯了起来。

马蹄声响,是浮火花匆匆赶来。"热得什么似的,一丝风也没有。"她先一把摘下兜鍪。

"怎么样?"

"和你预料的一样,我们接近他们花渡外城,南渚也好,永定也好,花渡城内的徐前也好,都毫无动静。"

在尚山谷赶制攻城的冲车、望楼和云梯的同时,张盛柏和浮火花已经开始准备清理外城。

"这么快就开始动手了?"甲卓航从来看不透浮火花,她当然是个优秀的战士,在战场上浴血冲杀的时候凶悍狠辣、毫不含糊。但是,她也是个女子、母亲,难道面对那些在城下惊慌失措、惴惴不安的百姓,不会有一丝同情和怜悯吗?

浮火花摇摇头,笑了笑,道:"还真是出了一些意外的情况。"

"什么情况?"

浮火花歪着头看着甲卓航,想了想,才道:"有些人坚持想要见你。"

"有些人?"甲卓航愣了片刻,"什么人?"

"哎,我也说不好,本来要杀了算了,你要见见吗?"浮火花摇了摇头。

"你是谁?"

面前跪着的,是一个膀大腰圆的士兵。看服色,不过是个小小的什长而已。

"甲将军,花渡里面有粮食,请你不要焚城!"这人一开口,甲卓航便知道,这不是吴宁边跟来的士兵。

"你抬起头来说话。"

这张满是汗水的脸黑黝黝的,两道铲子一样的浓眉下,生得一对三角眼,略略有些朝天的鼻子下面,是紧紧闭合的嘴唇和刮得铁青的两腮。甲卓航总觉得这个人在哪里见过。

"小的是花渡镇百花村人士,叫作周元亮,现在跟在张盛柏大人麾下,做一个斥候。"

百花村?周元亮?甲卓航坐起身来,道:"你是周老三?"

"是,"周元亮抹去了额头上的汗水,道,"大人还记得我。"

应该记得的,在花虎冲进百花村的那个夜晚,这个周老三正带着百花村里的村民在地里抢割尚未成熟的麦子。在其他人都惊慌失措的时候,唯有这个周老三从死人身上抢了长刀,胡劈乱砍,护着身后的乡民,不让人接近。可是那些被他护着的乡民,却毫不领情,在大家都被捆住之后,用泥巴和唾沫就往他身上招呼。一问才知道,原来在飞鱼营占领百花村之时,就是这个在村外放哨的周老三带着飞鱼营进了村,又由于他胆子够大，敢于当着全村人的面，杀了驻村的青骑，才侥幸活了下来，并且被指定为抢收麦子的工头。可是百花村是一个小村庄，乡里乡亲的村里人无法原谅他引狼入室，因此赤铁走了之后，他变成了众人唾骂的对象，一直抬不起头来。

后来也是这个周老三，不知为了什么，主动要求加入了军伍，开始是被编入了辎兵的队伍，大概是张盛柏看他有一股子狠劲，又熟悉附近的环境，就把他要去做了斥候吧。

"是个什长了？"投效来的四马原百姓不少，能进张盛柏斥候队伍的却不多，不到一个月的工夫，这个周元亮居然做了什长，可见张盛柏还是看重他的。

"是，"周元亮咬了咬牙，道，"我是花渡的叛徒，既然已经入了吴宁边大军，大概这一辈子是回不得百花村了，我这人不会说话，原也没有什么说话的份。若不是将军前几日在百花溪渡口给我们发馍馍，让大家回城，我也不会觉得将军是个好人，也不敢来跟将军说这些话！"

百花溪渡口发粮遣散？那是要你们去战场上做肉盾啊！甲卓航面对激动的周元亮，不知道说些什么好，只好问道："你那些同乡呢？可都回去了吗？"

"他们、他们，大都死在四马原上了。"周元亮说话的声音抖了起来，眼眶也红了。

"这个周老三是张盛柏的斥候，对探查花渡镇的地形颇有些贡献。不过今天我们再去外城，才忽然发现，原来他和花渡镇的守备士兵有暗中联系。被捉住之后，张盛柏要就地砍了他，他却嚷着要见你，一查才知道，原来这个家伙在投效的本地乡民中颇有些分量，这不，后面又跟来了这些人。"

浮火花让出身子，往后一指，远处被守卫们拦着的，还有百十来号人，黑压压跪了一地。

甲卓航想起了当时为了刺探赤铁对于这些平民的态度，自己也曾派斥候混在四马原的乡民中去赤研星驰的银梭营中请愿，结局却是死得只剩一人。想也知道，赤研星驰一定知道这其中混着吴宁边的斥候，只是不知道当时他面对这同样跪了一片的百姓，又是怎样的心情。

他轻轻呼出一口气，道："你有什么话，赶快说吧。"

"将军，请你不要焚城！虽然当时拿了大军的馍馍回了花渡，但如今这四马原处处烽烟，他们本来就无处可去！现在花渡镇不肯开门，把这些人丢在外面自生自灭，已经饿死不少了啊！现在张校尉下令，先清掉大家的余粮，再一把火烧了城下的房舍。这，要是这样做，大家就都死了，你当初那两个馍馍，不也白费了吗！"周元亮越说越激动，眼泪鼻涕一起喷了出来，一个魁梧大汉，居然哭作一团。

"是徐前不肯开门，我也没有办法。"甲卓航耐着性子，心中把"慈不掌兵"四个字翻来覆去地念着。他知道，只要自己一声令下，便可以一劳永逸地解决这些毫不必要的唠叨。不过，他却狠不下心来，只想再拖一刻才好。

不知道赤研星驰的心中，是否也受过类似的煎熬呢。

"将军，你不要焚城、不要焚城！"周元亮的哭声越来越大，还想上来扯住甲卓航。

"甲将军也是你碰得的？"

浮火花不得不抽出身上佩刀，搭在了他的脖颈上，这才止住了他上前拉扯的举动。

此刻李精诚一定对自己的妇人之仁不以为然吧，甲卓航抬起了眼，看着百花溪畔忙碌着的辎兵们，在周元亮呜呜哇哇的难听的哭声中，他感到自己的心渐渐硬了起来。

　　"将军，你不要焚城！你要打要杀，去杀徐前和他的青骑，你不要杀城外的乡亲。我给你说，我反正也做不成这四马原的人了。我跟你说，你不要烧了花渡，花渡里面有粮食，没人管我们，我们还不能自己管自己了？你，我跟你说，我能开门，你进去，你们进去，你们不要杀乡民，你们去杀徐前，去杀青骑，青骑早就不管我，不管我们了！"

　　"什么胡言乱语，住嘴！"浮火花看他情绪激动，把刀一横，不料周元亮竟伸手握住了刀刃，鲜血就顺着那雪亮的刀锋流了下来。他鼻涕一把泪一把，语无伦次地大声嘶吼着，身后的那些一起跟来的投诚兵士也开始哭喊起来了。

　　周元亮那血肉模糊的手掌差一点就要拉住自己，甲卓航却定定看住了他的眼睛，道："你说什么？"

　　"啊？"

　　"你把刚才的话，再说一遍！"

六

　　"这一次，我没法在战场上陪诸位冲锋陷阵了。"杜学书推着甲卓航的木椅，在二人面前的，是这一次三镇大军各军的主将。

　　天色已晚，夕阳在地面上还有最后一丝余晖，吴宁边三镇大军连绵不绝的营地里，整兵束甲时的磕碰声响不绝于耳。

"放心吧！我们会回来的，你便好好在这里等着就是。"浮火花利落地把长发束在脑后，戴上了兜鍪。

就连李精诚也穿上了他的黑色战甲。这一战，坐镇中军的，换成了甲卓航。然而每个人都知道，这一次的计划，比上一次还要冒险得多。

"走了！走了！李伯在前面，我们一切听他的就是，你还有什么不放心的！"浮铁虎又不耐烦起来。

张盛柏、伍平、冉平、尚山岳，甲卓航把这一张张从容自在的脸庞看过去，真是后悔自己为什么吃了那一刀。现在的他，愿意为他们任何人挡住刀枪箭矢，让他们踩着自己的身子跃上花渡城头。

可是现在，他只能带着后队的步卒和步弓手，在尚山岳尚未搭建完成的望楼上，远远看着这些曾生死与共的同袍去浴血厮杀。而这一夜之后，他不知道又要和哪一位就此永诀。

这是一次可能转瞬即逝的突然机会，周元亮告诉甲卓航，他可以为三镇大军打开花渡的城门。

按照周元亮的说法，徐前早先已经将四马原上的粮食大半收入花渡，加上几州军队的抢掠，如今的四马原上，已没有任何可以果腹的食物。而聚集在花渡城下的百姓们，由于徐前拒绝打开城门，更不许开仓放粮，已经饿死了不少老弱妇孺。花渡的青骑本来就是四马原的子弟，这一次从各乡村招募的杂兵，更是走出家门的农人猎户而已，现在他们的家园已经被烧为片片废墟，而他们的父母妻子，却正在花渡高大的城墙下忍饥挨饿，濒临死亡。

城外的人，害怕三镇会突然攻城，城内人的人，更加害

旧时雨 79

怕,害怕外城的熊熊烈火中,烧不尽的,都是自己亲人的血泪尸骨。可能整个四马原上,现在泰然自若的,只有青骑们位阶高高在上的校尉将军们,他们坐拥一座铁桶般打不下的城池、有着数年吃不完的粮食,哪怕城外洪水滔天,和他们也没有半点干系。

周元亮本来是带着复仇的心情加入三镇兵马的,因此在对阵南渚赤铁的那个血腥夜晚,奋勇杀敌,不遗余力,更因此晋升了什长。可是,当吴宁边大军的矛头指向了花渡镇的时候,他的亢奋渐渐都变成了负罪和愧疚。特别是他得到了要清理花渡外城、纵火焚城的指令之后,他再也忍不住了,他宁可冒着杀身砍头的危险,也不能让甲卓航把这一把火烧起来。

于是,他提供给了甲卓航一个极其重要的消息,花渡镇的四门守备校尉王磐山本来就对徐前龟缩起来拒不出战极度不满。而就在数日前,他属下的西门守备都尉赵长弓违令放了永定城的卫成功带坦提骑兵入城,按照兵士们的说法,是王磐山想要借卫成功的压力,让徐前打开城门迎敌,至少多放一些百姓们入城,至不济,也要接济一些粮食给这些奄奄一息的乡民。然而徐前却成功地抵挡了卫成功的兴师问罪,反过来却要治罪赵长弓。王磐山无奈,只得将赵长弓整营人马都以押粮北上的名义派了出去。

在秋口的援兵入城之后,王磐山和徐前的矛盾更加突出。王磐山曾以视察城防的名义,违背徐前的禁令,偷偷出城看望来自他家乡皋兰的父老,被城外的人间惨剧震惊。当时周元亮混在那一大堆乡民中,也哭了个两眼通红。但很快就被王磐山抓了出来,周元亮本来就是个左摇右摆的新兵,王磐山一问,便什么都说了出来，尤其把百花村的遭遇和这边不但放人还给馍馍的故事大肆添油加醋描绘了一番，说到那夜吴宁边，发现赤铁趁乱攻击乡民，马上派兵保护，与南渚恶人死战不退的时候，更是涕泪交加。那一夜他本人也在战场，虽然话语粗糙，但是胜在感受真切，他这一番描绘，把王磐山和一干四马原子弟听了个血脉偾张，再对比起面对四马原百姓被无辜屠戮却转身就走的青骑，更觉得身在花渡衣食无忧，却要眼睁睁看着城外这些乡里故旧一一惨死，还不如自己死了算了。

怕周元亮有意胡说，王磐山还多方求证，结果城下乡民人人对南渚赤铁切齿痛恨，对花渡青骑极度失望，更有不少幸存的乡民对那两个馍馍和几句暖心话儿记忆犹新，王磐山就真的动摇了。回到城内，王磐山又听到了徐前要将其军法惩办的消息，这可就不是四门守备地位岌岌可危的问题了。因此，王磐山就产生了弃城逃跑的想法，可既然弃城逃跑也是个死，何不博一下，万一还能救得满城百姓呢？

得了王磐山的承诺，周元亮马上飞奔回来，没有见到张盛柏，可斥候们举火焚城迫在眉睫，便找了乡里乡亲的一大堆投诚士兵，一起来向中军请愿，被正在布置对花渡四城进行清拆的浮火花碰了个正着。

这才有了周元亮对甲卓航哭诉的这一段故事。

然而，这个故事是不是有点过于离奇了？周老三一个普通乡民，可信吗？会不会是徐前有意设下圈套，引诱敌人上钩？最为可疑的，是周老三说，王磐山已经得到了消息，他明天一早就会被解职四门守备校尉，等候军法处置。他之所以现在还没有逃，便是铁了心要用自己一条性命，来换四马原无辜百姓的活路。

"今晚?"这一番艰难的问话,让甲卓航、李精诚和浮火花面面相觑,一时无语,只有周老三急得嗷嗷叫。

徐前到底是不是大智若愚,专门布了一个迷阵,要将这些急躁单纯的敌人一举歼灭?

这种阵势,连阅历丰富的李精诚也没有经历过,数万人的安危,能够这样随随便便吊在一个话都说不清楚还左右摇摆的乡民身上吗?何况这个故事里的漏洞不仅太多了些,而且个个比花渡的城门还大!更重要的,是如此火上房的安排,连个求证真伪的时间都没有!

不过既然李精诚也同意赌上一赌,那还有什么好说的呢?

"升起来吧,先不要火把。"

太阳已经敛去了最后一丝光芒,连天边通红的云朵也开始变得晦暗起来。晚风吹起,身后哗啦作响,甲卓航回头,看到了属于自己的那一面黑红长旗,那个金色的"甲"字大得有些不真实。

这片处处陌生的原野如此广大,他正坐在他的木椅上,而他的木椅被架到了尚山岳尚未制作完成的攻城望楼上,高是够高了,只是总有些岌岌可危的感觉。虽然每个人都对他说,在这样高的地方,一旦敌人冲到近处,便是一个活脱脱的人靶。但是甲卓航还是坚持一定要上来,他要亲眼见证花渡的陷落。当然,他也很可能见证三镇大军的溃败,因为根本就没有一扇预定好的城门要为他们打开。

"你害怕吗?"甲卓航回头问杜学书。

这个一脸骄傲的青年嘴角带上一抹不屑的微笑,道:"这有什么好怕的。"

甲卓航长长呼出了一口气,道:"好高啊,你那轮子有没有卡住,我该不会掉下去吧!"

于是两个人都哈哈大笑起来。

远远地,第一丛火光升起来了。紧接着,亮起的火把越来越多。呐喊声、嘶吼声远远传来,他的手指紧紧抠进木椅的把手中,他们都还好吗?

这一战,尚山谷制作完成的云梯只有四架,那些翻车大概也只够填平那几道浅浅的沟壑。李精诚也说,这是他三十余年沙场征战中,最仓促草率的一次决策,如果周老三的消息不实,大概只要一小会儿,这战争就要结束了吧。

隆隆的鼓声响起来了,嘭的一声,花渡的城头冒起了一团更大的火焰,照亮了整个夜空。

"快看看,怎么了?"

"大概是城门烧起来了?"杜学书用手遮着眼睛,尽力眺望。

"你们灵师不是可以那个什么吗?就是,飞起来的那种。"

甲卓航伸出两只手来,上下扇了扇,做出了一个滑稽的飞翔动作。

杜学书的脸居然红了,道:"我现在没法凝羽。"

"啊,这样,你别介意,我随便说说的,哈哈哈。"甲卓航觉得自己简直亢奋得像个失心疯的病人。

"可是我应该很快就可以了。"总是这样的,少年人自有少年人的倔强。

夜色越来越沉了,对花渡的攻击依旧在声势浩大地进行

旧时雨 83

着。不多久，在南渚营地方向和永定营地的方向，又延伸出一细一粗两道火线。

细的，是张盛柏激动地派出一组斥候飞奔回报，李秀奇的大军已经趁着夜色，悄悄撤得无影无踪了。然而这次汇报，甲卓航根本没有听到。他的注意力完全被那道越来越粗的火焰的河流吸引过去了。那是永定的坦提骑兵，如果浮铁虎的四百花虎不能截断他们的进攻，那么即便花渡城门洞开，这一战仍然可能全盘失败。

花虎启动了。甲卓航睁大了眼睛，一眨不眨，然后他意外地发现，整个大地都颤动了起来。难道四百花虎，就可以制造这样的奔雷吗？他紧紧拉住杜学书，迷惑不已，还是少年眼尖，顺着杜学书的手指，他发现了一团更加明亮的火花。花渡城北，那片空漠的原野上，一把更加锋利的刀子，横空切入了那条正在恣意奔涌的火焰的河流。

"啊，那是浮明焰和他的重甲吧，只有他才能跑得这么吓人，烧得这么亮啊！"

两行泪水划过了他的脸颊，他缓缓闭上了眼睛，他实在是太累了。

吴宁边南方三镇最高统帅，甲卓航大将军，在这样一个明亮的夜晚，在他那立在四马原上挥斥方遒的高高望台上，睡着了。

第三章 白吴

真是连喘气的时间都没有了,越系船和阿青头惊魂未定地对视一眼,又低下头,拼命拉起云梯来。接近城下,黑色的灰烬在火焰带起的乱流中上下飘飞,硫黄和硝烟的味道中还夹杂着臭气,熏得人睁不开眼。在已经崩塌的羊马墙下,到处都是尸体,尚未死去的士兵哀号着,第一架到达城下的云梯已经开始放钩了。

一

"又有什么好东西了？"看见越系船翻过了壕坑，辛望校挪了挪身子，咽了口唾沫。

越系船从壕坑上滑下来，带下来不少泥土，噗簌簌落了坑里人满身。他从怀里掏出一个已经黄硬了的干馍来，递给了辛望校。

"没别的了。"

"可以。"辛望校一把抢过来，掰下来一块放在口里细细嚼着，一抬眼，才发现身旁还有好几双饿狼一样的眼睛在泛着绿光。

"谁敢抢，老子砍了他！"辛望校先把佩刀拿到膝盖上放着，威胁了一通，这才掰出来半块馍，一点点捏碎，给每个伸过来的脏兮兮的手里放上那么一小把。

虽然只有小小的一搓，但是每个人都吃得啧啧有声，好像那是天底下最为美味的食物。

晨风卷起的黄土吹过来，带来了阵阵腐臭的气息，就连久在鱼肆的越系船也难以忍受，哪怕他已早有准备，往口上包了两层破布。

抬起头来，前方不远，就是那座久攻不下的城池了。

从那青砖垒砌的城墙到野熊们的壕沟，还有大概四五百步的距离，从这里往前，都是一片焦土。二十天前，当越系船远远眺望这座城池的时候，不仅阳光明媚可爱，这城下的驿馆、小店，供人歇脚的凉亭里也是一派生机勃勃，牵着骡马的行人行礼如仪，城下的小树林中还有孩子跑闹，绕城的那一湾碧水宁静无波。然而现在，这里只有凹凸不平的焦黑地面，干枯的护城河壕沟里，间杂着个把无法抢回的兵士的尸体，散发着浓重的臭气，渐渐被血鸦啄成了白骨。

"老乌贼，对方已经没有马了，你们还窝在这里不出去，是什么道理？"

辛望校还在专心致志地对付手中最后的那一点馍渣，道："出去，去哪儿？"

越系船指了指城头。

"你看大伙儿，还能爬上去吗？"

越系船扫了一眼周遭的士兵，东倒西歪、有气无力，还有个正在自己的甲缝里面捉虱子。这大热天的，这些人都要在这里面沤烂了。

"小哥，这当口，近卫营还有肉吃吗？"那捉虱子的兵士抬起头来。

"有，还多得很！"越系船挥了挥他的拳头。

那兵士嘿嘿笑了两声，道："也不知这辈子能不能再吃上一回肉了。"

肉还真是有的，只是再打不下来这商城，棕熊的这几千人大概就没有力气走回扶木原了，他在近卫营每天那一根肉条，来自十几日前还雄壮矫健的坦提风马。

"没事就赶紧回去吧。你跑到这里来，传出去，不得了。"

"行。"越系船拍拍身上的尘土，站了起来。

这样远的距离，他越系船大概还不值得吃上一发城头的床弩吧？说实在的，来到四马原这二十天，他还没有真正上过战场，毕竟棕熊的近卫是战斗力最强的亲兵，等闲是不会祭出来的。但是没上过战场，不等于没看过战场。这些日子的几次攻城，越系船都亲眼看见，他印象最深的，是那青灰色的残破城墙上一道道黑亮的污痕。那每一条痕迹，便是一通直浇在进攻士兵头上的煮沸的粪水，自从和赤铁正面遭遇了一次，他已经想过了很多种死的方式，此刻细想，唯独觉得死于大粪"金水"之下不可接受。

那些被"金水"烫伤的士兵，基本没救了，且不说皮外伤极难康复，就算被抢了回来，也会引发营内的疫病。因此，一旦攻城后撤时候没能被同袍带回来，也就都烂在城下了。云梯用过了，望台对射双方都没占什么便宜，由于被七八轮火箭烧过，商城那厚重的木制城门已经破了补、补了破，最后被干脆钉死，里面又塞上木桩和刀车，不但外面进攻的野熊们进不去，里面的人也别想出来了。棕熊这里进攻还没使出全力，这城墙下便已成了人间地狱。这十几天里，越系船眼看着这青色的城池一点点变得面目全非，只有城楼上那黑色的"尚"字长旗几经缝补，依旧在迎风飘扬。

越系船没有参加过其他的战争，他不知道是不是所有战争的指挥者都像那旗帜的主人这般疯狂。一个月前，当他们带着商城陷落的消息返回紫丘，找到正和陈兴波吵成一团的孙路通时，棕熊已经开始悄悄把淡流河畔的部队向金麦山转移了。

棕熊确实是战场上熬出来的将领。来到商城后，他有意派出少量杂兵前去袭扰，对方刚刚攻下商城，还在大胜的喜悦之中，果然耐不住性子出城剿匪。于是，棕熊轻而易举地引出了

旧时雨 89

对方的主力，并在城西的红石坡动用李秀奇配给他的六百坦提骑兵，把对方的三千步卒打了个猝不及防，连统军校尉都被当场砍死。连续追击的结果，是对方逃回商城的兵力还不及一千，就这一点点人，还有两百余人跑得慢了，被手忙脚乱的守军关在城外，不得已只能悬索而上，活活都成了苦瓜的箭靶子。

这时候的商城因为刚刚被吴宁边大军攻下不久，不但四门的鹿岩蒺藜被扫除一空，就连城墙也塌了一段，一副摇摇欲坠、唾手可得的样子。因此，棕熊也就不着急把它拿下来，而是在城池的西南和西北建了两座大营，准备每日稍加压力，等商城放出信使向西进的李精诚求救后，再将它一举拿下。然而正是棕熊这一念之差，他这五千人马不得不在四马原上连吃了二十天的土。

因为仅仅一夜之间，商城里面忽然多了两个人。一个，叫作尚山谷，是商城旧主尚南岩的小儿子；而另一个，叫作孙百里，是白安叛军的小头目。这两个人入了商城，立即一把火烧掉了城外的民宅和树林，同时借着城外大火的掩护，组织城内的百姓连夜把那已经崩塌了的城墙重新砌了起来，围城的棕熊没有等来商城求救的信使，反而等到了守军的迎头痛击。

一步错，步步错。棕熊陆续组织了几次进攻，每次都被城内那一点点兵力奋力顶了回来。这些徒劳的努力不但没能让野熊兵的一兵一卒站上商城的城头，反而在城下抛下了四五百具尸体。而这样的久攻不下，让野熊们的粮草也出了问题，作为前锋送人头的杂兵们，更是有些人心涣散的意思了。

"别傻站着了，一会儿那边高兴了，给你飞一枪，你就再也不用奇怪为什么没人出去了，"辛望校踢了越系船一脚，"喏，那边。"

顺着辛望校的眼神看过去,大概五六十步远的前方,一辆散了架的冲车歪倒在一道土沟里。

"有什么奇怪的?"

"那车里现在还有四个人,被城上的床弩穿在一起了。"

辛望校一手扶着腰,也慢慢站了起来。"棕熊打那些浮玉蛮子打得顺手,早忘了攻城的艰难。当年他带着我们两三百残兵,就顶住了季无民的四千浮玉藤甲,如今,这情形倒是反过来了。"

"那你说,这城,还能攻下来吗?"

"怎么不能?当年我们在叶城城头,睡觉都要睁着眼睛,想得最多的,是眼睛一闭,就再也不用睁开了。但凡当时季无民再有一点坚持,今天,就不会什么屠夫棕熊了。"

他抚着夯实的土沟,向那高高的城楼上看。"你以为他们不辛苦吗?我们那会儿时日尚短,还有气力骂人,现在他们困守了二十天,马肉应该已经吃光了,大概再守下去,就要吃人了。"

若是在以前,这些荒唐的话语听起来可能好笑,然而看过如今这样死寂的战场,越系船完全相信辛望校并没有在开玩笑。无论他表面上多么不以为意,但是他的身体足够诚实,他干呕了起来。

"季无民号称勇悍,但是一州大公是不用蹲土坑的,因此他打着打着就撤了,可是棕熊不会,"每日殚精竭虑地拢住这些杂兵,辛望校的胡子愈发蓬勃了,"当对手熬不下去的时候,发疯的就该换成他了。"

旧时雨

"是吗？"越系船咽了一口唾沫，现在野熊唯一还没有拉出来上战场的，只有最为精锐的近卫营了。按照辛望校这么说，现在双方僵持，都到了精疲力竭也就是最紧要的决胜时刻，近卫营也是要被拿出来冲锋了。

"你看看他们，如果张宝库把你也编了进去，记得往前冲！"辛望校好像看穿了越系船的心思，"你以为你那根肉条是白给的？若是退后半步，脑袋马上就没了。"

"我不会后退的。"越系船咧开嘴笑了起来，原来这个老乌贼早就知道，自己舍不得分他肉吃。是了，毕竟他也是跟着棕熊混的，只不过没有混出名堂罢了。

可以的，太阳从那高高城楼的身后升了起来，照在这片混乱死寂的土地上，越系船感到自己的激情又饱满了起来。

怕什么呢？他并不后悔凭着一股蛮劲冲进近卫营，如果他没有成为棕熊的近卫，今天便会和这些杂兵一起，沮丧地蹲在这些尸坑一样的土丘后，等着死神的降临。这样可太不体面了。同样都是个死，至少在其他野熊吃糠咽菜的时候，你每天还多嚼了一条肉，不是吗？

"老乌贼，你放心，要是真把我们放上去冲，我越系船肯定是冲锋陷阵的第一名！不过我要是真的死在这里，以后就不能给你顺吃的了，还劳烦请你不要死，日后见到乌毛头，跟他说，要他照顾好越传箭，到哪里就拴在裤腰带上，不要弄丢了。"

"天下这么大，老子去哪里找他？"果然是老乌贼，费力不讨好的事情，他是绝不应承的。

"那就算了吧，老子也不是很在乎了。等老子发达了，让你天天吃肉!"

越系船哈哈一笑,返身爬出了土坑。

"你等等,"辛望校也跟着爬了上来,"我要去找孙路通去,再这么饿下去,不等你们上城头,这些杂兵要先饿死在沟里面了。"

越系船向下看了看,道:"你走了,他们会不会跑?"

辛望校摆摆手,道:"要是没有你这半个馍,要我跑,我也跑不动了。"

二

"回来了?"郑洪林把他的兜鍪甩了过来。

把近卫营的口粮分给杂兵是绝对不允许的,难道这郑洪林眼睛这么贼吗?

越系船有些心虚,伸手接住,道:"怎么?你要秃头上阵?"

"等你死了,就不犟嘴了!"郑洪林指了指那头盔,道,"你拍拍!"

不是问吃食的去向便好,从紫丘来的粮车已经断了快十日,惹得孙路通亲自去催,结果传回来的消息,是粮食一颗也无,连陈兴波都被押解回灞桥了。如今近卫营外,大家都饿绿了眼睛,一块干馍也可以抢出人命来。

"想什么呢?"

越系船想起他的话,忙拍了拍那头盔,砰砰作响。

郑洪林得意道:"整个的!"

"这么好的东西,哪里找来的?"越系船低头看看这兜鍪,确实比自己的那一顶好了不少。他戴上试了试,却不知道哪里不妥,总是别扭。

"死人头上扒来的。"郑洪林露出了诡异的笑容。

"真是!"越系船赶紧把那头盔摘了下来,道,"你去前面了?"

"怎么了?你去得,我去不得?这就是给你看看,还我,"郑洪林伸手,又把那兜鍪抢了回去,三两下给自己戴上,转转脖颈,道,"怎么样?"

"我是斥候,自然可以四处走动,你是什长,私自离营,抓住不是要砍了?"

"砍了我,谁去推云梯?"郑洪林嘴里翻上翻下,嚼着不知哪里薅来的草杆子,道,"你才回来,还不知道吧,嘿,明天吃过肉,近卫营上城头。"

"这么快?"今天看到顶在前面的杂兵那个惨样,越系船也觉得近卫营这肉条吃得不甚踏实,若是在平日里,一匹坦提风马,可比一个近卫营的士兵贵多了。

是了,马儿倒霉,就在于不会爬城。不知哪里传来弓弦声响,他摸摸光秃秃的头顶,赶紧把自己的梨子鱼头盔又戴了回去。

"快吗?二十多天了,吃肉吃得满嘴是血,都要憋疯了。"郑洪林的表情竟有些咬牙切齿,"这次苦瓜亲自带队。听说城里面那位尚大爷,终于向花渡放了信使了,他们也挺不住了!"

越系船的心咚咚地跳得厉害,想不到辛望校的这张乌鸦嘴这么准,真是说什么就来什么。

想起时前面沟壑里那遍地的尸骸,越系船咽了一口唾沫。

"怎么了？看到死人，怕了？"

越系船咳嗽了一声，道："怕个屁？"

"怕也没关系，明天冲阵的时候，你就跟着我好了。回头封你做个卫官！"

"啥？"郑洪林一个小小什长，要封自己做卫官？越系船好奇起来，"什么意思？"

"什么意思？你不知道吗？野熊的规矩，先登升三级，赏军户百户！"郑洪林向地上啐了一口，道，"老子在平武的野树林子里混了五六年，也没碰上一场大仗，这登城拔旗的机会，是说有就有的？"

"先登？"越系船的脑海里闪出了那面满是瘢痕的死寂的高墙。

"是啊，老子当年杀了人，从扶木原奔了平武，可不是去游山玩水的，家里一大堆债顶不上，田房都没了，老娘快六十了，还每天下河给人洗衣服呢。这去入了边兵好几年，就没见过老婆，现在想想，应该早他妈的就跟别人跑了。这日子，跟死了也差不多吧？这要是我先拔了旗，一下子做了都尉，不就什么都解决了？债还了，田有了，老婆换一换，再弄些小崽子，都送去青云坊，日后做人上人，你说好不好？"

郑洪林一边说一边嘿嘿地笑着，走到大太阳下面，伸了一个懒腰。

"都尉的孩子进不了青云坊。"

"你懂个屁！"

越系船不说话了，对于青云坊，他恐怕真比面前这个小什长多懂一些。

"你都是被辛大胡子忽悠了。他那个人，就是有点老资格，喝酒说大话在行，最是没出息！就算是个猴子，在野熊里面混了二十多年，也能混个卫官。就这他还嫌苦，干脆跑去灞桥看大门。这次回来，要不是照顾他是老兵，根本都不会要他！"

郑洪林噗地将那草秆喷向空中，道："记好了，明天上了云梯，你就跟着我。啊，还有，千万别往回跑，近卫登城，向后一步，就是一刀，懂了吗？"

郑洪林冲着自己的脖子比画了一下。

"行。"越系船反手把随身的腰刀抽了出来，掂了掂，明天上了战场，是死是活就都靠它了。他把这刀左挥一下，右挥一下，手稳得很。可在离火原上，一颗人头就把这刀吓得脱了手，这对于专以霸蛮自诩的他来说是不可原谅的。

这几刀抡起来，虎虎生威，他仿佛又看到了那些乡民挥舞着刀枪冲来。来啊，来啊！看看谁怕谁！告诉你们，这次不好使了！老子已经知道骨头断裂到底是什么声音了！他在心底一遍遍恶狠狠地重复着。

早在灞桥街头群殴的时候，他就已经明白了，害怕，是这世上最没用的东西。

郑洪林正聚精会神地磨着他的刀。他越想，就越觉得郑洪林说得对。郑洪林想要靠军功翻身，谁不想呢？难道最应该靠军功翻身的，不是他越系船吗？不正是因为打渔打得活不下去，他才从了军吗？郑洪林从军不过是为了杀人逃法，自己可是连妹妹都卖了！他摸摸脸，还有些隐隐地疼，想不到乌毛头平生最狠准的那一拳是冲自己脸上招呼的。是了，那个家伙一定会尽力照顾好传箭，可是，他很怀疑乌桕照顾自己都费劲得很。连越系船都打不倒的人，万一谁要是抢了传箭去，他又有什么办法呢？

想着想着，他的拳头就握了起来。都尉是什么，大概是辛大胡子的上级。当个都尉有什么好处难说，但至少不用像老乌贼一样领着一帮杂兵送人头了。若是自己还能够指挥一队人马，那岂不是更加威风？这年头，拳头不硬，真的没人在听你说话的。

对面城池里那个素未谋面的尚山谷，就是拳头够硬，因此连棕熊也不得不耐心守在城外骂娘，还派出了自己千辛万苦攒起来的近卫营顶着金水登城，这应该是对他最隆重的致敬了吧？

还有，他又想起了扶木原上那个小姑娘，也就和越传箭一般大小吧，那一天自己可哭惨了，真丢人啊！为什么要哭呢？大丈夫流血不流泪！只有无能无用的人才会哭！狗日的陈兴波，老子迟早杀了他！

出人头地，登城拔旗！越系船的拳头越攥越紧了。

五百个吃肉的近卫营士兵，现在齐整整地站着，等着他们的最后一餐。

越系船就站在他们之中，他的个子并不比其他人矮多少，肩膀够宽，拳头也够大。他只是年纪小，还没长开，再给他几年时间，他绝不会比任何人差。

近卫营是个模糊的组织，选拔方式奇怪，组织更奇怪，临到要上战场，越系船才发现，这四五百人，居然来自这一支野熊的各个队伍，就连伙房的阿青头也被编了进来，这家伙脱了

旧时雨 97

那一身衣服，才显出他的精壮来，看来也是几百人里面打过来的没错了。

阿青头由发肉的，变成了吃肉的，因此这最后一顿的馒头和肉条，便是由赵瘸子亲自来发放。这些日子，辎兵的矮脚马已经全数被他们吃进了肚子，现在坦提风马也不可避免地变成了食物，然而非常可惜，坦提风马的肌肉看起来如此健硕饱满，但赵瘸子的厨艺还是一如既往的糟糕。

"拿着吧！"赵瘸子看了越系船一眼，这一条肉好像确实比旁人的更大些。

"谢谢了。"越系船抄起这一条肥中带瘦的肉条，大口嚼起来，心里却在关心赵瘸子那油渍麻花的外套下，会不会也是一身虬结的肌肉。这老王八蛋不会也是几百人里面打过来的吧？一会儿会不会将身上衣服一撕，也跟着大伙儿上了战场？

指挥登城的主将张宝库出现了，他外号苦瓜，人如其名，一脸苦相。大伙吃了肉，喝了酒，便轮到他来给近卫营讲话了。直到这会儿，越系船才知道，原来张宝库还兼任近卫营的校尉。这一次，近卫营直领五个百人队，每个百人队里又分成五批，每批二十人。要做的，就是踏着云梯，冲上那高高的城墙！

队伍怎样出发，会遇到些什么问题，每日都在爬的云梯，真的搭到了城墙上，又要注意哪些问题，张宝库都耐心地一一讲解着。对方的战术，无非是火箭焚烧、金水、热油烫浇、木雷滚打，这几招都会有先行冲到城下的杂兵们做肉盾先行消耗。等到推出了望台和勾车，那便是要一鼓作气攀了上去，目的只有一个，斩将夺旗，打开城门，给随后的大队人马进入开辟道路，等等。

苦瓜这些话，什长、卫官们早就说过了，越系船全都没有听进去，他一直竖着耳朵在听的，就是先登，到底有什么奖励。

三

苦瓜一番鼓动，把整个近卫营的汉子们都弄得热血翻涌。

可越系船始终没有听到关于先登的半点消息，他好像平白丢了一个都尉一般，心里火烧火燎的，看到苦瓜要走，他忍不住跳起来，高叫道："我要是先登了城头，拔了敌旗，有没有什么奖励啊！"

他这一嗓子喊得突然，大家都哄笑了起来。

张宝库走了过来，二话不说，当胸给了他一拳。这厮长得不高，但拳头是真硬，越系船咬着牙，忍痛扛住了。

苦瓜满意地点点头，道："李侯早年定的规矩，士卒先登敌城拔旗者，擢升三级，若是你，便可跳过了什长、卫官，直升都尉。并且，在平武，还有一百户军户，他们军屯的粮户是你的，出兵役的男子，也是你的私兵！怎么样，这样够不够？"

"早年是这规矩，现在呢？他们拔了旗会怎样？"越系船一挥手，把这近卫营的兵士都圈了进去。

苦瓜回转身子，两条向下耷拉的眉毛顶在了一起，大声道："你们谁先上去拔了旗，以后这近卫营，就听他的！"

"当真吗？"

"当真！"

越系船舔了舔嘴唇，大声道："行！"

"好，那就准备吧！"苦瓜个子不高，声音却亮得很。

沉重的木轮轧在地面，咯吱咯吱的声音不绝于耳。翻车在前，冲车在后，最后是巨大的云梯，辎兵把备好的攻城器械一样样推了出来。

"要上了！"越系船舔着嘴唇，把手里的木盾举了起来。

"先不要兴奋，还早！"郑洪林把他的盾牌又按了下去，"一会儿杂兵和辎兵们先用翻车推土，去把沟壑都填平了，然后用冲车去吸引对方的箭矢和木雷，等到双方对射得差不多了，才轮到我们。一会轮到我们推云梯了，谁他的妈慢一步，老子这刀可不认识你是谁！"

他嘟嘟囔囔，把这一队的二十名士兵聚集在一起，叮嘱了一番。

"听到了吗？！"

"听到了！"天天有肉吃的兵士就是不一样，什长们各尽所能，分头在给自己的属下鼓劲，呼喝声和应答声此起彼伏，像一个个闷雷在这夏日的平野上震荡。

咚！咚！咚！咚！沉重的鼓声响起，打得人心头发颤，沉寂了十几日的战场重又响起了兵甲相撞的窸窣声响。

"拿下商城！银子、田产、女人，都是你们的！"

"上！"

野熊的步卒顶着饿得发昏的杂兵先压了上去，在步兵巨盾的掩护下，杂兵们推着翻车和载着土石的大车轰隆隆向前冲去。与此同时，这几日空空荡荡的城头也出现了人影。城下的牛角刚刚吹起，城上的第一只火箭便飞了过来，带着一小簇跳跃的火苗，孤零零地扎入了城前那片死寂的土地中。

"上！上！"攻城的士兵像一道道黑色的洪流，很快漫过了那一点纤细的火种。

城下的这一点火熄灭了，然而嗖嗖的破空之声连绵不绝，城楼上的弓手们居高临下，在清晨的天空织出了一片火海。

"举！"

"落！"

长长的嘶吼声像风穿过原野，步卒们随着什长们的嘶吼声，在对方开弓的间隙，一点点举盾挺进，而他们身后的辎兵们则扛着锄头和木锨，蜂拥而上，去拔那些深埋土中的拒马。拔掉了这些明桩，翻车才能一路推过去，用土石填平那些布满鹿角和蒺藜的陷马坑。前路不平，云梯便上不了城！

前方的呼喊和惨叫声像潮水冲刷着大地，近卫营的士兵们都捏紧了手中的刀盾，跃跃欲试地等待着出发的命令。

越系船抬手擦去了额上的汗珠，一道、两道，越来越密集的火光终于点燃了大地，这腾起的黑烟和数日之前何其相似。

在对峙的这一个月中，野熊们已经试探着用杂兵冲击了几次，结果只是抢进了一两百步的距离，就死伤惨重。那些好不容易冲到城下的士兵，面对乱射、金水和石礌木雷，无计可施，就算有幸运儿冲到了城墙之下，也都被出城包抄的守军斩杀在羊马墙内了。辛望校和他的那一卫，在一轮舍命的冲击后，死得只剩了十几人，由于没有接到后撤的命令，便撤不回来，只能就地躲在陷马坑中，饿得奄奄一息。

越系船问：这算什么？得到的回答：是战争。

"就算人全死了，这任务也是没完成啊！"辛望校一声感慨

旧时雨 101

未完，城头上抛出的巨石翻滚而来，轰地砸塌了野熊们好不容易堆起来的土垒，辛望校的半个身子都被埋在了浮土之中。

这样的试探不可谓不惨烈，野熊们终于领教了城内守军的意志和决心。既然敌人抱定了死战的决心，不出城、不投降、不手软，棕熊也就别无选择。他当然知道城内粮荒，可是城外的野熊们也没了粮食，就算连骑兵的矮脚马也杀了，这城也是围不住的。虽然不知道花渡战场的情形究竟如何，但紫丘、原乡的斥候来了一趟又一趟，马匹都跑得口吐白沫，军情急不急自不必说，这些，越系船可是都看在眼里的。

果然，没过多久，棕熊便决定要硬来了。

不知道老乌贼怎样了，越系船站在云梯巨大的阴影下，长长呼了一口气。

在一片喊杀声中，要分辨出一个人是死是活，必定是徒劳的。他能够确定的，是现在翻车顶上去了，大概拒马就已经被拔掉了。一会儿如果换了冲车，那一道道的陷马坑就必定被翻车上的土石木料填埋了。不把前进路上的沟壑墙垒扫平，望台是不会放出云梯的。这些杂兵要顶着箭矢，踏过烈火和蒺藜，一直推进到护城河畔，精悍的近卫营才有机会将云梯搭上城楼。野熊的步卒也是训练有素的，然而那巨盾再整齐的起落，也不能完全阻挡城上的火箭，攻城者每前进一步，都有士兵被穿过盾阵的流箭射中，扑倒在尘埃之中，然而后面紧跟的翻着载着数千斤的土石，是绝不会为了一两具血肉之躯便放慢脚步的。他们会从这些血肉之躯上生生地碾过去，那些鲜血会慢慢填满车辙。这就是之前这片战场上那许多弯来绕去的黑色轨迹了。

一点、两点，一片又一片，越来越多的火光燃起。虽然早就浸了水，但是扎满了火箭的木盾还是会燃烧，火线上的油脂飞溅，又点燃了壕沟里的荒草和正在前行的翻车，在城上火箭密集的攒射下，城下这几百步的距离，不出意外地开始烈焰升腾，变成了一片火海。

而五百近卫营的士兵还簇拥着他们的六轮云梯，在静静地等待着。

大概陷马坑里的辛望校就算及时跳了出来，恐怕也变了乌鱼干了吧。这是集中精神的时候，越系船不愿细想的。他的呼吸变得艰难起来，像是心中也有一团火，而这一呼一吸，便是有一只无形的巨手在拉着鼓荡的风箱。他的喉结上下滚动，口中却什么都没有，即使离得这样远，那熊熊火光带来的热量，也好像把他浑身的汗水都烤干了。干咽了几口之后，他的嗓子一阵紧似一阵地疼起来。

"翻车，上！"望台上，旗语翻飞，更多的翻车滚动起来，跟在步兵身后一路向前，前面"起、落"的口号渐渐弱了下去，拔拒马不知道死了多少人。所有人的心都跟着那两面令旗起落，如果杂兵们不能及时把布满鹿角蒺藜的陷马坑填平，冲车和云梯就无法靠近城墙，而前面，还有一道宽逾三丈的护城河。

护城河不会容易越过。那昔日粼粼的一汪碧水，眼下早就遍布泥泞、腐臭不堪，守军们势单力薄，不敢越过羊马墙，棕熊便派人跑到上游，将水源阻断，又在下面挖壕引水，他们便只能眼睁睁看着它渐渐干瘪了下去。

"上！上！上！"望台上，旗语连连，鼓声不绝，前面的步

旧时雨　103

卒倒了，后面的便一批又一批地再顶上去，指挥的号子又吼了起来，倾倒的翻车又被扶起，再度扎入那浓烟烈焰之中。

"报！"烈焰和箭矢中跑回来的斥候已经成了大花脸，穿过近卫营，一路冲到望台下面。

"前面怎么样，翻车够不够！"棕熊的传令官黑着脸，一把揪起了斥候。

"不，不用再上翻车了！"斥候的话说得断断续续。

"怎么回事！"

"陷马坑和门前的护城壕已经填平了！"斥候喊得很大声。

"填平了？"传令官看了看还没有发出的几十辆大车。

"除了翻车，还有弟兄们，死在坑里的弟兄们，已经把坑填平了！"这斥候说着说着，扯开嗓子放声大哭起来。

那传令官吼得更大声，道："闭嘴！回去再探！"

"是！"斥候抹了抹脸上的灰泥，返身就跑，仓促间还摔了一个马趴。传令官却咚咚咚地跑上了望台。

看着斥候跟跄着穿过刚才还乱哄哄的近卫营，越系船的头皮发麻，身上的汗毛都立了起来。

"冲车！上！"望台上新的命令下来了。

四

"准备吧。"郑洪林拔掉了嘴里的草杆，甩在地上，大家互相对视了一眼。

冲车是奔着羊马墙和城门去的，拆了羊马墙，云梯便要出动了，一会儿在这战场上厮杀起来，除了身边的这些兄弟，娘亲老子大概也不会认得了。

野熊兵的步卒还在向前推进着，城上城下对射的箭矢流星一般，笃笃地钉进木石血肉，辎兵们喊着号子，在步卒的掩护下拼了命地推，那些蒙着牛皮和木板、中置尖头撞锤的冲车便开始缓缓地动了起来。羊马墙，是护城壕边缘的最后那一道矮墙，拆掉后，他们和城门之间便再无阻隔了！

越系船又看了一眼那面正在瓮城楼上飘扬的黑色长旗，紧紧地握紧了拳头！

终于，望台上的旗语再次变换。

"妈的，来了！"郑洪林把他那捡来的死人盔往头上一扣，吼道，"上！"

所有人都蹦了起来，簇拥到云梯旁，辎兵们早就挽住了车上的绳扣，喊起号子来。

"都听好！举盾！"郑洪林的声音都变了调。

庞大的云梯在众人的簇拥下，终于缓缓地动了起来。

"走！走！走！他妈的！上！"

望台上的旗语就是命令，这时候落后半步，就会马上人头落地！

碾着碎石和断木，云梯左摇右摆地在凹凸不平的地面上缓缓前进。

不知道是不是大家都铆着一股抢先登的劲儿，这云梯走得就特别地块，才走了二三十步，嘭的一声，一支横空飞来的火箭就准确地扎了云梯的前柱上，哔哔剥剥地地燃烧着。

"拔掉！赶快拔掉！"

在郑洪林的嘶吼声中，旁边的辎兵慌忙攀上去，想要拔掉

旧时雨 105

那火箭，结果更多的羽箭却呼啸着破空而来。

也就在这个瞬间，越系船听到了那个"举"字，下意识地举起了盾牌。

砰砰之声不绝于耳，像是有什么人在用铁锤击打自己的手臂，等到"落"字再喊出来，放下盾牌，越系船发现他的木盾上扎了两支火箭，再回头去看，刚刚去拔箭的那个辐兵，已经被射倒在地，再也不可能起身了。

对方城上的射手调度有序，每次一支火箭之后，便会跟着满天的箭雨，几次左支右绌的临时格挡之后，推着云梯的辐兵已经倒了四五名。这一架云梯，本来冲在队伍的前列，被城上箭雨连番攒射之后，慢慢落在了后面。

"妈的，铆住我们往死里整！"辐兵被射得抬不起头来，干脆趴在了地上。

然而这句话却像一道闪电，划过了越系船的心头。

往死里整？越来越多的人松开了绳扣，云梯歪歪倒倒地卡死在一道沟壑里，而穿过硝烟遥望过去，跑到最前面的云梯，已经过了第一道陷马坑了。

看到郑洪林也趴下了，越系船想跑过去，刚刚抬头，嗖地又是一支羽箭射过来，擦着他的身子飞了过去。这种冷箭，遇到了，是连举盾都来不及的。

"这样不行！"越系船压低身子，扯起嗓子喊！

"你说什么？"此刻嘶吼、哀号、军鼓、火焰、刀兵的撞击声混作一团，显然郑洪林没有听清。

"谁敢向后，老子砍了他！"他的破锣嗓子越系船倒是听得清清楚楚。

"这样不行！我们越不动，他们就越是铆着我们射！"越系船吼了起来。

"举！"又是一轮箭雨。

越系船把心一横，再度蹦了起来，把盾牌甩到了背上，伸手挽过了适才死掉的辎兵的绳扣。"来来来，拉起来！"他低下头去，先自猛力拉了起来。

"拉起来，一起拉起来！"辎兵们互相招呼着，也纷纷回到岗位。

"走、走、走，怎么不走！"

越系船已经用力用到了极限，两眼金星乱冒，那巨大的云梯却完全不为所动。

他身前的那个辎兵道："你这样不行，你一个人在这里使蛮劲，把大家的劲儿都弄散了，你要跟着我的号子来。"

"啥？"越系船点点头，"我跟你来！"

"来一起喊！加！"

"加！"越系船狂吼。

"起！"

"起！"辎兵们的喊声渐渐汇聚成了一条宏阔的河流，那云梯也开始晃动了起来。

还趴在地上咬牙切齿的郑洪林发现连越系船都拉起了云梯，忽然醒悟过来，连连招手，道："上！都给我推！"

一个又一个，这时候大伙儿也顾不上流矢纷飞，像蚂蚁一样纷纷聚了过来。推的推，拉的拉，所有人喊着号子一起用力，云车终于晃出了沟槽，又咕噜咕噜向前滚动起来。

"推！推！推！"郑洪林看了看遥遥城楼上那面黑色的长

旗，也索性收了盾牌，猛推起来。身边的火还在熊熊烧着，一不小心便会踩到同袍的尸体，可当所有人都舍生忘死心往一处想、劲儿往一处使的时候，好像这战场就没有那么可怕了。巨大云车下的这一群小小蚂蚁，虽然连敌人的毛都没碰到，却在这血火交织的战场上集体发了蛮。

也可能是短暂的停滞导致的落后，城上的射手们有了更为紧迫的目标，射向他们的箭矢渐渐稀落了起来，云梯在众人的合力之下，也冲得越来越快了！

"谁先登城！"郑洪林时不时大吼一声。

"我先登！"越系船跟着众人也吼得青筋暴起。

只一会儿的工夫，云梯便过了第一道陷马坑。在他们前进的路上，烈焰熊熊，逼得人喘不过气来。原来，刚刚还在他们身前的一辆云梯已经变成了一支巨大的火炬，此刻已经烧得散了架。

那火焰的暗影里，一个满脸黑灰的士兵猛窜了过来，吼道："这里不能停，赶快走！"

众人不知道他在吼什么，还是越系船眼尖，看到城楼上一台巨大的弩机正缓缓朝自己的方向转来，那弩机上卡住的标枪，不，应该说是标斧，正在日光下闪着幽寒的光芒。

他马上想到了辛望校指给他的那辆散了架的冲车，还有那句无谓的抱怨："那车里现在还有四个人，被城上的床弩穿在一起了。"

"有床弩！"他也大喊起来！

"有床弩！用力！"这下每个人都知道危险迫在眉睫了，但是他们还是死死扒住这云梯，愈发发力猛推起来。

呜的一声闷响,城头上床弩旋转到位,开弦的声音久久不绝,一杆斧头长枪破空而来,将他们身后的一辆倾倒的翻车击得粉碎。如果不是那兵士及时提醒,这一枪一定会扎在他们这群人中。

"你还没死啊!哈哈!"

越系船的心都快从脖颈里跳出来了,那士兵却抹了一把满是黑灰的脸,露出两排黄牙来。

"阿青头?"

此刻立在他眼前的,正是跟着赵瘸子烧火造饭的王青。

"你们队的人呢?"越系船一把把他拉了过来。

阿青头看看那还在焚烧的云梯,道:"打散了。"

"来吧,"他推掉刚刚被射死的辐兵,用手挽住了索扣,道,"今天投奔你了!"

"快躲!"两个人话说到一半儿,头上生风,一个火坛从天而降,碎裂破开,油脂四溅,马上引着了地面。

"上!快!"郑洪林又在喊。

真是连喘气的时间都没有了,两个人惊魂未定地对视一眼,又低下头,扯起云梯来。

接近城下,黑色的灰烬在火焰带起的乱流中上下飘飞,硫黄和硝烟的味道中还夹杂着臭气,熏得人睁不开眼。在已经崩塌的羊马墙下,到处都是双方士兵的尸体,尚未死去的士兵哀号着,但是已经没人顾得上他们。第一架到达城下的云梯已经开始放钩了!

沉重的月牙形的铁钩砰地砸向那墙体,早聚集在城下的野熊们便立即蜂拥而上。砸下,把墙砸得粉碎,躲在垛口后的

旧时雨 109

弓箭手躲闪不及,惨叫着跌落高墙,铁钩终于深深地嵌入那青砖。

"妈的,先登要没有了!冲!马上冲!"所有人都急了起来。

众人不管三七二十一,喊着号子,使出了吃奶的劲,冒着箭雨、火坛和令人反胃的恶臭,把云梯不断往城下推进。

"举!"郑洪林的破锣嗓子又响了起来。

现在众人就在城下不过几十步的距离,完全暴露在对方的射程之内,近卫营后面的步弓手是仰射,处于不利地位,留给他们搭云梯的时间实在太少,如果不能迅速放开梯子,说不好所有人都会被射死在这里。

这一次举盾,箭雨密集得不像话,郑洪林这一队反应稍慢,十成里便去了三成,然而上面守城的士兵却并没有给他们任何喘息的时间,又是一轮速射。

噗的一声,越系船木盾一路磕磕碰碰,包边的铁条早已崩开,一支势大力沉的羽箭竟将盾牌破开两半,从缝隙里探了进来。它贴着越系船的前额停在了他的鼻尖,只要稍稍偏上半分,他就是一个死人了。

五

"举!"

连盾牌都碎了,拿什么举?!

眼看就要顶不住了,有几个士兵连滚带爬地冲到了一旁,那里有一辆尚可称完好的冲车,箭支雨点一般扎在冲车顶的牛皮上。越系船好不容易又躲开了一轮雨箭，正当他也想跑过去的时候，忽地从城墙上泼下一盆亮白的油脂来。紧跟着，一支明晃晃的火把翻转着落在了那冲车之上，嘭的一声，一大团火焰高高腾起，把那冲车完全包住，里面那七八个士兵的惨叫声早被淹没在城头的呐喊声中。不一会儿，他就闻到了令人作呕的焦煳的味道。

"落！"郑洪林倒是尽职尽责，有起就有落。

他的脑袋从盾牌后面伸了出来，额头一道三角形的伤口，血把一只眼睛都糊住了。

越系船看了看周围，加上辎兵，刚才将近四十人的一队，现在只剩了六个人。

"小子，你还要先登吗？"郑洪林龇牙咧嘴地笑了笑，比哭都难看。

"登！"越系船四脚着地，冲着墙根滚了过去，拾起散落的弓箭，胡乱向城上射了一气，结果并没有人还击。

"看那边！"阿青头扶着云梯，一边吐一边喊。

原来几十步之外，近卫营的野熊们已经在城墙上冲出了一个小小的缺口。这么一会儿的工夫，在适才那一架云梯的旁边，已经又展开了两架云梯，这一段城上的雉堞已经被砸了个稀巴烂。城上的士兵用推杆和撞锤想要把勾上来的云梯推走，但是蚂蚁一样的野熊们已经抢了上来，双方在城头正你一刀我一刀地互砍。上城之前，城上守军的枪长，居高临下，捅死了不少野熊，但是野熊们前赴后继，还是抢上了城头。只要在城上站住，不得不说，吃肉的近卫营肉搏起来还是略胜一筹。城上地方狭小，双方只能你一刀我一刀地互砍，就看谁更能顶

旧时雨　111

得住了。这样危机的时刻，刚才还在泼油放火的守城士兵，也全都冲上那一边去支援，这里剩下的几个残兵反倒没有人顾得上了。

不知道在哪里撞到了脸，越系船满嘴都是血沫子。再向后看看，近二十架云梯，虽然有一些已经在半路损毁烧坏，但是大多数还在歪歪扭扭地向着城墙不断靠近。

"怎么办？"他回头又看看身边的云梯，离城头大概总有二三十步。

"好像距离不够？"郑洪林不是辎兵，也不太懂云梯的距离究竟如何计算，他们几个人冲上去推了推，纹丝不动。

"要不放下试试？"越系船觉得那已经搭上城头的云梯，好像也挺远。

"好，试试！"损毁云梯是死罪，提前胡乱放梯大概也是损毁的一种，不过现在人都快死光了，还管什么罪不罪的。郑洪林看看远处打得一团火热，大踏步走到云梯之后，挥刀便斩。

当的一声，刀落处，捆缚着上半折叠梯子的绳索一分为二。越系船和阿青头早跑到前面去拉绳索，在吱吱扭扭的声响中，云梯便一点点展开了。结果他们正在这里拉着绳索，城上人影闪动，一段木擂轰隆一声被抛下城来，那滚圆的巨木上插满了尖刀，被它砸到，恐怕立刻就变成肉泥。越系船和阿青头不约而同都放下绳索就地滚开。幸好那木擂上面还拴着铁索，原来是个可回收的，不过城上的士兵大概也杀红了眼，不管什么东西，能丢就往下丢了。

"放，接着放！"

越系船出了一身冷汗，咬咬牙，先跑了回来，继续放绳。

然而等他们冒着生命危险把云梯全部放开，才发现，这云梯上的铁钩离城楼还是有七八步的距离，并且由于没有勾到任何东西，还意外地比城墙更低了一些，看样子是说什么也上不去了。

"走吧，那边！"自己的云梯废了，想要奇兵博先登的计划已然破产，郑洪林带头向战况最激烈的那段城墙跑去。

谁的梯子不是梯子？只要近卫营能够冲上城头，硬挺着开出一片立足之地来，后续的数千步卒便都可以从这破口登城，两相消耗，城内的兵力远远少于城外，这商城就非破不可。正因为有了这样的判断，所以虽然战况惨烈，但野熊们有着此城必破的决心。既然此城必破，那破城之时，必定有人可以先登拔旗，成为风头无两的最大英雄。现在九死一生地都冲到这城下了，进也是死，退也是死，还有什么理由不搏一搏呢！

还没等到几个人跑到，一架云梯已然被浇了大量松油，烧了起来，面对层出不穷不怕死的攻城士兵，城上的守军也绝不手软，沸油、火把、木擂、石礌纷纷往下招呼。可是野熊们的人数毕竟比较多，而且近卫营又是野熊精锐之中的精锐，这些人堆里杀出来，又被喂饱了肉条的兵士格外生猛，第一个上了城楼的，被如林的长枪穿成了筛子，然而第二、三、四、五个更不退缩，硬是顶着前面同袍的尸体，冲到了守城将士的眼前。

只要一个野熊站上了城头，便死也要拖下几个来，虽然在不怕死这一点上，城内的兵士也不遑多让，但在激战了几个时辰之后，这些人在体力上明显就见了下风，甚至丢出去的石擂、铁擂，连转动绞盘回收的力气都没有了，只是任凭那些石

旧时雨 113

铁的怪兽软软地吊在城墙上摇摇晃晃。

一架又一架，在震天响的号子声中，一架又一架云梯搭上了城头，不远处的城门洞内，步卒们合力抬出散了架的冲车，又把新的冲车推了进去。

冲车撞门的巨响好像最后冲锋的号角，冲上城墙的野熊越来越多，渐渐地破口越来越大，距离瓮城上那黑色的长旗也越来越近了。

"再不上，来不及了！"抢到云梯旁之后，郑洪林怪叫一声，手脚并用，向上猛攀，连盾都不举了。等到越系船也想要攀上时，想要先登拔旗的兵士争先恐后地冲了上去，越系船几次努力，竟然都被挤了下来。

"后面，后面还有。"阿青头一把拉住他的肩膀，两个人又回身朝身后的云梯奔去。

这云梯说是梯，其实极其宽大，梯面上并排可以通过五人，不过就算制作云梯的巨木非常结实，伸得长了，也还是会摇晃，在三四丈的高度，若是一不小心被晃下来，那便摔也摔死了。因此上了云梯的士兵们，步子不自觉地就会慢下来，这时候越系船的优势便显现出来了，他常年在鸿蒙海上打渔，风里来浪里去，在舢板上最紧要的，就是要站得住，站得牢，因此别人慢下来的时候，正是他快起来的时候，这点晃动对他而言实在算不得什么。

登上云梯后，他便像一只猿猴一般，不断越过身前的士兵，不知不觉，便爬了一大半，再向前，便有了阻滞，应该是前方的士兵正在城头一寸一寸地肉搏了。

他这边暂且停住，侧身去看，另一架云梯上，郑洪林已经冲上了城头，举刀猛砍，和对方的守城士兵杀作了一团。他看了看那黑色的长旗，距离自己还有一段距离，但如果能把城上这百十人清掉，应该就可以冲到面前了。

没什么可犹豫的了，扶正了兜鍪，正准备再向前几步，一鼓作气冲上城头，却听到远远传来轰隆一声巨响，和乱成一团的惊呼声。原来这城上不知道什么时候出现了几个手持盾牌的兵士，他们背靠背围成一圈，顶着野熊们的劈砍一路向前，而他们身后，则跟着一个极其魁梧的男人，这人双手缠着铁链，铁链上缚着的，竟是一块要通过绞盘才能升起放下的石擂。

刚才的巨响，是在那些士兵的掩护下，他双臂抡起那石擂，正砸在城墙上云梯铁钩插进青石的关节处。这轰的一声，不仅是雉堞，连城墙外的青石和墙中的夯土都被砸开，勾住城墙的云梯顿时断了一根铁钩，整体发生了反转，还在梯上的几十个野熊都掉了下来。

然而还没有等到惊呼声散去，他再一次抡起石擂，又是轰的一声巨响，砸在那云梯仅剩的一根铁钩处。还是一样，城墙的外沿在巨大的撞击下分崩离析，那云梯上的铁钩被磕碰得飞了出去，碰触者非死即伤，转瞬之间，牺牲了无数士兵的生命才搭上的这一架云梯便宣告报废。

虽然离得还有好大一段距离，但是这冲撞地动山摇，那男人一个人抡起石擂，威力惊人，五六个军士合力才能操作的推杆都推不动上墙的云梯，他竟两下便砸了下去。

这种操作委实太过惊人，因此城头上正在厮杀的士兵们也都愣住了。然而很快，守军便爆发出了一阵欢呼，已经被打下去的气势又一次燃了起来。

旧时雨　115

那人在连挥两次石擂后,却并没有力竭,稍作休息,又在士兵们的保护下,拎起石擂向这边走了过来。

六

说不恐惧,是假的。若是谁被那石擂兜头一甩,必定骨断筋折。

越系船是斥候,他知道,那大概就是跟着尚山谷进入商城的孙百里了。在白安野熊兵中,孙百里是出了名的力士,但是没见过不知道,一个人的天赋异禀,竟然可以达到这种可怖的程度。相比之下,自己引以为傲的身子骨,就太过孱弱了。

嘭,又是一声巨响传来,第二架云梯又被砸断一根铁钩。过了片刻,另外一根铁钩也被砸断,这云梯又载着争抢先登的士兵们跌落尘埃。

太可怕了,如果孙百里就这样一路砸过来,恐怕今天野熊们牺牲无数才取得的这一点点战果,就会全部毁掉。

"别愣着!往上冲!"身后有人吼了起来。

云梯晃动,越系船看向身后,是苦瓜黑着脸走了上来。

"有人挡在棕熊大人前面,怎么办!"他的脸扭曲着,手中提着带血的钢刀。

"杀!"

"杀!"

"杀!"

一架架云梯上的呼号连成一片,苦瓜的出现,让近卫营的士气为之一振,士兵们又开始奋勇朝前冲去!

"杀！"越系船也举起了刀，踩着前面人的肩膀冲上了城头。

从清晨开始的攻城战已经持续了整整四个时辰，一天中最酷热的时段来临了，太阳远远地，把所有热量都投向这座炼狱般的城池，别说吃的，士兵们连水都没喝上一口。越系船这一个月来，是天天有肉吃的，此刻尚且头昏眼花，野熊中的那些杂兵，经过这一整天，已经连举起兵刃都费劲了。

当的一声，越系船架住了砍向自己的长刀，身后的近卫从他的腋下穿出刀去，结果了挡在他身前的那个商城士兵。

此刻城墙的马道上，遍地狼藉，那个死掉的士兵软绵绵地扑倒在自己的怀里，越系船发力一推，发现对方轻飘飘的，不仅面色蜡黄，连两颊都陷了进去。想到刚才那一刀的凌厉生猛，他不由得也暗自心惊，论起生猛凌厉，这些吴宁边来的士兵，比南渚的赤铁们可要凶悍得多了。如果不是商城早早断粮，那个尚山谷又不肯与民争食，哪怕守城的兵士不到千人，棕熊想要取得今天的战果也很困难。

感慨归感慨，在这生死相搏的时刻，手上的刀也是不能停的。和第一次在扶木原上杀人不同，那时候的越系船，手是稳的，心却是颤的，而今天杀到这个时刻，无论敌友，在自己身边倒下的人已经不计其数，对于夺取生命这件事，他已经完全麻木了。心里没有感觉了，但是肉体还处在亢奋的极限，他握刀的手虽然在不停地颤抖，但那一刀一刀还是抖着砍了出去。这一刻，对于双方的士兵来说，生死相搏已经不是体力的较量，而是意志的战斗，看谁能够撑得下去，谁能砍出最后一刀。

旧时雨　117

不知道郑洪林是不是还活着，可那"尚"字的黑色长旗还在猎猎随风而动，他终于意识到，先登拔旗究竟有多么困难，战前自己的雄心壮志，此刻已经灰飞烟灭了。

他咬咬牙，踩着城头的瓦砾，大踏步向前冲去，然而轰的一声响起，仿佛脚下的大地裂开，他的刀从对面士兵的腹部穿出，自己却跌坐在地。在他身子的外侧，城墙碎裂，城砖簌簌而下，烟尘尽处，一个黑影慢慢显了出来，这样近的距离看起来，他结实倒是结实的，不过也并没有想象中那样魁伟雄武，怎么看，也就是一个身材高大、正值壮年的普通军人。

"孙百里！"越系船脱口而出。

孙百里抬起眼皮，看了看越系船，只是半跪在那里，大口大口地喘着气，双臂上缠绕的铁链已经磨穿了皮甲，和模糊的血肉混为一体。

"杀！"野熊从他的身后冲了上来，挥刀向孙百里砍去，此刻孙百里的周围，已经没有了那些替他护卫格挡袭击的士兵，这些士兵当中的最后一位，刚刚死在越系船的刀下。

"嘿。"孙百里的脸上露出一丝狰狞的笑容，他往后一缩，双臂一震，那重逾千斤的石擂从地面上弹起，冲上去的几名野熊被撞个正着，钢刀断的断、折的折，首当其冲的那一位，更是被石擂撞中胸口，直接飞下城去。

只是这一击之后，他再也握不住那石擂，那石擂翻滚着打了几个转儿，也跟着落下城去了。

"孙百里，你以一己之力，砸落三架登云车，也够你名震八荒了。但是这一仗，你们还是输了！"苦瓜摇摇晃晃走了出来，也一样双腿发飘，"怎么样，你本来也是野熊的一员，不如跟我回去,见过棕熊,他肯定会喜欢你的!"

孙百里向地下啐了一口血沫,道:"你的好意我心领了,我们白安野熊和你们平武野熊,不是一拨人。"

"都是野熊,怎么不是一拨人了?"张宝库走上两步,"和我们不是一拨人,倒和吴宁边这些狗贼是一家人了?"

孙百里哈哈笑了起来,道:"南渚野熊是什么?从老王赤研享创建那一刻起,就是王室的私兵,忠于南渚王,忠于世子,后来呢,被抛弃、被出卖的时候,站出来重新支持野熊、肯定野熊的是谁?你们不会不知道吧?"

"孙百里,再怎么说,你也是我南渚的子民!"

"别跟我来这套!当年平武城出了一个李秀奇,提拔他、重用他、赏识他的,不就是那个支持野熊、肯定野熊的人吗?你不想说,我来说,是洪烈世子!你在野熊中年头也不短了,所以你告诉我,当年秘密投向赤研井田,背后插刀,背叛洪烈世子、背叛野熊的人是谁!是我们的老大人白安伯卫中宵,还是你们的平武侯李秀奇!在我们困守白安的时候,你们主政平武,在卫大人被那个伪世子赤研恭陷害,被赤研瑞谦和赤研井田两兄弟枭首示众的时候,你们的李侯正在杀死所有反对者、强割浮玉的响箭森林!当大水漫灌,白安野熊为了生存,在卫二公子带领下反抗青华坊的暴政的时候,你们却拿着赤研井田的粮食和肉干,逼迫旧主遗孤赤研星驰亲来百鸟关,镇压这世上唯一还记得洪烈世子的军队!"

"你说,我们虽然同称野熊,但是是一路人吗?"

张宝库低头喘气,片刻,抬起头来,看看远处的城楼,道:"孙百里,自古识时务者为俊杰,你若死了,一切故事都要由别人讲述。所以，我再给你最后一次机会，来了，便都是兄弟！"

孙百里道："谁他妈的和你们做兄弟！背叛成性，劫掠成性！这商城，本来就是尚家的，就算城内粮食如此困难，尚山谷也没有饿死一名百姓，更不让百姓上城墙，守得住便守，守不住便死，这才是真正的大丈夫！而你们呢？赤研井田那个狗贼，对吴宁边的好意，毁约背盟，为天下耻笑，现在派吴业伟来偷偷断了吴宁边军队的后路，这样的不义之师，也要我投效？你们觉得这天下会是他们赤研家的吗？！这可能吗？！"

这二人的对话越系船一时理解不来，他只知道，张宝库的脸被孙百里说得青一阵红一阵，已经极是尴尬。看来，这道理大概一定不在平武野熊的一边了。可是，自己又是平武野熊的一员，这可如何是好呢？以前的越系船，向来是相信拳头多过相信道理的，可是如今，他忽然又没有那么确定了。

"可不可能，你回头看看就知道。"张宝库缓缓举起手来，日光从他所指的方向金灿灿地照过来，此刻的商城城墙上，喊杀声业已消失，而取而代之的，却是雷鸣一般的欢呼。

在城楼那一边，那一直高高飘扬的黑色长旗已被拔出，被人举着，在空中胡乱挥舞，商城确乎陷落了。

越系船挣扎着缓缓站起身来，感觉此刻的世界，犹如一场梦境。

不一刻，飞奔而来的士兵带来了一颗用黑旗裹好的头颅，报道："禀校尉，经过四个时辰的苦战，商城已告攻克，吴宁边商城驻守校尉尚山谷，业已伏诛，现有敌方帅旗和敌人首级在此。"

"孙百里，你们输了。"

"你们不知道将付出什么代价。"孙百里嘿嘿一笑，满嘴都是鲜血，他晃晃悠悠站起身来，纵身从城头翻了下去。

一大团午后的阳光照了过来，张宝库举起手来挡住了眼睛，道："打开！"

士兵解开了那滴着血水的长旗，揪着发髻，抓起一颗头颅来。

张宝库凝视着那颅看了好一会儿，才缓缓问道："谁人先登夺旗？"

"回禀将军，近卫营什长郑洪林，身披八创，浴血死战，先登夺旗！"

"好！刚才坠下城楼那一个，也把首级取了，一同送给棕熊大人。"

"是！"

"升郑洪林近卫营守备都尉，敌城门阙开放三日。"

"是！"

越系船知道开放门阙是什么意思。那意思就是，这城中你看上的金银物什，只要你能抢到手，便是你的；你看上的女子孩童，只要你抓得到，也是你的。然而他一直在这残破的高墙上，一动不动地坐着，他想起了老乌贼、乌柏，想起扶木原上的饥民，想起了残暴的赤铁，想起奋起石擂的孙百里，想起了那个揣着银币逃亡的小女孩，想起了在鸿蒙海上不知所踪的越海潮，想起了有着两颗小虎牙的越传箭。

他是抱着一个英雄的梦想走出灞桥城的，可是现在，这个不到十六岁的少年，却越来越不知道什么是对、什么是错，他

旧时雨　121

已差不多是个老兵了。

他很想念自己那个唯一的无聊的朋友，也许他能够解决自己的疑惑，可他们已经分开那么久了，他不知道他有没有顺利地到达他心心念念的日光城。

他怀里还有半个一早藏下的干馍，那是他准备带给老乌贼的。

现在他自己吃掉了，再喝掉为守城士兵备下的清水，至少在这一刻，他已经心满意足了。

很快，他就在这残破的城头睡着了。

在第二天的清晨，他见到了那支来自东方的陌生的军队，他们如云的铁甲正在灰蒙蒙的晨光下闪耀着白色的光华。

第四章 渡河

暴雨滂沱,水势愈发大了,刚才游过百花溪耗费了太多体力,丁保福一直坐倒在河边,默默看着这一切。河的那一边似乎有些声响,他抹去脸上的雨水,看到田知友忽然跪下,冲着这边慢慢磕了一个头,然后回身骑上了灰风。雨声中传来了他破锣一样的声音,断断续续:"老婆孩子在等我,我回家了!"

一

赵长弓盯着丁保福看了好一会儿,才道:"全体都有了,蹲下!"

"蹲下了,快,快。"这命令小声在这支百十人的队伍中蔓延开去。

清晨的百花溪水还带着一丝凉意,丁保福深深吸了一口气,掬起一捧水来扑在脸上,借着这一点凉意搓了搓已经僵硬的脸,再次瞪大了眼睛。

这一夜过得并不容易,待到周围再无声息,赵长弓便带头从尸坑里爬了出来,一行人忍着恶心,趁着夜色在莽林的边缘疾走,好不容易摸到百花溪的西岸时,已是又一个清晨了。

再往前走,就是一片泥泞的湿地,上面一丛丛芦苇生得茂盛,丁保福不由得又警惕起来,这样的苇塘大多生长在水畔潮湿的洼地,水流平缓,也是通常最适宜渡河的地方。他示意赵长弓稳住队伍,自己躬身钻入了苇荡之中,果然,在这一大片苇塘的尽头,几十排巨大木筏正在百花溪上随着水流轻轻晃动、左摇右摆,它们被巨大的绳索连缀在一起,变成了一道极宽阔的浮桥。

"你干吗!"朝邵德一瘸一拐地也跟了过来,被丁保福一拉,扑通一声坐倒,半个身子都摔进了潮湿的淤泥中。

"有人!"丁保福压低了嗓子。

"哪里有人?"身边的苇草窸窣作响,原来赵长弓和田知友

旧时雨 125

也跟在朝邵德后面摸了过来。

眼下，木莲王子朝邵德是这支小小队伍最宝贵的资产，赵长弓悄悄对他说，万一再回不去平明城，就算遇到了吴宁边的人，这个活的王子大概也能保大伙儿一命。

大概王子殿下还不知道这些营兵心里打的小算盘吧，丁保福忍不住回头看了一眼，朝邵德面色苍白，拿一根木棍支撑着，此刻正在泥水中龇牙咧嘴。

"怎么这么静啊！"田知友探头探脑地感慨。

晨光初起，映得溪水亮堂堂的。远远地，走来了一头探头探脑的小鹿，慢慢地走到溪旁的水洼处，低头饮起水来。

"搞什么鬼，趁着现在没人，冲过去正好，我们为什么要窝在这里！"有朝邵德的地方，必有成阳，眼下他的半个身子也浸在泥水中，脸色也是差到家了。

他是这次护卫朝邵德南下队伍中的一名小什长，只是这一次朝邵德的运气实在不佳，他的金线营作为随行护卫，居然和吴宁边正在西渡百花溪的苍头游骑撞了个正着。由于人数相差悬殊，这一支颇有战力的王室精兵，几乎没有任何还手之力，便被全部扑灭在通往秋口的粮道上了。统兵校尉、都尉甚至卫官都已战死，只剩了一个完全不知道是何来历的什长成阳和其他两名普通士兵，拉着朝邵德藏到死人堆里，躲过了一劫。

不管怎么样，对于这个无名之辈来说，只要朝邵德不死，他后半生的荣华富贵算是拿稳了。

"你闭上嘴！"赵长弓不耐烦起来。

成阳狠狠瞪了赵长弓几眼，还是闭上了嘴。这就是王族身边的近卫，一个小什长发起狠来，也是有模有样的。

丁保福懒得去卷入这样无谓的争执，这些日光城来的金线武士很像南渚的赤铁军，对于赵长弓这样看门的营兵是一百个看不起的。不过看不起归看不起，现在大家都在一条船上，泥腿子营兵的数量又明显占优势，在保证王子安全的前提下，他也就不得不忍气吞声。

"你还发牢骚了！"田知友也看这个成阳不顺眼，"人都过了河，桥还留着？你以为就你聪明！？"

"不要吵了。来了。"丁保福用手比在唇前，做了个嗫声的手势。众人这一天一夜的奔波，全未合眼，知觉早就迟钝了。丁保福揉了揉眼睛，盯着那头在溪边饮水的小鹿，说有变化，他们的反应是快不过林中野兽的。果然，不一刻，那喝水的小鹿先知先觉，警惕地竖起了耳朵，继而回身便跑，很快消失在岸边的草丛中。

丁保福深深吸了一口气，所有人都压低了身子。

金灿灿的阳光里，对岸先是出现一队步卒，等到他们把浮桥前后检查完毕，便发出信号，越来越多的士兵开始走上了浮桥。木轮声、呼喝声、牛马匹的嘶鸣渐次响起，拉着粮食的大车在随车护卫的辎兵的保护下，一辆辆通过了百花溪。

"他妈的，这些都是咱们的粮食。"田知友的肚子忽地发出了一阵鸣叫，若不是遇上了吴宁边的突袭，他们现在正应该在平阔的官道上百无聊赖地行进呢，可打从昨天下午和对方遭遇起，这一队花渡营兵已经饿了快一天了。

田知友一抱怨，丁保福的肚子也跟着叫了起来，他看看朝邵德，居然也在吞咽口水，在极度亢奋的情况下奔走了一夜，他们已经忘记了人还是要吃饭的。

旧时雨　　127

"没错，不是米渡的，就是上邦的。"赵长弓把脖子又缩了回来。

此时推过浮桥的大车上满是鼓鼓的粮袋子，上面一个大大的圆圈，中间写着一个"青"字，这和他们要护送去平明的粮秫一模一样。赵长弓的神情里带上了几分沮丧，这么多的澜青军粮出现在了百花溪，如果不是米渡已经陷落，便是更东方的上邦镇出了问题。本来，他们还盼着把吴宁边大军渡河的消息带到上邦去呢。

对于这一天的遭遇，丁保福也是一百个想不明白，吴宁边的大军不是正在四马原上和南渚、永定的兵马对峙吗？这突如其来的一支又是从哪里来的？

"哎，你们从白驹过来，可知道这些家伙是从哪里冒出来的吗？"田知友向来是个没轻没重的，他转过头去，嘴里叼着的苇秆正杵到了朝邵德的脸上。

"不知道。"朝邵德脸色铁青，立即摇了摇头。

这是废话，他们当然不知道，如果知道的话，怎么会让堂堂日光木莲的王子冒险南下花渡呢？就算朝邵德执意要来，身边也不会只跟着这百十人。

这也不能完全怪朝邵德年轻冒失。直到昨天，在花渡城里侃侃而谈的徐前、卫成功、文拔都，就没有一个人会想到，在这样的战场压力下，吴宁边居然会分兵进击，秘密派遣一支偏师插入了花渡的后方。在花渡、秋口和上邦的这个倒三角形地带之中，除了军屯，通向平明的粮车日夜穿梭不停。照理说，吴宁边如此规模的士兵突然出现在这一地区，是不可能毫无声息的。于是所有的人便都想当然地认为，从花渡到平明的这一段最是安全不过的。

可是他们偏偏出现了。花渡战场，丁保福是被赤研星驰带在身边的，这时候，那些被忽略的不同寻常便慢慢都浮现了出来。那一夜，双方彻夜苦战，吴宁边引以为傲的花虎重骑居然没有进入战场，今天看来，不仅仅是为了保存实力。同时，百花溪西侧，秋口的援军进入花渡已经有好几天了，可是东岸军镇上邦调出的援军却杳无声息，以至于在花渡城里的徐前牢骚不断，现在看来，也不能怪罪他们的动作太过迟缓。昨天朝邵德的遭遇说明了一切，这一支吴宁边北上西进的偏师就是吴宁边冠绝天下的那一支花虎重甲，而上邦的援军很可能已经同北上的花虎迎头遭遇，并被他们吃掉了。

虽然这个推论有些匪夷所思，但是不难想象，花虎重甲突然出现在米渡，是对方破釜沉舟的一搏。骑兵为主的部队，攻城是没有优势的，但是在快速移动中进行出其不意的野战，就顺手得多了。这样大规模的敌军骑兵突然出现，只要把通向平明的粮道截断个一天两天，不难想象会对箕尾山口的南津造成怎样的慌乱。

"眼下到处都是他们的人，怎么办？"赵长弓回头，看了看身边这几个人。

"当然是想办法去秋口，回平明！"成阳的声音恶狠狠的，"邵德王子陷在了这里，固原公很快就会把磐石卫派过来的，到时候这些王八蛋都得死！"

"好吧，就算固原公神机妙算，知道我们现在正在百花溪畔的水洼里蹲着，你有没有想过他们到这里需要多少时间？他们来之前，我们会不会饿死？"

旧时雨　　129

"你!"

"多说无益!"朝邵德眉头紧锁,看着眼前络绎不绝的车马,道,"我看平明是去不了了,他们过了河,要么南下花渡,要么就去秋口,我们仍然留在百花溪这一边,实在太冒险了。"

"殿下?"成阳疑惑地看着朝邵德。

"你不是说他们主力在四马原上吗?"朝邵德看看丁保福,"这意味着他们这一支兵力是要打快,不是打稳,这些过河的辎兵,恐怕就是骑兵的后卫。既然他们都来到了百花溪这一边,那我们为何不能去那一头呢?"

朝邵德年纪不大,大腿上又被扎了一箭,走起路来一瘸一拐,但是思路确是蛮清楚的。这样混乱的局面下,这一支毫无战力的百人队要在各路大军的缝隙里穿梭,自然一不小心就会灰飞烟灭,确如朝邵德所言,若是反方向过了百花溪,反倒可能更安全。

朝邵德拉住了赵长弓。"走吧,想法子过河。如果我是徐前,现在的第一要务,已不应再对花渡严防死守,而是要纠集起秋口、上邦的援军,合力先把后方扫平才是。"

"你不是他,"赵长弓摇了摇头,道,"我是很了解大将军的,但凡城里还有一袋粮食,他是绝对不会出来的。"

二

"那可不一定,"朝邵德虽然疼得脸上发白,表情却依然自信,"徐前一定会出来的,因为徐昊原的十万大军此刻正在离火原上鏖战,若是因为徐前的疏忽断了这一条通往平明的粮道,徐昊原回来，非把他这个堂叔剁碎了不可！"

"这么说，花渡守军要出城接敌了？"田知友和赵长弓面面相觑。

丁保福清楚，赵长弓的本意，是要尽快返回花渡，这样就可以把敌人出现在米渡消息带回去。这理由乍一听，是非常合理的，以徐前照旧向平明发粮的这一举动看起来，徐前对这个突发事件是完全不知情的。可是算算时间，他们这一群还在外面兜圈子的散兵的速度不可能快过那些苍头游骑，说回去报信，不如说是他们想要赶快回家。起码，在铁桶一般的花渡城里，还是要比外面安全多了。

但是现在朝邵德这么一说，似乎就算吴宁边的这一支偏师不去主动攻击花渡，徐前也一定会开门迎敌。那么，现在跑回花渡去，就算遇不到敌人凶悍的骑兵，也一定会被徐前推上战场。这样的话，大家真的还有必要回去送死吗？

"你们说，万一花渡被攻下来，他们会不会屠城啊？我们马上回去吧？"田知友坐立不安起来。

"你回去有个屁用！"赵长弓阴沉着脸，"徐前守城可以，但他是个纸上谈兵的，要他冲阵拼杀，一定会一塌糊涂。你回去了，能有些什么助益？！"

"哎？怎么没有助益，徐将军从未临阵，但王校尉他们还在啊，我们总不能眼看着老婆孩子遭难吧！"

"你就不要再提王磐山了，"赵长弓一阵烦躁，"他早就和徐前吵翻了，徐大将军不趁着这个机会给他小鞋穿就不错了，还让他临阵？"

"不行，我得回去。"田知友转身，被赵长弓一把拉住。

旧时雨　　131

朝邵德虽然一瘸一拐，也从另一侧拉住了田知友，道："田卫官，赵都尉说得对，人各有命，花渡镇兵厚粮丰，外面还有南渚和永定的盟军，轻易是攻不下来的。你这样冒冒失失跑回去，万一遇上了吴宁边的人，也是一样死在花渡城外。"

田知友挣了两下，没挣脱。"死在花渡城外，不比死在荒郊野地好？"

赵长弓一巴掌扇到了老田的脑袋上，道："傻了吗？"

田知友终于闭了嘴，还是气鼓鼓的。

一股倦意袭击了丁保福，谁不想回花渡呢？对于自己来说，离开了花渡，就意味着离迟花影越来越远。可是在理智上，他是认同朝邵德的，跟着对方的大部队行动是找死，唯一的生路是逆着他们进军的方向反着走，虽然这样大家离平明越来越远，但毕竟没有了性命之虞。

"吃的就在眼前，要不要搞他们一下？"看着浮桥上那些慢吞吞的车马，成阳目不转睛。

"稀稀落落，没有多少人，我们在暗他们在明，说不好就可以打它一个出其不意！"赵长弓也悄悄把腰刀握在了手上。

朝邵德没说话，看了看丁保福。

对方刚刚出现的时候，丁保福也曾有过这个念头。没错，眼前的这些辎兵是为前突的吴宁边骑兵运输粮秣的。时间上，他们已经被骑兵们甩开了快一天的时间；实力上，除了少数步卒，运粮的辎兵本来就多是乡民，更谈不上什么战斗力。可以说，对方兵力薄弱而且毫无防备，的确是个突袭的大好时机。就如赵长弓所言，大家这样冲了出去，也许就能截断对方的补给，立下奇功也说不定呢？

"喂？怎么不说话。"赵长弓已经跃跃欲试，用脚踢了踢丁保福。

扑棱棱一阵纷乱的声响，是后面有人动作大了些，惊起了飞翔的水鸟。那边正在行进中的士兵们停住了脚步，开始向这边张望。

丁保福回头看了看，刚才蹲在身后的这一群营兵，倒有一大半吓得趴在了泥水里。除了惊疑不定的士兵外，更多的人则目光闪烁，连头都不愿意抬起来。

这些营兵和赤研星驰的银棱营实在太不一样了，赤铁们是专为战场杀敌训练的职业军人，而这些城门守备多是四里八乡的平民百姓，加入营兵，有的是强制服役，更多的是为了混口饭吃而已。他想了又想，终于还是摇了摇头。

现在并非生死攸关的紧要时刻，如果让这些犹疑惊惶的营兵主动攻击，后果实在难以预料。何况在面对不确定的敌手时，忍耐是野兽的本能，他常年在百花溪畔的丛林中狩猎，没有人知道一头无害的小鹿身后，是不是还藏着一头斑斓的豹子。

"一群软蛋！"赵长弓看着身后倒了一地的兵士，从牙缝里挤出一句咒骂来。丁保福松了一口气，赵长弓也放弃了。

令人窒息的寂静还在持续，他们的安全距离足够，对方试探性地朝这边射了几箭，不过多惊起了几滩鸥鹭。很快，那牛车和骡马又开始移动起来，在他们的注视下慢吞吞地走过浮桥。水鸟带来的麻烦并不比晃动的浮桥更严重，虽然偶有粮袋落水，但折腾了大半天，对方的全部人马总算都过了桥。

等到最后过河的士兵们手起刀落，砍断了横跨河岸的绳

旧时雨

索,丁保福终于放下了心中的一块大石。他们腰酸腿痛地站起身来,眼睁睁地看那些木排磕磕碰碰顺水而下,渐渐消失了踪迹。丁保福心中那头斑斓的豹子始终没有出现。

"妈的,桥都没了,这下怎么过河?"赵长弓伸伸手脚,走上前去。

其实在后面也一样看得很清楚,这个刚刚被毁坏的小小渡口除了无数淤泥中的车辙和几根光秃秃的树桩,并没有留下任何有价值的物品。

"刚才你做得对,"朝邵德一瘸一拐地走到丁保福的身边,小声道,"这些人根本靠不住。"

"什么?"丁保福正望着这宽阔的溪水发愣,再想想赵长弓一定要揪住朝邵德做护身符,这世上真的谁都不傻。

"看样子平明去不得了,磐石卫最要紧的是帮助徐昊原守住箕尾山口。你按照我说的办,我们先过百花溪,到了那边,李慎为一定会派人来找我。"

"你要去南津?"丁保福有些惊讶,渡过百花溪这件事,朝邵德竟是如此坚持。

他并没有去过离火原,但是上邦他是去过的。如果从百花溪东侧北上箕尾山口,便意味着他们要穿过大片的原野,并穿过地势起伏的平明丘陵,而更重要的是,在平明河北岸的离火原上,徐昊原的大军已经和吴宁边的军队鏖战了两个月了。

"殿下,你受伤了,这一路颇有距离,而且可能穿过两军的战场,你真的可以吗?"

朝邵德咧嘴笑笑,道:"我也是从小谙习弓马的,一支羽箭而已,又死不了。大军野战,山间是安全的,我们人数不少,也不怕劫匪小贼，不像那一边，"他回头看了看那些深深的车辙，"我看徐昊原不在，他这几处军镇形势堪忧，我们若是想要走近路，反而可能找死。"

丁保福看看已经远远走在前面的赵长弓，道："我就算想要陪你去，也要他同意才行。"

"他？"朝邵德看着赵长弓的背影，露出了讥讽的笑容，"他这样的人我见得多了，现在带着我，不过是个大型的护身符而已。你帮我稳住他们，等我们回到白驹城，你想要什么，便有什么。"

"我还是要回四马原的，但是按照殿下的这个走法，恐怕我一辈子都回不去了。"

"我不知道你要回去做什么，若只是你一个人，回去又有什么用呢？"朝邵德咧嘴一笑，"普通士兵我见得多了，你要的，和他们不一样。"

丁保福犹豫起来，看看对岸，一片茂盛而未知的丛林。

"你知道我是谁，还有胆子捏我的脸，"朝邵德一把抓住了他的手，道，"这可是死罪，难道，你就对我许你的未来一点兴趣都没有吗？"

对方是日光木莲的王子，八荒唯一的王族，而自己呢？一个百花村的小猎户，没有军阶，没有部属，没有家人，在这场天降四马原的混战之中，连家里的两间木屋也被南渚赤铁们烧了个干干净净。不过阴差阳错遇到了朝邵德，难道，自己真的就因此有了些许不同吗？

他还没有回答朝邵德，那一边，成阳、田知友和赵长弓好像又为什么事争了起来。

旧时雨 135

百花溪沉默而平缓地流着，打着旋涡，他知道这平静的水面之下，多得是纠缠的水草，就像这看不透的时局，充满了隐秘的凶险。他本来最该去的方向，是四马原。那里，有他欠赤研星驰的一条性命，有不会说话的迟花影、迟清溪和这世上最后一点相连的血脉。

可是有什么办法呢？八荒茫茫，虽然自己有手有脚，这一条条的大路也四通八达，但他终于意识到，去向何方这件事，他是身不由己的。他看看朝邵德，他已经不复当日洒脱尊贵的模样，但不管怎样狼狈，他嘴角的那一抹笑容也是金色的。

他和赤研星驰一样，他们的人生，是自己永远无法想象的。

他又想到了那一夜鏖战的惊心动魄，两军对垒中血与火的冲撞，他也想做那长旗下的将军，而且他想要比死去的赤研星驰更加出色。这个有着金子般笑容的少年，能够给自己一支如臂使指的军队吗？

丁保福想了好一会儿，才道："你答应我一件事，我也一定会把你送回白驹城。"

三

"只要你有想要的东西就好。"丁保福到底想要些什么，朝邵德问都没问。

他长长出了一口气，道："我想要去南渚军中找一个人。"

"找人？"朝邵德有些意外地看了丁保福一眼，道，"什么人？"

"一个女孩。"丁保福言简意赅。

朝邵德摇摇头，哈哈大笑起来。

对于死去的迟清溪来说，这笑声太过无礼，丁保福感到了一丝愤怒。

"好吧，无论这人是死是活，只要她有一个名字，我一定会要赤研恭给你送回来。可是，我能给你很多其他的东西，你真的就一点都不感兴趣吗？比如，爵位、金银、军功？"

"你给的太多了，我还没想好，"丁保福看看手中的刀，"你能给我个卫官吗？"

"可以，那就把这百十人先组织起来。"朝邵德意味深长地看了丁保福一眼。

"不能回去，要去平明，秋口是必经之路，现在对方偷渡百花溪，为的，就是截断去平明的两道，你现在回去了，岂不是自投罗网吗？"

"从这里向东走，又有什么？"

两个人走过去的时候，赵长弓黑着脸，而田知友则嚷嚷得口吐白沫。原来，两个人还在争论刚才的那个问题，是要渡河北上，还是折返花渡。

朝邵德看了看丁保福。

丁保福上前道："田叔，赵伯说得对，不能回去！太危险了，不如过了河去上邦碰碰运气。"

"上邦？"田知友把头摇得拨浪鼓一般，"米渡的粮食，没必要绕着弯子从这里过河，刚才渡河的那些粮秣，就是上邦援军的！往好了说，他们的粮被截了，往坏了讲，大概上邦有没有被攻下来都不好说。往东走，未必安全。我们还是回花渡，

旧时雨　　137

就算死在花渡，也算为家人尽了心力了。"

"对、对！"

"田卫说得有道理啊！"

田知友的话代表了不少营兵的心声，四下里响起了一片附和声，相对于莫测的离火原，哪怕花渡门口已经满是刀兵，那毕竟也是家乡。

"你又在放什么屁？现在不渡河，便没法摆脱那些骑兵。上邦陷落？你看见了？"赵长弓暴跳如雷。

"老赵，这十几年来，大伙儿一直跟着你，都这么熟了，我是不是放屁，你肯定知道。先不说你们怎么过河，就算你过了百花溪，那上邦，你敢去？"

"老子有什么不敢的！田知友！你再胡喷，老子把你捆起来丢到河里去喂鱼！"赵长弓气得跳了起来。

"想过河的话，现在就得想法子，一会儿万一那些游骑回来，可就危险得紧！"两个人吵得凶，成阳好不容易插了一句，"若是再下雨，又要涨水了。"

这些狼狈不堪的士兵好不容易熬过了一个上午，现在又在这百花溪畔无所适从。

丁保福去看朝邵德，却发现他也在盯着自己，他终于明白朝邵德为什么要把返回白驹的希望寄托在自己身上了，这样的场合，他实在插不上话。

田知友一直都是赵长弓的得力助手，可现在为了众人的去向，两个人吵到剑拔弩张。这两人吵得凶，其实也不要紧，十几年的老交情了，总不至于彼此动起手来，可是这些兵士就自动分裂了。不管这两个人谁能吵赢，只要这小小的队伍再行分裂,那么在兵凶战危的离火原穿行,朝邵德重返日光城的愿望恐怕就更加渺茫。

这些天相处下来,都知道田知友是个实在人,对赵长弓可谓忠心耿耿,但也正因为他为人实在,脑筋便多少有些轴,认死理。此刻田知友的脑子里,都是即将面临刀兵之灾的妻儿,这种想象中的急迫,已经压倒了他平素对赵长弓的服从和尊敬。田知友自然也知道返程的凶险,更不想赵长弓难堪,可是,又有什么办法呢?

这一瞬间,丁保福对于老田产生了强烈的同情。在百花村被烧得房倒屋塌的那一晚,他何尝又不是死握住迟清溪的手不肯松开呢?

赵长弓怒也怒了,骂也骂了,现在阴沉着脸,不知道在想些什么。

他担任花渡的西门守备都尉总也有七八年的时间了,一向以油滑难缠著称。作为四马原的本地军官,他一身市井痞气,对外,从不许旁人说属下半点不是,对内,当然也不允许有任何不同意见。这样护犊子的结果,才有了今天众人的同心同德、唯命是从。一支从未上过战场的营兵队伍,居然也能互相回护照顾、相互扶持,没有在危机到来的时刻轰然散架。

可此刻,反对他的人是田知友,这破坏力可是空前的。赵长弓和朝邵德一样,也需要这队人马来博一个平安,对他来说,老田的挑战绝不仅仅是一个面子问题。

他耐着性子,道:"田知友,你不许走,你走了,一定会死的,你留下来,我赵长弓但凡有一口气在,一定会让你回到花渡。"

田知友摇了摇头,道:"赵长弓,大家十几年的交情了,我要回的花渡镇,不是一片废墟。"

赵长弓的手放在了刀柄上,慢慢把他的长刀抽了出来。而田知友只是瞪大了眼睛,梗起了脖子。

丁保福一把抓住赵长弓的手腕,道:"赵伯,看着乌云,现在再不渡河,便没有机会了。"

他又一把扯过田知友,小声:"田叔,我们人已经很少了,丢到战场上,连个水花都没有,你这样顶着赵伯,他怎么带兵呢?若只有这几个人,还要各奔东西,是不是大家都死定了呢?"

田知友还是摇摇头,终于不说话了。

朝邵德冲着成阳使了个眼色,成阳突兀地走了上来,拍了拍田知友的肩膀,又冲赵长弓点了点头,大声道:"都是自家兄弟,以和为贵!"

对于这场争吵,朝邵德简直是未雨绸缪。

丁保福对这个邵德王子有些佩服了,现在连成阳在内,他身边一共剩了三个金线营的武士,而赵长弓的属下却有百十号人。若是这些人乱起来,忽然翻脸不认人,什么校尉、王子、官阶、爵位、身份,在这不知死活的荒郊野外,真的是屁也不当!作为一个局外人,他实在也是尽了力了。

"不管怎么说,对方刚过了河,我们现在总不好马上回转去。"成阳继续强行打岔。

他本来也没什么好说,只是在这里硬挤,刚好看到河里一只肥硕的鱼儿游过,抬手就是一箭,不料这鱼儿在水面上看得清清楚楚,在水里的位置却有不少偏差,这一箭不过射了个水花。

天边的乌云隐隐飘过来遮住了太阳，空气闷热得像要着了火，眼看就是一场大雨即将来临。

"那边有绳索。"田知友走到那木桩附近，盘在上面固定浮桥的绳索被砍断，还剩下一段，他便指挥着两个士兵把那绳索抬了过来。

赵长弓看了他一眼，也走了过去，道："有没有可能把浮桥重新搭起来？"

第一滴雨已经落了下来，砸到了他的眉骨上，田知友揉了揉眼睛，道："不容易，这绳索是用来固定大木排的，太沉，长度又不够，就算够，又怎么能够丢到对岸去呢？"

他说得没错，这百花溪虽然水流不急，但是若夹着这绳索泅渡，游泳者能不能有这个力气另说，若是水中人被冲向下游，这样本就紧张的绳索长度又更是不够了。

此刻乌云已几乎把太阳完全挡住，只在外露出一点点金色。丁保福还在冥思苦想，朝邵德身上那在泥水里滚来滚去的明黄的中衣，却在这一点点的光亮的映照下，随风波动，泛起了熠熠光华。

丁保福心中一动，上前蹲下，抓住朝邵德的衣角，用力一扯，纹丝不动。

他站起来，道："殿下，可否借你中衣一用。"

"什么？"朝邵德一愣。

"你的中衣，是什么料子的？看起来，漂亮得很。"赵长弓见丁保福在这里，也凑了过来。

"你们要做什么，"成阳迈上一步，挡在朝邵德的前面，

旧时雨　141

"这宁州云锦，也是你们能穿的吗？"

"原来这就是宁州云锦。"赵长弓晃过来，伸手拉住了朝邵德的衣角，用两根手指捻了捻。

"嗯？我不是说了，这当然是宁州云锦！"成阳还没有反应过来。

丁保福冲着朝邵德做了一个撕扯的动作，朝邵德恍然大悟，立即卸甲，把他那明黄的缥缈中衣脱了下来。举起随身的匕首，一划一撕，便扯下一条来，道："这宁州云锦薄若蝉翼，又极其坚韧，你是怎么想到这个法子的？"

丁保福的目光落在了朝邵德大腿的那处箭伤上，现在裹着他伤口的布条，不正是来自成阳的白色中衣吗？

他拿到了中衣，的确质感特殊，轻轻软软，不知道用了什么材料，不用匕首，就算用再大的气力，也很难撕开。有了云锦，众人一起动手，很快，一件价值千金的云锦中衣便变成了一条条细布，再由丁保福打了捕兽的绳结，最后系在了羽箭的尾部。而另一头，则牢牢拴在了这边的绳索上。

云锦够轻了，然而够长吗？丁保福眯起了眼，看着对岸的树桩，用箭把云锦细绳射过河去，是没有办法的办法，若绳子太重，羽箭便飞不起来，若太短，也一样会坠入河中，这时候射手的箭术也很重要，万一射脱了，就更糟了。

"来，给我们看看日光城的箭术！"赵长弓举起弓来，习惯性地想要递给田知友，中间及时转弯，又送到了成阳的手上。

成阳也不含糊，走上一步，开弓就是一箭，还好还好，那云锦在空中被劲射的羽箭拉直，划出一道金色的光芒，牢牢钉入对岸的树桩上。

丁保福深深吸了一口气，纵身跃入了水中。

盛夏时节，百花溪中的水和往年一样，带着一丝清凉。此刻下游溪中那无尽的鲜血，是不是已经被这永不停息的水流冲刷殆尽了呢？

不管怎样，那个百花溪畔笑意盈盈的身影，如今却再也不会出现了。

他凭着水底的一点亮光，向对岸努力游去。

四

雨终于下起来了。不知道是不是错觉，雨中的百花溪变得格外宏阔，枝蔓开来的溪水裹挟了大量的泥沙和草木，平日里清澈见底的百花溪变得异常浑浊起来。

雨势越来越大，在水中，丁保福使出了全身的气力，偶尔露出头来，模模糊糊中，还可以听到岸上一群大老爷们的怪叫声。费了好大的劲儿，丁保福才渐渐靠岸，这才发现，跟在自己身后一起泅渡的士兵，不知什么时候已经少了一名，大概是因为在水中体力不支，被水流带走了。他费力爬上岸来，摔倒在泥水中，喘着粗气，这时候，倾盆大雨激起了层层的水雾，加上一路潜游，他们几人顺水汹涌而下，差出了不少距离，莫说对岸的营兵们，就连在身边近在咫尺的同伴都看不清了。

连滚带爬找到适才那绑着云锦的箭支，丁保福和士兵们小心地一点点拉着云锦，才把对岸剩下的绳索慢慢牵了过来。还好，在百花溪的这一边一样有残留的绳索，他把两边的麻绳拆开，又重新编了一个扣子，确信弄得结实无比了，才又重新放回河中。

这一次,赵长弓和田知友倒是放弃了争执,先由赵长弓和成阳两人一前一后,夹着朝邵德,通过绳子慢慢从水中挪了过来。接着,田知友在那一边组织,赵长弓在这一边接应,这支小小的队伍便逐一在溪水中挪动了起来。

好不容易靠着绳索渡过了百花溪,大家都有一种劫后余生的庆幸,眼看着对岸的人越来越少,这边先行瘫倒的营兵们都露出了疲惫的笑容。

"喂,过来吧!"赵长弓站在大雨中挥起手来,遥遥喊着。

在河岸的那一头只剩下田知友和三两名士兵了。

雨幕中,田知友却纹丝不动地看着这一边,没有回答。

"田知友!"赵长弓喊得更大声了。

在他的身旁,几个士兵合力,把最后几名循着绳索的过河的士兵和甲胄一起扯上岸来。

其中一个营兵气还没喘匀,便跑了上来,道:"都尉,田卫说,他要回花渡去了。"

"什么?"赵长弓瞪大了眼睛,"他要当逃兵?"

那营兵不知道怎么回答,只能尴尬地站在那里。

"妈的,这个王八蛋!"赵长弓骂骂咧咧在河边连着转了几个圈子,先拿起一柄长弓,还没等兵士们去阻拦,却又掼在了地上,紧接着他挽起了裤管,就要下水。暴雨滂沱,水势愈发大了,刚刚系好的绳索被冲得左摇右摆,人若是再跳入江中,恐怕就很难上来了。

这一次,赵长弓却是被众人生拉了回来。

赵长弓对着对面雨幕中的那几个黑影大喊:"田知友,你他妈的不辞而别,还有没有些兄弟情分了!"

刚才游过百花溪耗费了太多体力,丁保福一直坐倒在河边,默默看着这一切。

"老田说,马他就骑走了。"那刚泅渡过来的营兵从身上解下一个包袱,打开来,却是赤研星驰那匹灰风鞍上的革囊,伸手摸摸,迟清溪送的那副手甲还在。

河的那一边,似乎有些声响,他抹去脸上的雨水,看到田知友忽然跪下,冲着这边慢慢磕了一个头,然后回身骑上了灰风。

雨声中传来了他破锣一样的声音,断断续续:"老婆孩子在等我,我回家了!"

刚刚还像蚂蚁一样在这河岸上乱转的赵长弓,好像忽然被人抽去了气力,一脚踩空,扑通滑倒在河畔的淤泥里。

"王八蛋,王八蛋!"他好不容易爬起来,走到那过河的绳索前,举起了佩刀,又是一跤滑倒。

田知友倒不拖泥带水,和几个士兵打马而去,只余这一条绳索在溪水中飘来荡去。现在,这就是百花溪两岸唯一的一点联系,留着不处理,总是危险的。

赵长弓举刀来,却又放下,再向那边望望,如是再三,才终于砍断了绳索。

从这时候开始,直到第二天的清晨,都尉赵长弓都没有再说过一句话。

和众人事先预料的一样,在百花溪的东侧,有一个规模浩大的战场。不,应该说是屠场更加合适,因为这里尸横遍野的

旧时雨 145

只有上邦的军队。更可怕的是，在这广袤的原野上，可以很明显地看出重甲践踏过的痕迹，在这些骑兵冲过的区域，任何阻挡者都被冲撞得支离破碎，武器盾牌散落一地，而士兵们的尸首，想找到几具完整的都不容易。这些死尸在酷热和暴雨中已经晾了有一段时间，人们无法分辨那些尸首的表情，只是包括朝邵德在内，几乎所有的人都吐了出来。

除了丁保福。

他见过更惨烈的战场。

幸亏吴宁边的这一支偏师急着渡河西进，并没有长时间停留，因此，附近的村落大多得以幸免，赵长弓这一百多人，才得以在星夜兼程赶往箕尾山的路上，半买半抢地弄到了不少粮食。

"走走！快点走！"

脱离了溪水和暴雨，他们继续向东行进，刚刚渡过百花溪，在赵长弓的坚持下，众人便偏离了去上邦的官道，直奔平明河而去。这一条路便是朝邵德选择的那一条不可能的道路，他们在北渡平明河之后，沿着平明丘陵的边缘继续北上，就可以到达箕尾山口了。

距离箕尾山口越近，赵长弓对朝邵德的态度就越好，看起来，他一路坚持要渡河北上，朝邵德也早就做了工作了。

至于为什么要绕开上邦，赵长弓有他的解释。既然吴宁边的重骑已经自百花和皋兰北上，又把上邦的主力打得那么惨，没道理不去上邦劫掠屠城，此时吴宁边的奇袭偏师，在赵长弓口中，已经变成了一支大军。然而他的真实理由，大家也是明白的，他作为花渡的军粮押运官，不但失期，而且被截了粮，到了澜青都是死路一条。比起去上邦自杀，还不如直接将朝邵德送到白驹去碰碰运气。

赵长弓有意绕开上邦，对朝邵德来说也是正中下怀，他去花渡转了一圈，对花渡至平明的战场极度悲观，连带着，觉得这上邦的主政，也不值得浪费时间了。

"过了这个山头，就安全了！"

八月的太阳正毒，他们一行风餐露宿连日赶路，终于进入了连绵的丘陵地带。这平明丘陵由南向北逐渐隆起，一直绵延到风旅河两岸，便成了著名的箕尾山，而箕尾山口作为吴宁边和澜青之间的必经之路，已经被两州反复争夺了十余年，留下了无数故事。而它的最新的一次易手，正是两个多月前。那时候扬觉动赴南渚定盟失踪，意气风发的徐昊原举澜青之力狂飙猛进，一举击杀了驻扎箕尾山口的吴宁边大将伍曲，再次把整个箕尾山都收入囊中。

赵长弓说，进入平明丘陵就安全了，每个人都是这样想的。在徐昊原挺进吴宁边的三路大军中，南线的主将徐子鳜早已经杀到了长戡山下，平明丘陵这一带便成了青骑们的后方，通向箕尾山的路上，起码不会有吴宁边的敌人了。

"恢复得还不错。"丁保福按住了朝邵德腿上的伤口，慢慢将那上面捆绑着的布条撕去，他下手重了些，粘在布上的血痂也被扯掉，朝邵德不由得一声闷哼。

"无妨，你继续。"朝邵德摆出一副无所谓的样子。

"好。"看了看一头冷汗的朝邵德，丁保福又低头去处理伤口。他拔出匕首，把伤口边缘溃烂的腐肉小心剃掉。看现在伤口的状态，大概再敷上几天草药，可能也就好得差不多了。这些天来路途奔波,王子朝邵德骑上了唯一的一匹驴子,他腿上的伤口虽然一直没有完全愈合,但没有乏力,也没有发热,这便是一个好兆头。丁保福凭借着他那一知半解的粗浅医术,一路寻找那些可以生肌止血的草药,不管是什么,先敷上去,朝邵德毕竟年轻,血脉顺畅,伤口也就慢慢结了痂。

其实相处的时间久了,这个木莲王子和其他普通人也没什么区别,饿了肚子会叫,睡着了会打呼,见到山里的野兽也会好奇。说到底,这也不过是个和丁保福差不多大小的少年罢了。

这会儿,丁保福说要找些新鲜的岩参来生肌止血,朝邵德便也要一起去散心。成阳此时正闹肚子,于是邵德王子便由另一位金丝营的士兵随扈,跟在丁保福后面,翻过了赵长弓和士兵们扎营的这道岩坡。

这个拐弯背面,是一片平缓的巨石平台,来到这里,众人眼前豁然开朗。站在这里向下眺望,目光越过层层叠叠的深林,一马平川的离火原像一块苍翠的绒毯在眼前铺开,而宏阔浩荡的平明河则化作这绒毯上遗落的一条银链,被黑魆魆的树林裹挟着一路向东延伸而去。

"走不动了。"不知道是伤势疼痛还是美景辽阔,朝邵德在这被太阳晒得暖烘烘的巨石上坐了下来。

丁保福一愣,这还没走多远呢?

"我就在这里等你吧。"朝邵德在那石头上坐了坐,竟躺下来了。

丁保福举目四望,这里幽深僻静,离士兵们的营地也并不远,他考虑了一下,便独自向前走去。

五

岩参多长在山壁的石缝中，离开了没多远，丁保福便采了一棵。他向下望望，侧下方有一个向下延伸的缓坡，那石壁上还有几棵岩参明晃晃地挂着，于是他便手脚并用，又向一旁攀去，等到口袋里已经有了五六棵岩参。他再一回头，才发现，不知道什么时候，朝邵德停留的那一块高岩已经隐没在乱石之后，再也寻不到踪迹了。

就在他准备原路返回时，远处传来隐隐的水声，他心中一动，山间岩石罅隙中流出的清泉，多半会成为野兽取饮之处，他随手抽出了弓箭，这一次说不定便会打到什么猎物，拿回去打打牙祭也好。又向一旁摸了几十步，果然看到了淙淙的流水，那山泉在不远处冲积出一片小小的水面，水畔长满青苔的石头上到处都是剥落的白痕，一定有动物常来这里饮水，没错的。

一头棕色的公鹿正在溪边，丁保福蹑手蹑脚地在林间穿行着，放了这一箭，便可以回去找人来抬了。

他找到一处可供藏身射猎的所在，正要搭箭开弓，却冷不防身旁的树叶窸窣作响。完全是常年捕猎的自然反应，他向旁边一跃，就地做了一个翻滚，等到再起身时，那寒光闪闪的箭头已经对准了面前的花鹿。

不过一头小母鹿而已，他却格外地慌张，因为这个距离对他来说，实在是太近了。

在他的狩猎生涯中，总是他步步为营地做好布置，从未有野兽悄然近身，而林中野鹿的警惕性又高得惊人，因此他从未

旧时雨　149

有和一头鹿贴得如此之近,这十几步的距离,他甚至可以看到它耳内那一圈细软的白色绒毛。这是头母鹿尚未成年,头上没有尖利的鹿角,只有一对圆滚滚好奇的眼睛,正盯住他不放。

丁保福稳了稳心神,把弓张满,不管这头鹿究竟是如何来到他的身边,是莽撞还是亲近,这样的距离,他是绝不可能失手的。然而无数次射猎中从未有过的诡异感觉从心中升起,到底是哪里不对呢?这就是百花溪畔常见的花鹿,体型和大小也并不出奇,那这奇怪的感觉又来自哪里呢?

他看着鹿,鹿也在看着他。这一人一兽便在这水潭边对视着,把对方看了一遍又一遍,哪怕丁保福的手已经开始颤抖,他这一箭终于还是没能发出去。直到那小鹿仿若恍然惊醒,飞快地窜入了林中。

放下箭支之后,腰酸背痛的丁保福终于发现,原来问题就出在这头鹿的眼睛。

这一双眼睛实在是太奇怪了,不但没有丝毫的惊慌失措和畏惧忧虑,相反却充满了疑问和好奇,好像笃定他一定不会开弓,又像在问,他是谁,又为什么会出现在这里。

他深深地吸了一口气,不对,野兽没有这样的眼睛,在这长长的对视中,在自己面前的,并不是一只野生的花鹿,而是一个人,那是一双人的眼睛!

正在他犹疑不定的时候,远处忽然传来一声惊叫,一股寒意爬上了他的脊背。

糟了!朝邵德!

他马上跳了起来,手脚并用地向来时的方向攀爬了过去。

他从山崖的另一侧远远绕了过去，在刚刚朝邵德休息的那块大石上面，已经多出了七八名陌生的士兵，朝邵德和他的侍卫已经被团团围住。

"你们究竟是谁！"一柄雪亮的长刀离朝邵德的鼻子不过寸许的距离，"还有没有别的人和你们一起！"问话的人身上的铠甲带着水蓝的波纹，造价不菲，一看就是这几个人的领袖。

朝邵德则和他对视，拒不回答。让丁保福稍感安慰的是，经过了二十几天的跋涉，朝邵德也早就没了当日骄矜贵重的样子，连身上的云锦中衣都撕了，此刻的他，不过一个乡民少年的模样，只要他不说，对方便不会知道他的身份。

"现在军情紧急，不然杀了算了！"举刀的那一位显得有些焦躁，丁保福却暗道不好，从身后把弓箭慢慢地抽了出来。

那军官却若有所思的看着朝邵德，道："不忙，唐都尉不是说了，这四野八乡没有敌军的斥候吗？你现在就把唐都尉请上来！"

下完命令，他仰起头来，向四周扫视了一番，丁保福赶忙低下头去。

他的心咚咚地跳着，这里是看不到花渡营兵的营地的，但是稍停变成了杳无踪迹，恐怕此刻赵长弓也早就派人出来寻找了。现在他只盼赵长弓足够机灵，若是他发现朝邵德遇险，沉不住气跳出来，就糟了。看面前这些兵士，无论精神、士气，都要比营兵们健旺得多，刚才又听那人说去请什么都尉，若是他们后面还跟着大股部队，只怕大伙儿要凶多吉少。

那刀依旧没有离开朝邵德的鼻尖，于是丁保福也就不敢稍离，生怕一个没注意，朝邵德便血溅当场。当此之时，木莲

旧时雨　151

王子在想什么呢？丁保福大气也不敢喘，暗暗拉开了手中的弓箭。

　　林木晃动，从大石下的树林中又走来十余名同样穿着轻甲的士兵，中间也有一位玄甲武士颇为与众不同，直到她开了口，他才发现，众人口中的唐都尉，竟是一位女子。

　　"就是这两个人，上午还没有，突然出现在这里的。"士兵们向那唐都尉报告。

　　"蓝仓伯也被难住了？"她转过脸来，两只眼睛明亮有神，居然极为年轻。

　　"难住了，的确难住了，"被称为蓝仓伯这个男子绕着朝邵德二人走了一圈，道，"这一片丘陵沟壑，本就没有什么人家，看他们的衣着打扮跟流匪相似，可看神态气质又不似常人，既不像士兵，也不像行商。我们和徐子鱖也从未听说过会有什么大人物来到平明丘陵，这可真是奇哉怪也。莫不是你招来的？"

　　"伯爵，斥候来报，徐子鱖的人马上就要出现了。"

　　"豪麻的军令是延误不得的，我要先去了。"那男子最后看看朝邵德和他的侍卫，扬长而去。

　　"收了吧。"那唐都尉把对着朝邵德的钢刀压了下去。

　　她先蹲下，拉住朝邵德的手腕，眉毛渐渐皱了起来。接着拂开他的衣襟，去看了看那腿上的伤口，再次抬起头来，道："同行的小哥，请出来吧，不然这满山遍野地搜起来，还要浪费不少时间。你岩参也已采到，更不要耽搁了他的伤情才好。"

　　她环视一周，最后，目光停留在了丁保福的藏身之处。丁保福不确定她到底有没有看到自己，但她通过观察朝邵德伤口,明白了一定还有其他人在附近。她这样说话,自是给还在潜藏的人留了余地,但若她压根并不知道自己的藏身之处,只是在使诈呢?

所以自己到底要不要出去?

见四围没有反应,她又道:"岩参虽可以行气止痛、生肌止血,但是这位公子所受的是金创,一味用岩参,未免过于辛辣、郁而不舒,现在看起来,伤势逐渐好转,但是若继续这样治下去,恐怕再过几日,他的这一条腿便保不住了。"

"什么?"朝邵德再也绷不住不住,忽地坐直了。

"需要帮忙吗?"她的目光仍看着丁保福藏身的方向。

这一刻,对方看起来只有二三十人,若是赵长弓够大胆,也许还有希望。

阳光越升越高了,随着那透亮的光线,大片的原野正在众人面前缓缓铺开,等到太阳完全升起之后,他才忽然发现,平明河畔的那些黑黝黝的树林,有一部分是连绵不绝的营帐。

几匹快马在大地上拉起道道烟尘,这场景似曾相识,在花渡战前,南渚和吴宁边的斥候也只是这样相互试探的。

"要开始了。"那唐都尉派遣了一名兵士走下巨岩,在那窸窸窣窣的行进中,丁保福这才意识到,原来在巨石之侧,还有一条小路。他耳朵尖,林木深处传来了踩踏腐叶的声响,是赵长弓带着兵士摸过来了。

然而此刻,他又有了新的发现。那兵士一路向下,渐行渐远,开始不过孤身一人,然而越走身边的人越多,走着走着,巨石下方的一整片树林都摇晃起来,无数步卒从这林中列队而出,转瞬之间,这一片丘陵好像活起来一样。

旧时雨　153

那女子又转头看了过来，嘴角露出了一丝微笑。

这样多的士兵，长时间分散潜伏在这密林中，居然无声无息，这也未免太可怕了。更可怕的是，对方的人数实在太多，就算赵长弓悍不畏死，发动突袭，要抢回朝邵德，也绝无成功的可能。而现在阻止赵长弓的盲动，只有一个办法。

"我出来了！"丁保福把弓箭举过头顶，慢慢站了起来。

"好了，这下可好，死在一起了，"朝邵德身子没动，眼珠却转了过来，"我还指望你呢！"

丁保福轻轻摇了摇头，指指下方的声势浩大的千军万马，朝邵德及时把赵长弓的存在吞了回去。

现在他已经和对方面对面了，走近了才发现，原来那女子也就十七八岁年纪，黑发、圆脸，看起来心事重重的样子，一身精巧的甲胄把她约束得格外挺拔，而这甲胄的形制，居然和自己穿过的那一套十分相似。

"啊！"他禁不住叫出声来，这双眼里那一丝好奇如此熟悉，这不就是刚才在水潭边那只小鹿的眼睛吗？

"怎么了？"朝邵德有些莫名其妙。

"你，是？怎么会？"这一瞬间，丁保福开始语无伦次起来，这场面实在是太过奇诡，已经远远超出了他的想象。

"我叫唐笑语，你既然没有开弓，我便还你一个人情好了。"她伸出手去搭在了朝邵德的手腕上。

丁保福愣在当场，朝邵德已经闭上了眼，脸上的表情由错愕到欣喜，最终又渐渐归于平静。

这女子在做什么？施展什么妖术吗？

六

丁保福一直在忐忑不安,直到朝邵德和唐笑语双双睁开了眼睛。

"问心?"朝邵德居然主动开口,"想不到在这里居然也可以见到晴州灵师。"

灵师?丁保福看看眼前这个一脸温和的束甲少女,他当然听人说起过这些介乎巫妖鬼怪之间的异士,却从未见过任何一个真正的灵师。原来,灵师也可以是个女子,也可以这样清秀灵动吗?

"你的那些岩参也不要浪费了,我给你添上一剂药便好。"唐笑语往丁保福刚才来的方向走了几步,在草丛里细细寻觅着。

"你昏头了吗?好端端的,蹦出来做什么?"朝邵德目光不离唐笑语,小声在丁保福耳边嘀咕。

"她知道我在那里。"

"胡说,她刚刚过来,怎么会知道你的藏身所在?"朝邵德皱起眉头来,"我看她就是在诈你,偏偏你一诈便中!"

"不是,"丁保福摇摇头,认真道,"我们刚才已经见过了。在百十步外,有个水潭,刚才我去采岩参,见到了一头花鹿,那眼神和她一模一样,我一辈子都忘不掉。"

"哦?"朝邵德来了兴致,道,"那一定是浮生术了。"

"你在说什么?"

"灵师的鬼神技能中有一项叫作浮生,可以将施术人的灵识寄托在鸟兽身上,这样,鹿的眼,便也成了她的眼了。"朝邵德把这四围苍茫的山峦看了一过,道:"她早就对这里了如指掌了。"

"不敢想。"丁保福的惊讶是真的，他对朝邵德的判断将信将疑，毕竟日光城里的王族，自然是什么都见过的。

那边唐笑语已经直起身子，走了过来，手中拿着一株红褐色起棱的草叶来。

"给，加到岩参里，"她抬头看了看天边那一抹淡淡的红色，道，"还好这附近就有，免得大费周章。它可以和中缓急、调和诸药，岩参里面加了它，他的伤势很快就会好了。"

"这是什么？"丁保福接过这一丛小小的叶片，反复探看起来。

"不要看了，看了也没用。这璇玑草又称北冥草，性状时时变化，在弥尘现世的时候才会落地生根。只有精通巫医之术的灵师才找得到。"朝邵德一边说着，一边盯着唐笑语。

说也奇怪，刚才那蓝仓伯在的时候他一言不发，现在的话却莫名其妙地多了起来。

"不会用吗？没有毒的，"她从丁保福手中把那璇玑草拿回来，拿过水袋，把那毛茸茸的紫红叶片冲洗一遍，道，"只要放在嘴里嚼烂，会同岩参一起敷上就是了。"

丁保福还在愣神，朝邵德却打了个手势，那金线营的侍卫便走了过来，把这璇玑草放在嘴里大嚼了起来。

"好了，歇一下吧。"唐笑语把朝邵德的伤口做了一个简单的包扎，不知道要比丁保福那粗糙的手法好上多少倍。

朝邵德龇牙咧嘴地坐下，正对着那一片金灿灿的平原。原来只要距离够远，一切都会变得无比渺小。此刻，离火原上多了一支列阵前行的军队，像一队队蚂蚁，正缓缓散布成一个硕大的扇形，向平明河岸的那些营帐逐渐逼近。

"真的很奇怪，"唐笑语看了看丁保福，又看看朝邵德，"这附近方圆百里都已沦为战场，几座军镇无不烽火连天，商旅早就断绝，你们来这险地做些什么呢？"

丁保福和朝邵德对望了一眼。

唐笑语又道："你们不说也不要紧，我们这次来到平明丘陵，本来和你们也没关系，你们若无事，便可以离开了。"

离开？这么容易？丁保福迟疑地看看身后的密林，不知道赵长弓们是否还蹲得住。

"原来这里是个望台。"朝邵德忽地开了口。

的确，这里的这几块巨石，正在山崖密林间凸起，平整开阔，正像一个指挥台，把远处平原上那千军万马尽收眼底。若是那少女真的有什么浮生术，想必在这场大战开始之前，已经把这片山林一分一寸都仔细探看过了。

"这一场大战，你也参与了吗？"朝邵德脸上那金子般的微笑又回来了。

"是啊，大概又要死好多人吧。"唐笑语的目光一刻都没有离开过那远方的战场，甚至都没有看朝邵德一眼。

她用这种轻描淡写的语气来描绘下方即将开始的惨烈激战，不免带给人一种极度不真实的荒诞之感，到好像这八荒上的刀兵血泪，不过是一些转瞬即逝的纸上烟云罢了。

"你们呢？你们又是谁？"朝邵德最不能忍受的，便是别人对他的忽视，这唐笑语话越少，他的话反而越多，"徐昊原冲破了箕尾山口，拿下了观平，这里早就是青骑的地盘了，你们怎么会如此深入到这平明丘陵里面来？"

旧时雨　157

"谁说这是青骑的地方？"唐笑语摇摇头，道，"这里一向都是吴宁边的草场，这世上可不是只有实力没有是非的。"

"这么说，你们是吴宁边的人了？"朝邵德用手在眼前虚虚画了一个圈儿，道，"他们现在就要攻击你们的营地了。"

"不要紧，那边是一个饵，"唐笑语也伸出她那细长的手指来，照样一圈，道，"他们虽然占了西丘，但是现在我们又把他们的粮道切断，徐子鱖就没法子不出来了。围城的消息一放出去，他们以为这次抓住了可以决战的主力，便不顾一切地赶过来了。"

唐笑语也好，朝邵德也罢，这两个人的面前，一幅极为辽阔的八荒疆域正在缓缓展开，待他们去一笔一笔慢慢勾画。丁保福虽然也想努力跟上他们的思路，却发现，自己的所知所闻实在是太少了。

"好办法，徐子鱖一定想不到你们的主力藏在这平明丘陵里。"

"这几千人，也称不上主力，但可以做个袋子底，等他们一会儿回撤的时候在后面阻击。"

"你怎么知道他们要回撤？"

"他们一定会回撤的。昨天傍晚，徐子鱖出兵的同时，我们的轻骑已经全部从西丘撤去，等他们冲进河边的营地，他们也就差不多该在这里出现了。"

跟朝邵德相处了快有月余，丁保福从没见过他有这么多话，此刻他和唐笑语二人一问一答，他的眼角眉梢上都在发着光。他暗自摇摇头，这倒也不奇怪，赵长弓和营兵们每天满口粗话，动不动就互相问候对方祖宗，虽然也是其乐融融，但是偏偏朝邵德的祖宗是问候不得的。他的寂寞，也就真的无可排遣了。

"从西丘赶到这里？怕不是有将近二百里！"

"没错，"唐笑语凝望着远方的原野，道，"可是有的人就是可以的！"

"这么凌厉，是扬觉动亲征吗？"朝邵德的身子前倾，不知不自觉和唐笑语越来越近。

唐笑语却没有回答，只是道："他们来了！"

果然，在这平原的东北方向，出现了一支黑色的骑兵。在这山上居高临下，可以看到这支队伍以数倍于澜青军队的速度正在飞快移动着，而澜青这庞大的军阵竟似毫无察觉，一直到对方的锋线马上就要插入这化作雁行的军阵，那庞大的队伍才开始发生了偏移，继而开始混乱起来。

"他们怎么会这么迟钝？"丁保福目瞪口呆，喃喃自语。

"不奇怪的，我们这里很高，可以看到他们的全盘举动。但是在平地上看，由于地势的关系，这些骑兵就像凭空跳出来的，这些步卒得到的指令，冲击的方向都在正前方，遇到侧面的袭击，如此庞大的阵型，等中枢认清形势，再发出调转命令，口子已经被撕开了。"朝邵德不断感慨。"这统军的将领是谁？围城打援、转换战场、设诱饵、断后路、侧面切割，这下子徐子鱖完全被带着走，虽然他们人数比较多，但是我看这一次要糟啦！"

唐笑语诧异地看了朝邵德一眼。"你们还真的不是澜青的斥候哦。"

是啊，朝邵德看两军对垒，兴奋异常，指点江山，欢呼雀

旧时雨 159

跃,既无紧张也不忧虑,好像在下一盘棋局一般,如果是其中任何一方,关心则乱,一定不会对这残酷的沙场有如此轻浮的态度了。

"那是自然,你还没告诉我,指挥这战役的人是谁。"

"自然是武毅侯豪麻将军了。"唐笑语的语气里带上一点点不易察觉的雀跃。

"果然是他。"朝邵德的脸色格外阴沉。

这两个人在点评讨论时,丁保福便在一旁努力理解记忆。经过这两个人的一番拆解,他总算把眼下离火原上的局势听了个似懂非懂。这并非一场遭遇战,而是针对澜青大军早早布好的陷阱。吴宁边的军队虽然人数较少,但是排兵布阵细致入微,已经完全掌握了战争的主动权。

在四马原的营地之中,赤研星驰对他说过的那些话,是他的战争启蒙。就是从那一日开始,他模模糊糊地意识到,原来在这战场上,敢打敢拼、不畏生死,和胜利并没有直接的关系。那一天,他虽箭术力压明亮,赤研星驰却提醒他,一支常胜之师中,只要有足够多听指挥的将士,完全可以没有一个神箭手。而一个优秀的指挥者,可以胜过千百勇士。现在,他终于渐渐明白了这些话的含义。

毫无疑问,赤研星驰是个优秀的将领。如果他还活着,也许可以和指挥眼前这场大战的豪麻一较高下,可惜的是,他再也没有这个机会了。

眼前的厮杀还在继续,也许是距离真的太远,花渡战场那些真切的血肉,在此刻,不过是些日光下弥散的尘埃。丁保福看着兵力集中的玄甲骑士们很快冲破了澜青步卒那行动迟缓的阵型，而等到对方的骑兵绕过来寻求正面决战时，这一队幽灵一般的骑兵又找到了其他可供撕裂的薄弱角落，从那些迟缓的重甲骑兵面前消失了。刚才还气势汹汹、排山倒海的这一支严整的队伍，很快就被这把灵活的利刃切割得七零八落了。

日近中天，此消彼长，两相比较，吴宁边这一方，始终在运动中，而且在每次突破时都能够保持局部的优势兵力，更敢于进行猛烈的冲撞。而澜青一方的后队已经疲态尽显，队伍也开始越拉越长。估计要不了多久，当那些混乱中的士兵向后溃败时，就会遇到从那支从平明丘陵中突然进入战场的步卒了。

"等到过些时日，南津也被拿下来，离火原就彻底安全了。"唐笑语拍了拍手，站起身来。

"擅战者固然了不起，但用砍砍杀杀解决问题，实在是最野蛮、低效的手段。"朝邵德果真是个少年，这一番论道他没有争过唐笑语，此刻便提高了声量。"不知道你有没有听过白驹之盟，不久，日光王就要在白驹城召集八荒公侯，再次定盟了。"

他站直了身子，道："刀兵的背后，是权势。只有最有实力的人，才有资格带给八荒真正的和平。"

唐笑语微微摇了摇头，道："也许吧。"

"我会在白驹城，到时候，会不会再次见到你呢？"

"说不好。"唐笑语看向阳光下烽烟四起的离火原日光下，一只鹰隼正在一片苍青中振翅翱翔。

这个简单的回答让朝邵德多少有些失望，然而还没等他继续开口，那鹰隼已然发出一声尖唳的鸣叫，像突然刮起了一阵风暴，无数来自虚空的白羽纷纷扬扬、雪花一般坠落在高台上。

旧时雨 161

第五章 白驹

唐笑语终于睁开了双眼，天上的弥尘散发着红色的光芒，一闪一闪的，整个大地都变成了一片血红。中军大帐的烛火亮着，那些纷乱的影子被投射到了幕布上。那只不怕人的小鹿探头探脑地跟着她走了过来。在她的眼前，站着那个身材瘦长的羽客，他穿着黑色的丝袍，整个脸庞都隐藏在了兜帽之中。

一

　　落日昏黄，天边好像着了火，这漫长的一天终于结束了。豪麻中军的长旗正在平明河畔猎猎舞动，唐笑语不断催马，飞奔着穿过了这烽烟四起的离火原。

　　越来越近了，她的心也跳得更快了。等到那片喧闹的营地出现在了视线中，她却下意识勒住了马缰，青马好像要给她鼓气，也长鸣嘶叫、人立而起，身后的骑士以为发生了什么事，也一个个都停了下来。她只好抱歉地笑笑，眼睛却回望向了平明丘陵的方向。

　　这一战，那里才是属于她的战场。

　　"唐都尉！"

　　"回来了！"

　　一路上都是和她打招呼的吴宁边将士，唐笑语的心渐渐安静了下来。

　　即便是胜利、一场接一场的胜利，军中的骚动混乱也是难以避免的。跟着豪麻离开大安城后，她终于知道了什么叫风餐露宿，懂得了什么是马革裹尸。这一个月来，在这支一眼望不到头的长长队伍中，唐笑语是唯一的女性。从年轻的普通军士，到久经战阵的各级将官，她的存在，让每个人都感到陌生而新鲜。

　　只要出了中军大帐，总有好奇的兵士凑过来，想要看看能够知风雨、通鬼神的唐都尉，到底是个怎样的女子。

旧时雨　165

"你们这是做什么，梦公主在军中的时候，便有什么不同吗？"唐笑语自己也好奇起来。

"嚆，她可是公主啊，负责吃穿用度的人就差不多有一个卫了！"和将官们提到扬家的谨慎小心不同，士兵们总喜欢夸大其词。

"我听说，梦公主不是爽快利落，也没什么架子吗？"鬼影是豪麻的亲卫，好像和他们拉近了关系，便可以和他靠得更近一般。

"那怎么能一样，再没有架子，她也是公主啊！和咱们是说不上话的。"这些士兵大多年轻，被离火原上的太阳晒得黝黑，一笑起来，露出两排参差不齐的牙齿。

唐笑语也跟着他们一起笑了。

即便是废话，大家也可以聊得津津有味。想想也是，扬氏姐妹即便来到军中，也绝不会和这些满面尘灰的兵士多说半句，而自己呢？是和他们一个队列里冲过阵、一个锅里舀过米的。面对敌人时，她可以放心地对他们亮出后背；生火做饭时，他们会抢着帮她抱柴添火。在艰苦而单调的行军途中，这种难以掩饰的好奇、有事没事的搭话，时时提醒着她，也许，她真的是这军中足够与众不同的那一个吧。

"唐都尉，武毅侯找你。"小斥候气喘吁吁地跑了过来，伍扬怕唐笑语出意外，总是要这个少年亦步亦趋地跟着自己。

"好呀。"唐笑语收了心思，站起身来。整理衣衫的时候，手上的尖刺把中衣上的线头都勾了出来。她看看那牵马握刀的手，指肚上都起了厚厚的茧子，这便是人与人的差别，娴公主扬一依永远不会有这样的一双手吧。

束甲佩刀，唐笑语在军帐之间穿行，这里的聚散不是别离，多是生死，哭便哭、笑便笑也再无其他意义，极度的疲惫和残酷的搏杀背后，人不可能活得那么精细，在离火原上奔波久了，再脆弱的心也会慢慢变得厚实坚硬起来。跟着望江营南北转战的日子，她越来越理解豪麻的沉默，相比于战场上的血与火，寻常日子中的那些情感都太过寡淡了，就算有一些小小的悲欢，也都被闪亮的刀锋切割得支离破碎，随后溶解在飞溅的鲜血中了。这种时刻，只要还有牵挂，便可称难得了，哪里还会有什么细心巧思、温言软语呢？

中军大帐就在眼前，不远处正在吵吵嚷嚷，听说是投敌的西丘守将方井塘又再次投效，还带来了一大堆金银粮秣、女眷仆从。唐笑语有那么一会儿想起了灞桥，想起了冷清却也柔和精致的冠军侯府。灞桥锦衣玉食、温文尔雅的岁月好像已经十分遥远，而她的马背岁月，都和那个人脱不开关系。

中军大帐外静悄悄的，和整个营地的喧闹形成了鲜明的对比。唐笑语吸了一口气，掀开门帘，躬身进了大帐。这样的场合，他应该已坐在桌前守着他的地图了吧。

"你来了？"果然，唐笑语进帐时，迎面正是那双乌黑的眼睛。

"武毅侯，各位将军。"唐笑语打了一个招呼，几乎整个鬼影的高级军官此刻都在帐中。发生什么了？

"唐姑娘，还要劳烦你，平明丘陵一带，要找到合适的地点，容下我们的步卒埋伏才好。"邹禁抬起头来，笑了笑。

"平明丘陵？我吗？"唐笑语有些惊讶，这一次，要率军进入平明丘陵设伏的，是楚穷和他所部的离火原各镇流兵，要自

旧时雨　　167

己也跟去，做什么呢？

对徐子鳜的最后一战，豪麻已经设计了很久。由于豪麻的存在，这一个月来，徐子鳜的大军连遭挫败，一直被拖在离火原上动弹不得。与此同时，由于扬觉动主力的收缩，徐昊原的中军主力却捷报频传，一路高歌猛进，攻下了空空如也的大安城。这疾风迅雷般的挺进造成了澜青后队和离火精骑本队之间的严重脱节。此时，落后的徐子鳜被阻隔在离火原上，已经成了热锅上的蚂蚁。

于是，这一次擅于野战的豪麻一反常态，突然带兵截断了箕尾山口和军镇西丘之间的联络，做出了要攻克西丘的姿态，这让正在平明河流域搜寻望江营下落的徐子鳜感到巨大的压力。

而豪麻的真实意图是，当徐子鳜率军解围西丘的时刻，鬼影对其中道截击，并在平明丘陵埋下队伍，打他们一个措手不及。但这样做也有一定的风险，便是望江营有限的兵力要被分隔两地，合围进击，全凭默契。而现在的望江营，差就差在这个默契上。

"徐子鳜一定会来，西丘若是被我们拿下来，便可以威胁徐昊原的退路，他绝不会放弃这个可以决战的机会，"豪麻在平明丘陵放下了一枚石子，"可现在军中流言蜚语不少，鬼影们信不过楚穷，有人说楚穷和耿三波也信不过我们，可是这一战若是没有他的配合，我们也很难成功。"

"嗯。"唐笑语点点头，这是一个真实存在的问题，随着豪麻在离火原的连战连捷，那些失了本镇的流兵纷纷投奔望江营，随着人数越来越多，势力也越来越庞杂。豪麻用兵独到，但和离火原各镇主官们的沟通就没有那么顺畅了。扬觉动虽然派来了长袖善舞的楚穷辅佐豪麻,但到了今天,隐隐有了反客为主的意味。豪麻的冷硬实在让人亲近不起来,那些各地的流兵,渐渐都团聚在楚穷周围,约束、调动这些人马已经非他不可了。

扬觉动不在,这个问题,豪麻必须自己解决。

"如果现在给你一卫人马,要你跟着楚穷去平明丘陵,敦促他屯兵埋伏,你愿意吗?"豪麻的眼睛看向了她,带着鬼影所有人的眼睛都望向了唐笑语。

"我吗?"唐笑语有些惊讶。

"唐姑娘,武毅侯也是觉得,我们这些人和蓝仓伯打交道,未免太不适合。"邹禁搓了搓手。

说到这里,唐笑语早就明白了,对于现在的豪麻来说,只要望江营精诚团结,外敌是不足惧的,然而他的最大顾虑,是在大安陷落的背景下,常年和肥州、澜青打交道的楚穷会不会在关键时刻有所摇摆。这时候能在两边都说上话,又能加以监督回旋的,只有无足轻重的自己了。

"这次平明丘陵,你若跟了过去,耿三波他们多少有所顾忌,楚穷也好放手执行。"豪麻抬起头来。

无论为了什么原因,唐笑语当然不愿意离开鬼影,可看着豪麻的眼睛,她真的说不出一个"不"字来。

有什么办法呢?她不止一次看到,那些无人打扰的时刻,他在向着南方眺望。唐笑语知道,越过这八荒大地上的重重山水,他的心里仍烧着一团火,而点燃这火种的人,正在千里之外等着他的到来。

旧时雨

他的目光能够落在自己身上的时间，实在太过有限了。

"我去吧！"她开口道，"蓝仓伯虽然多了些牢骚，但是不会不明白现在的局势，就算有万一，他们对我较少恶意，也不会太过提防，我还是有机会脱身的。"

"你很机灵，又是灵师，平明丘陵就在徐子鳜的眼皮子底下，若是他真有异动，你不要勉强，顺着他就好。"豪麻半天才挤出一句话来。

唐笑语绝没想到，这一次豪麻要和楚穷分隔两地协同作战，自己竟成了维系双方关系的那根微妙的纽带。军帐中此刻很安静，邹禁、吴亭、安顺、伍扬……这里的每个人都是身经百战的悍将，若论沙场将兵，他们有无数的经验，可面对离火原上军镇流兵的怨气，却多少有些一筹莫展，只想出这样的笨办法来。

这还真的很豪麻啊。

但唐笑语理解。鬼影本来就是一支淳朴的军队，豪麻没有自领一镇，自然也就没有私兵。这些士兵大多来自离火原上的小村落，是通过扬觉动的虎卫军公开募来的。这些朴素的农家少年都无比珍稀从军的机会，能够进入虎卫，意味着他们终于可以摆脱每天土里刨食的日子，可以有机会多看一眼外面的大千世界。而且，扬家尚武，只要够拼命、够勇敢，能在战事中斩首夺旗，即便是一个毫无背景的普通人，也可以像豪麻那样，什长、卫官、都尉地一路晋升上去。

他们心里想的，不过是战中的劫掠和战后分得的土地，这样除役之后，便可一跃脱离原来的困窘生活了。在战场上，权贵们极力避免的残酷冲杀，对他们来说却是极其珍贵的机会。

在这些转瞬即逝的瞬间，他们可以拿自己的性命，换一个完全不同的人生。

可他们的能力，也就止步于此。统兵者不一定可以将将，祥安堂上，毕竟不是武力决定一切，在扬觉动的羽翼之下，豪麻还没有机会亲自应对各地错综复杂的势力和关系，如今小小的一个望江营，平衡起来也格外笨拙。虽然在这方面唐笑语也不甚高明，但她至少在道婉婷身边长大，南渚朝堂上那些台前幕后的表演，至少看得已经不少了。

有那么一会儿，她真的想去对豪麻说，不管哪里的朝堂之上，权力的游戏实在比战场浴血更加凶险复杂。不如，还是放弃吧。可这样的话，她说不出口，就算说出来了，豪麻想必也是听不进去的。她相信他不在乎万人之上的金玉繁华，但他一定放不下扬一依。

她极其细微地叹了一口气。

二

马上的楚穷把身子挺得笔直，对于各镇的笼络巴结他向来是来者不拒的，还好他多少是带过兵、冲过阵的人，这一次并没有把西丘守备方井塘献上的金帛女子一起带上战场。

唐笑语清楚，虽然楚穷表面上不说，实际上却把这八荒的时局反复衡量过了，虽然眼下吴宁边正处于前所未有的劣势，但只要扬觉动还在，未必没有翻盘的可能，他投敌的可能性实在不大。何况此时澜青和木莲正自得意洋洋，这个时候，就算叛投过去，他亦是无足轻重的一个。所以豪麻实在是沉不住气,紧张得太早了。

果不其然,楚穷不但对豪麻的安排全盘接受,对唐笑语随军更是鼓掌欢迎。唐笑语一个都尉,能够和蓝仓伯楚穷打马并行,也是足够罕见,这是因为楚穷早已把她当作豪麻的参佐了。

"这样好,一个羽客,抵得上百万雄兵。"楚穷歪着脑袋,似笑非笑。

唐笑语看了他一眼,这个人说话,永远是虚虚实实,不着边际。

"我们的武毅侯,到底是心眼太过实在。他怕长途奔袭到平明丘陵,见不到我的影子,却不知道我也害怕的。如果等我从平明丘陵中杀将出来,却见不到他呢?徐子鱖年纪也不小了,实在也没那么好对付!"他叹了一口气,道,"他是真不知道,我这一路到底有多卖力,只是要方井塘去平明河北岸设一个营地,我这嘴皮子都快磨破了!"

楚穷这话,是说给唐笑语听的,也是说给豪麻听的。然而唐笑语此刻想的却是,这许多人穿过离火原,进入平明丘陵,若是疾白民放出羽隼来怎么办?这样豪麻的整个作战意图岂不是一览无余,而现在的她还能那么凑巧,再次附在疾白民的羽隼上吗?上一次,他们对于彼此的出现,多少都有些措手不及,这一次,连一根羽毛都凝不出来的自己,可是要实打实地去挑战一位羽客了!

没事的,没事的,她在低声安慰自己。那个男人能做到的事,我也可以做到。武毅侯豪麻心里有着燎原的烈火,可以为了扬一依席卷八荒,但小灵师唐笑语心里,也有一点小小的微弱火焰,哪怕,它的光亮只能照亮身边的人,也会一直燃烧的。既然这世上不死不休的征战已经拉开了帷幕,她至少要保护想要珍惜的人,起码,也要尽力试过才好。

步卒们拔营而起的时刻,太阳刚好完全沉没在大地的尽头。原野上黑魆魆的,刚刚策马离开营地,她便后悔了。

人和人的相遇真的没有那么容易,在这样的夜色里,不管人们彼此多么熟识,稍有距离,也都是一片无法分辨的影子罢了。可是只要自己转身策马,连这样的影子都会迅速被那无尽延伸的山峦吞没。她很怕豪麻和唐简一样,可能在某个毫不起眼的瞬间过后,便永远离开了自己的生活。

她的心沉甸甸的,等自己到了二百里外的莽林中,他真的会如约而至吗?

平明丘陵是隔开吴宁边和澜青的地理屏障。这连绵起伏的山脉一北一南有两座重镇,箕尾山口的南津和平明丘陵南端的上邦,三年前的风旅河之战,澜青最大的收获,就是在木莲的协助下夺取了吴宁边的南津镇,从而扼住了狭窄的箕尾山通道。从此,进出离火原的主动权便掌握在了徐昊原的手中。

这一次,以步卒为主的澜青南线大军要尽快赶到西丘,便一定会从平明丘陵下经过。

即便徐子鳜在和豪麻的对阵中曾屡受挫折,但迄今为止,澜青在兵力上依旧占有绝对的优势,这也是豪麻围城打援,一定要在这里提前埋下伏兵的原因。

这样想想,自己的角色,又不是不重要的吧。

直到进入群山莽林中,唐笑语才发现,几千人不是个小数目，要在这鸟鸣涧幽、层峦叠嶂的山中找到视野开阔又不露痕迹的藏匿地点，实在并不容易。

"连个落脚的地方都没有，这一座山一座山看过去，要看到什么时候？"她实在忍不住感慨，这里举目望去，四处都是高高低低的莽林，若是没有一个好的视角，进了山，便无法判断与外界的距离，只怕设伏的队伍走得进来，却没法及时拉出去。大军对战，胜负只在毫厘之间，这一时片刻的工夫，已经足可以决定胜败生死了。

要是自己会凝羽就好了，她看看湛蓝的天空，想象着有一只属于自己的羽隼，正在日光下翱翔，把周围的山川尽收眼底，只要一眼、一眼就好。要是道婉婷在就好了，这是她挥挥手便可以解决的事情。可是自己呢？战场上硬不起心肠不说，连凝羽的本领也没有，粗通一点点浮生术，还是靠了伍扬那颗来自鹧鸪谷底的夜明珠。

"唐都尉，据说这里有一处绝佳的伏兵之处，当年日光王朝承露进军离火原的时候，知鹤营曾经在这里设伏。我想，我们大概可以拿来用一用。听说你在鹧鸪谷里，可是很有办法的。"楚穷看看身后长长的队伍，又看看唐笑语。

"让我想想。"唐笑语只有苦笑，鹧鸪谷是重晶之地，唐家在阳宪世代守着，她当然了如指掌，但这里山野茫茫苍苍，宏阔辽远又完全陌生，仓促之间，她又要去哪里寻找理想的扎营地点呢？

"有动静？"

小斥候箭在弦上，指向密林深处。

"不要射。"唐笑语抬手压住了他的弓。哗啦声响，从那茂密的林木中探出一只鹿头来。也许是距离尚远，也许是从未见过人类，这头只有几个月大的小鹿睁着大大的眼睛，并没有返身逃开。

看唐笑语下了马，缓步向前，楚穹一抬手，身后的士兵都屏息不语，停住了脚步。

"来呀。"唐笑语柔声呼唤，慢慢向前走去，不知道是怎样奇特的机缘，那只几个月大的小鹿并没有褪去对这个世界的好奇，它对唐笑语的戒心抵不过她手里那颗散发着朦胧幽光的珠子。唐笑语终于靠了上来，蹲下来，轻轻抚了抚它细长的脖颈。

"你是哪里来的呀？"小鹿居然蹭了蹭唐笑语的手臂，卧倒在她的身边。

小鹿的绒毛柔软光滑，就像一匹锦缎，看着它那澄澈的双眼，她又想到了第一次学会浮生术时，好不容易让一只翡翠灵落在手心的惊喜。如果时光可以停留多好呀？夜明珠的荧光在林木掩映中愈发明亮，她慢慢闭上了眼睛，松开手时，小鹿已回头看了看这些莽林中的不速之客，轻快地跃入了丛林中。

成功了。她委实不该放任这样一头小鹿去林中漫游，它这样弱小，还不知道世上的凶险，但在另一个躯壳内悠游山野的奇妙感受，让唐笑语暂时忘记了这兵凶战危的人间。

慢慢走，偶尔飘落的叶子拂过睫毛长长的眼帘，奔跑起来时，从未听过的奇妙声响次第响起，这莽林又完全变成了另外一番模样。小鹿的身体异常轻盈，一纵一跳之间，便穿过了林中的四季。终于，它带着唐笑语踏上那条蹄痕交错的小径，穿过了野花盛放的山谷。她的眼前出现了一道清澈的山泉，以及这山泉冲出的小小水塘。很快,她便发现了那一片视野绝佳的巨石台地。

好像有些得意,小鹿也停下了它的脚步,支起身子,向下眺望。

微风带起阵阵林涛,好像灞桥城外喧哗的海浪,这里居高临下,远远望去,可以看到下面山腹中带状的平整林地。更远处,则是微微起伏的离火原,平明河就像一条银色的缎带,在日光下闪耀着星星点点的光芒。在林间穿梭时,总好像感到被重山遮目,她怎样也想不到,这里可以有如此开阔壮丽的景象。

这不就是扎营休憩的理想之地吗?唐笑语暗自惊叹,谁能想到,在山高谷深的平明丘陵里面,会有这样一块腹地,一座座山峰的剪影搭成了远近不同的屏障,可只要拐过一个山坳,便豁然开朗,即便多达千人的队伍,也可以在极短的时间内踏上离火原。

她努力把当前的景象印在脑海里,当唐笑语再次睁开眼睛时,她看到了楚穷百无聊赖的目光。

"唐都尉,你没事吧!"林中幽静,小斥候紧张得脸色发白。

"浮生?"楚穷微微蹙眉。

"嗯,"唐笑语站起身来,当先拨开了枯叶和藤蔓,"我找到合适的地点了。"

不必再重复小鹿带她走过的小径,唐笑语已经把山形地势牢牢记住,这一支人马喧嚣的队伍穿入了这一片未知之境。

"就是这里了。"楚穷深深出了一口气。

这一片山间的空地草木茂盛、一条山涧簌簌而下，极为开阔，同时有几处出口，确实是块进可攻、退可守的好地点。在林木之间，还零落着石墙和土灶的痕迹，似乎曾经有人在此活动过。

"只是这里去观察离火原，麻烦了些。"

唐笑语向上指了指，道："上面还有一块巨石垒砌的天然高台，上了高台，这山便又多了一重。从那里，可以望到离火原和平明河。"

楚穷下了马，搭手遮住眼光，向上面看了又看。

这山势虽然不高，但在林间腹地向上也并不容易。好在有一条不知谁人开凿的石阶，隐在草木之间，石缝间隐约可见森然的白骨。斥候清理了石阶上的木枝青苔，她便跟着楚穷攀上了高台。原来这平明丘陵是一片高地，如果从西南方向过来，看起来好像这里不过是些稍有坡度的小丘；但若是从东面过来，看到的正是这高地的侧壁，不免就会有一种层峦叠嶂、万山丛集的感觉。此刻他们站在高台上，向回看，便是一片深谷断崖，再向下，才是一望无际的离火原。

大概这才是南津镇成为两州争夺的焦点，而平明丘陵南部的上邦却一直默默无闻的原因。如果有军队想要从离火原一侧西进，一路之上都会处于仰攻的局面，在两军交战中，那一定是相当难受的。

"那边便是平明城的方向吗？"

风吹动树木的枝叶，哗啦作响。楚穷顺着她手指的方向远眺，视线被重重山峦挡住了。"平明城在正西，这个方向偏南，那是澜青腹地。"

"澜青腹地?"

"平明河有一条支流在平明丘陵西侧转向南方,改了名字,叫作百花溪。"

"我知道了,"唐笑语努力睁大眼睛,好像她的视线真的可以穿过重重山峦、溪水,"那里就是四马原吧。"

花渡,这个反复出现的名字又出现在了她的脑海,甲卓航、伍平、尚山谷,他们还好吗?

八十年前的旧战场,今天再次成为了望江营的伏兵之地,今天这次意外的寻路异常顺利,若是没有那头小鹿,恐怕要凭空多了不少周折。就像那一日的两军对决,若是她没有用浮生术附上疾白文的羽隼,疾冲的鬼影一定会狠狠撞上澜青步卒的铜墙铁壁。那样的话,很可能平明河畔的战局便是另一个故事了。

灵术常常会创造超出想象的奇观,从而惹人敬畏。但从小唐简就告诉过她,灵师不应该介入人间的战场。可在离火原,她就这样义无反顾地一脚踏进去了,她有些害怕,也有一点惶惑。

但她并不后悔。

三

"军中不许举火!军中不许举火!"禁卫一路呼喝着,除了辎兵的大灶在夜色中忽明忽暗地灼烧着,整个营地一片黑暗寂静。

楚穷召集各镇的流兵将领聚集中军大帐讨论军机,想了又想，唐笑语终于没有像在望江营本部一样，不请自来地跟进去。

她双手抱膝，蹲坐了下去，仰头看向夜空。令人意外的是，这茫茫苍苍的天空异常开阔，满天的繁星就像悬在不远处，一颗一颗清晰可辨。不知道这时候高台上的视野如何，若是徐昊原在夜间路过附近，这里能看得到吗？这样想着，她又站起身来，想要去上方的巨石高台上再走一走了。

"都尉，都尉？"是小斥候在一旁蹑手蹑脚地喊她。

"怎么了？"唐笑语抄起了腰刀，走了过去。

"好像不对劲，"小斥候指着楚穹的中军大帐，道，"刚刚好像有人进去了。"

"有人进去了？"唐笑语向那边看看，现在几乎各镇校尉以上的将官都集中在那帐篷内，烛火在幕布上投出了无数纷乱的影子。

"有人进去不是很正常吗？这可是在讨论军机，"唐笑语笑笑，看看眼前这个又黑又瘦的少年，"你叫桥临城吧？跑了一天了，也累了吧？"

"唐都尉，我不累，眼睛没花，刚才进去的那个，不是我们望江营的人。"

"现在半个离火原军镇的头头都在望江营，你能都认得？"唐笑语笑了，也不知道为什么，她的年纪也不比这个桥临城大多少，却总觉得人家还小。

"你相信我，他一定不是望江营里的人，他没有披甲的，还带着兜帽，这样热的天气，除了遮盖自己的面容，不会有别的可能了。"桥临城急了，一把拉住了唐笑语。"校尉命令我有情况要马上知会你的。"

戴着兜帽？小乐候说得对，究竟什么人会在这样的天气戴着兜帽？

唐笑语警惕起来，道："他进去了，出来了吗？"

"没有，我在这里盯着，一直没有离开过。唐都尉，怎么办？"

"你不要离开，我过去看看。"唐笑语想了想，若是楚穹真的背着自己在秘密联络澜青或木莲的使节，自己左右也是跑不了的，就去看个究竟。

她大踏步走到了中军帐前，深深吸了一口气，拉开了帷幕。

嘭的一声，不知道哪里来的夜风，楚穹大帐内的烛火爆了一个大大的火花，晃得唐笑语睁不开眼，下意识用手去遮了遮眼睛。

待到她把手臂放下，却发现整个军帐中的人都在看着自己。

在主帅寻商机密要事的时刻突然闯入，实在有些尴尬。她刚刚想着该解释些什么，楚穹却一挥手，道："今天就到这里，都回了吧！我还有要事和唐都尉相商。"

不知道他们刚才在讨论些什么，就连平素喜欢大呼小叫的耿三波也是一脸严肃，默默无语地走了出去。尴尬归尴尬，唐笑语还是一个个地分辨这面前这些脸孔，等到所有人一一离去，她并没有发现桥临城说的那一位带着兜帽的陌生人。

这下糟了，她稳了稳心神，道："蓝仓伯，有什么要事呀？"

"在我们讨论军机的时候闯了进来，不是该我问你吗？"楚穷眉毛一扬，咧了咧嘴。

"我，只是好奇。"唐笑语毕竟不善说谎，一下子舌头打起卷来。

楚穷摇了摇头，道："所以啊，我现在就和你讲讲这六千人的动向，这便是最大的军机要事。豪麻要你来，不就是为了这些吗？我还可以告诉你，今天，我向箕尾山方向派出了三组斥候。其中，说不定就有向南津通风报信的，你可要小心了。"

豪麻要她来，本来也没有更多后手，若是把楚穷逼急了，对这一战绝无好处。这时候唐笑语有些急了，早知如此，刚才便不应该听那桥临城的信誓旦旦。

她道："我知道我来得突兀，若说武毅侯不疑你，你不信，情有可原。但你知道他是一个不计代价要争取胜利的人，这一战没有你，他没有胜算，因此他若不信你，便绝不会派你来到平明丘陵。他要赢，这你总该相信吧。"

楚穷狐疑地看了唐笑语一眼，脸色渐渐缓和了下来，道："你以为我们这些人就那么摇摆吗？我们奔波数百里插到这里，这一路走得也不容易。等徐子鳜的数万大军出现，他若是没了踪影，我们岂不是要全部死在这里？你也反过来想，我们已经到了这里，你说我们信不信他？"

楚穷这一番话说得直率，唐笑语脸上微微发烧，道："武毅侯自然信你，他从来都是把同袍当作兄弟的，他只是不善言辞，怕出了误会，这次才要我跟着一起来的。"

"好吧，姑且信你，论打仗，我是服他的。鬼影战力强、移动快，这样敲边鼓的事情，当然我来做才合适。"说着说着，楚

旧时雨　181

穷居然脱了外甲,露出被汗湿透的中衣来。"我看你对他日也盼、夜也盼,实在是没有必要。"

"啊?你说什么?"唐笑语被他看穿了心思,着实有些尴尬。

"他虽然迟早会来,但绝不会有这样快。徐子鳜不动,他是不会动的。现如今他的鬼影在哪里,哪里便要烈火燎原,他若不在西丘驻扎,这围城就是虚的了。平明河边方井塘那里都是花架子,他才是最大的那一块诱饵,没有他在西丘吊着,徐子鳜是绝对不会出兵的。我当然知道他要你来的唯一目的,便是怕我在背后插他一刀。"楚穷嘴角露出了一丝无奈的笑容,道:"只是他这手段,未免太憨直了。"

"是我自己要来的。"唐笑语实在不知道该怎么解释。

楚穷摇摇头,把唐笑语打量了一番,道:"是我小看你了,也看错了豪麻,以为他终于开了窍,那双眼睛,终于也可以在扬一依身上移开那么一会儿了。想不到,原来带上你还真是因为你也和他一样硬气。"

"走吧,上高台走走。"可能意识到自己的话说得太重了些,楚穷转换了话题。

"好呀。"唐笑语闷闷不乐地点点头,楚穷怎么会知道自己想要去高台上,难道他也担心夜间的视线问题吗?

一路的攀登磕磕绊绊,下午被侍卫们清理掉的青苔和枝桠好像又生长了出来,等到他们一路披荆斩棘地攀了上来,上面布置好的瞭望哨又不见了。

太阳早已西沉,那巨石黑黝黝地,散发着奇异的光亮,看起来冷冰冰的。然而唐笑语薄薄的靴底踩上去之后,大概在太阳下暴晒了一天，那石面居然尚有余温。天气仍然闷热，唐笑语依然披挂齐整，就更热，好在她最最期盼的夜风适时吹起，很快便带走了身上的汗珠。他们在这高台上迎来了一天中的凉爽时刻。

"说实在的，我一点都不喜欢他。"唐笑语正想着豪麻若在此，楚穷会说些什么，他就开口了。

"可是，他百战百胜啊。"不知道为什么，唐笑语忽然很想刺激一下楚穷。

"百战百胜？"楚穷摇了摇头，道，"我承认，在行军作战上，他是个天才，但这世上不是所有的胜负都要拼刀拼抢的。而且他这个人生性偏激，就是喜欢豪赌而已。你看这一次西丘打援，平明丘陵的包抄埋伏，又是一场豪赌。他现在手气不错，但只要这样一直赌下去，终究还是会失败的。只要败上一次，他便翻不得身了。"

"可整个离火原的军镇都不敢以身犯险，才造成了今天的局面，若不像武毅侯这样冒险试一试，哪有胜利的可能呢？"不知道哪里来的勇气，这样的牢骚话她听得多了，总想痛痛快快反驳楚穷。

楚穷一愣，道："好，忘记了你是他从鹧鸪谷里带回来的了。"

"你说反了，是我带着大公和武毅侯走出了鹧鸪谷。"唐笑语不高兴了，她当然知道，关于她和豪麻之间的流言蜚语，早就传开，只不过没有人敢公开提及罢了。"蓝仓伯，有些玩笑，还是少开为好。虽然娴公主已经前往灞桥，但是赤研家毁约背盟，那盟约算不得数，她便依然是武毅侯的夫人。我之于武毅侯，不过是他麾下的都尉罢了。"

说说心里话的感觉，真的很好。唐笑语感到自己一生都没有这么痛快过。对于豪麻，她总有太多说不清道不明的思绪，这楚穷虽然生得俊俏，但浑身一股豪门世家的酸味，她此刻到盼他多说几句豪麻的故事，她好再痛快批驳一番了。

说呀，快说呀，唐笑语心里隐秘的期盼好像化作这夜里的风暴，在这高台上盘旋不去。沉默了好一会儿，楚穷果然再次开口了。

"唐都尉，"他强调着唐笑语的军阶，一字一句道，"你年纪太小，有很多事，还没有想得明白。你们年轻的女孩，总是喜欢有雄霸之气的人物。可是你想过吗，豪麻的杀气这样重，每个人在他面前都噤若寒蝉，这便是威仪吗？"

"可是他面对喜欢的人，一点都不可怕，就像个孩子呀。"唐笑语想起了阳宪驿站中失魂落魄的豪麻，一口一口把自己喝得满脸通红的样子。

"战场上决绝的人，都是很薄情的。你关心他，就差把他的名字写在额头上了，不过他关心你吗？若是他真的在意你，怎么会把你放到我这里来？他这个人一向冷硬，没有感情的！"

"他不是这样的人，他是没有那样在意我，但这是为了他最在意的人，这样也很好呀。他放我在你身边，也是为了战胜澜青，扬大公依然是咆哮八荒的猛虎，娴公主在灞桥的日子才会好过。他连战连胜，才有机会把她接回自己的身边，不是吗？若是他像在意娴公主那样在意我，无论我在哪里，他都会不顾一切地赶来的。"

四

楚穹说什么，唐笑语便要反对什么，她的语速越说越快，好像豪麻就要从她心怀里燃烧着的那小小的火苗中走出来了。

"你总是想问扬一依和他的关系，我便多讲一些给你。娴公主是何等伶俐的人物，她也不过将他当作护佑自己坐上麒麟座的抓手罢了。你看看我营里的这些各镇流兵，但凡是溃退下来的，根本进不去他的望江营。他对这一大堆的各级将官、主政，甚至连个好脸色都没有。是，他是能打，可是，靠拳头便能得了天下吗？他的鬼影一个个都跟他一样又臭又硬，但是，终究也是死一个少一个。可是为什么豪麻如此不得人心，你有没有想过？"

今夜的楚穹也格外热衷于和她讨论豪麻，续道："是因为大公只是带着他在战场上搏杀，却并没有教会他如何经营朝堂、与人相处，因为在扬家，他不过是最锋利的那把刀罢了。你问扬一依对他的态度，你是愿意和一个人快快乐乐地生活，还是要抱着一把冰冷的刀入睡呢？"

"若真是这样，那豪麻是被骗了呀，跟着娴公主，他也不会快乐的吧？"

这可怕的念头一闪而过，唐笑语倒是向后退了一步，道："我不相信，他只是话少，其实心里是热的。不过你们这些人从来就瞧不起他，因此他心里的热情你们看不到罢了。何况，如果娴公主不喜欢他，为什么要和他订婚呢？"

"你是这样想的？"楚穹看了她一眼，道，"你以为大公女儿的婚嫁，是可以你侬我侬你情我愿的吗？我们且不说扬一依

旧时雨 185

心意如何，如果不是大公先跟豪麻提出来要为他结亲，你猜他有胆子去跟扬一依求婚吗？我告诉你，没有，一千一万个没有。他就是再喜欢娴公主又能如何？你说得对，他在战场上龙吟虎啸、披荆斩棘，可是，他再能战，我楚穷，以及大安城中的那些权贵，有谁会多看他一眼吗？没有的。他若不是大公的义子、娴公主的夫婿，没人会在乎他。因此这门亲事，即便对豪麻来说，也是拒绝不得的，只不过他恰好喜欢扬一依罢了。"

"不是的！"楚穷的这番话让她感到极度不适，她想到了灞桥城中的赤研恭，他没有喜欢过任何人，却信誓旦旦要迎娶扬一依。他亲口对道婉婷说，扬一依应该也只能嫁给八荒的王。赤研星驰呢？他喜欢道婉婷吗？！

唐笑语感到窒息的痛苦。"你错了！不是每个人都像你们一样，把喜欢一个人，当作一场算计！"

"你又急了，"楚穷摇摇头，"我说过了，你并不了解他，你怎么知道他是全心全意喜欢扬一依，而不是想坐上吴宁边大公的宝座呢？而且，我也没有说扬一依全然不喜欢他，我想扬一依可能对他也的确是有那么一点喜欢的，但你要注意，只是一点，绝不会再多了。扬一依是个明白人，如果她有机会回到吴宁边，她依然会选择我的。"

楚穷昂起了脖子，眯起眼睛。

"这不是我把别人想得如何，而是别人实际上究竟怎样。"楚穷深深地打了一个哈欠。

"我觉得他们是喜欢彼此的，"唐笑语猛地摇起头来，道，"换作我，两相对比，我一定不会喜欢你的。"

"是吗？"楚穷哈哈大笑起来，好像这一场辩论，他已获得了完全的胜利,"你觉得他刚毅可爱,这是一种错觉,在人们最开始心动的时候,都会有这种错觉。其实,不过是因为你在情窦初开的年纪先遇到了他。若是换作你在大安遇到以前的我,"他伸出手来把自己从上到下指了指,"不是这个鬼样子的我,你一样会喜欢我的。"

"我不会!"唐笑语好像回到了小时候,放声喊叫了起来。

楚穷慢悠悠地道:"其实你并不了解他,有朝一日你真的可以留在他的身边,就会知道,那样的日子会何等的枯燥无味、令人生厌了。"

唐笑语这一次没有回应楚穷,因为她此刻已经觉得他令人生厌了。

是时候离开了,她想。

"今天就聊到这里吧,"刚才还兴致高昂的楚穷冷漠起来,"我要下去了。"

"你去吧!"几片乌云缓缓地挪了过来,挡住了月亮,四下里一片静谧幽森。

"你一个人,不害怕吗?"楚穷已经向下走去又回过头来,"这里可不是灞桥的海神寺,那里的走廊又空洞又黑暗,但好在还有火光。"

关你什么事!唐笑语气鼓鼓的,并不想回应他,索性抱着膝盖蹲下来了。

娴公主不爱他吗?夜变得躁动不安起来,一股焦虑猛地袭上唐笑语的心头,这对于自己是一件好事吗?不不,不是的,她压根没有想要和豪麻在一起的心思,没有的!她只是觉得难过,他那么喜欢她,他今日的浴血奋战、生死相搏,他的全部

旧时雨 187

生命都是为了再次见到她而存在，她怎么可以不爱他呢！？

夜风像她的心情一样缭乱，起风的方向很奇怪，好像气流从自己脚下的巨石升起，裹挟着自己，向那无穷高远的夜空而去。她其实并没有什么非要在这里停留的理由，这一刻，整个山野间只有一个孤寂的自己，几日来积攒的疲倦一下子都涌了出来。她这才发现，自己实在是筋疲力尽了，她好想现在就躺在这里，好好地睡上一觉。这个愿望越来越强烈，以至于她的眼睛渐渐睁不开了。

在双眼合上的那一刻，一股酥麻掠过了她的全身。不能这样，唐笑语，你是小芒山中的豹子，哪怕再疲累，也不可以这样放弃挣扎失去警惕。只是眼皮轻轻一碰，她迅速又睁开了眼睛。

她看着身后黑魆魆的山岭，一只手在口袋里缓缓摩挲着那颗夜明珠，明珠缓缓释放出幽暗的蓝色光芒，像一道泉眼，它的水流就在这夜色中四处蔓延开去。

唐笑语觉得心头沉甸甸的，唐简离开后，她在道家生活了许多年，直到道婉婷要她离开灞桥，去晴州传递南山珠现世的消息，她才知道，原来她的一生，都在为这件事情做准备。可是现在，她却为一个男人停住了脚步，这样的话，你还有什么颜面去见苦守灞桥的道婉婷呢？若是她在这里出现……不不不，她不能在这里出现。

可是谁是真正的白冠，灵师们到底应该站在朝家王朝一边，帮助他们一统八荒；还是应该站在那些反叛晴空崖的幽虚灵师一边，跟随新的白冠守护山海。对她来说，这些都没有任何意义，她只想拿回南山珠，复活唐简。当然，她也不想让道婉婷失望，道婉婷心里有太多的仇怨，她要赤研星驰重登南渚大公之位，成为一呼百应、反抗木莲的人间君王。这也没什么不好，毕竟这八年来是道婉婷一直收留了她。

直到后来，默默无闻的唐笑语遇到了失魂落魄的豪麻。阳宪夜雨，他站在她身前，挥刀为她挡开的那一箭，没有分毫的犹豫退缩，那是她第一次为一个人的寂寞空洞而感到难过。而从鹧鸪谷底他握住了她自戕的刀锋那一刻起，她便知道，他爱着一个人，他的血是热的，他心里有火。

为什么是他，偏偏是他成了海兽之血呢？唐笑语宁可血饲海兽的是自己，若是没有这个男人，当唐简的灵识化作满天流萤的那一刻起，她真的觉得这个世界对于自己已经全无意义了。

可是还有他，他身上带着老唐的那一把刀，她记得它也叫作流萤。

后来的故事越来越荒腔走板了，唐简已经散作满天流萤，道婉婷还在灞桥等着她北上晴空崖的消息，而她却选择跟着这个男人踏上了离火原，走入了纷飞的战火之中。甚至，她有生以来第一次鼓起勇气，去挑战了一名羽客，并且很可能还要继续这样以卵击石地挑战下去。她清楚这是一场有去无回的征途，可是，她终于感觉到了自己有一点值得欣慰的追求和意义了。她不想这个男人死在战场上，她希望他能够赢回他心爱的女人，快快乐乐开心到老。

可是，他会开心吗？如果她并不爱他。

不知什么时候，月亮已经挂了起来了，夜色清朗，和刚才的闷热相比，这一刻的夜风格外温柔，一天的暑热都被吹尽，

旧时雨 189

唐笑语心头的烦闷也渐渐飘散开去。

"若是他真的在意你,怎么会把你放到我这里来?"楚穷刚刚的揶揄之词又在耳畔响起。她摇摇头,站起身来,挺直了腰板。月光下的平明河银光闪闪,像一条长长的缎带,在离火原上曲折蜿蜒。她的心已经不在自己的胸膛里,此刻,它在离火原上。

"若是他像在意娴公主那样在意我,无论我在哪里,他都会不顾一切地赶来的。"这是唐笑语的回答。这个回答让人的心莫名其妙地疼了起来。

红色,一点、两点,越来越多,是山下的军营升起了篝火。粮食的香气随着夜风弥漫开来,她有些饿了。六千步卒是一支庞大的队伍,军帐在脚下的林间高地上展开,连绵不绝,这星星点点的红色光亮越来越多,渐渐蔓延开去,黑夜和茫茫的山野曾经悄无声息地吞没了几千名士兵,现在它又把他们都吐出来了。

她总感觉在这火热的大营中,已经发生了什么。

五

唐笑语攀住周边的树木,灵巧地纵身跃下,越靠近营地,越有一种嘈杂热烈的氛围。士兵们喂马、劈柴,在帐篷间走来走去,没有人在意影子一样的唐笑语,但是唐笑语还是感到了一种隐约的欢愉。这样的喧扰,多么像灞桥的那一条又脏又乱的阳坊街呀。哦,这星星点点的灯火,也很像入夜的阳宪驿站,来自四海八荒的旅人聚在一起,几杯清酒、数道小菜,闲话家常、纵论天下。

火光带来了热力,烤得她的脸红扑扑的。直到鹧鸪谷底,夜风吹拂,她为豪麻脸上的伤口上药时,他下意识地握住了她的手,她终于发现,这个男人,自己并不陌生。

在赤研恭带着她在帷幕之后观赏那一场惊心动魄的宴席时,她就已经见过他了。不过那时候,她还不知道他是谁,又和吴宁边的娴公主到底有怎样的关系,她的全副注意力都在那位笑声爽朗的吴宁边大公身上,这才是赤研恭要她记住的人。

那一天,当赤研瑞谦当众摔杯提亲时,她眼见着平日里温良谦和的恭世子脸上变了颜色,拂袖而去,她也不是不害怕的。

那时候在唐笑语的世界里,还没有这个叫作豪麻的男人的半点位置。

而现在,她有些后悔了。由于要提前离开,她没能参与灞桥今年的相思节令,她倒并不艳羡阳坊街挤得水泄不通的热闹,她在意的,是错过了落寞出城的豪麻万众瞩目的那个时刻。她有些心痛,又有些骄傲,这个豹子一样的男人,在那样压力下,挺直的腰板也不会稍稍弯一些吧?

脚踩在连营间的土地上,她的心踏实多了。中军的大帐不知什么时候再度烛火通明,像一个巨大的白皮灯笼,她要去那里再看一看。楚穷的话已经告诉她,现在吴宁边内部的团结是暂时的,以扬觉动的显赫声威,尚且有迎城侯梁群这样的挑战者。不善言辞的豪麻只会面临更多的困难和挑战。

她的脚步更快了。

烛光映衬下,那些身影越来越清晰,看到营前拴着的马匹，她的心剧烈地跳动起来。果然，就在她要进入大帐前，她发现帐外正有一个熟悉的身影。

"伍扬？"她几乎跳了起来。

"唐姑娘，可算又见到你了。"

"你怎么来了？是武毅侯出了什么事吗？"唐笑语的心一下子抽紧了，自她认识他们起，伍扬一向在豪麻身边，从没有离开过。然而她很快又自我安慰起来，没事的，没事的，他的脸上是带着笑的。

"武毅侯放心不下你，要我来看看。"伍扬抬了抬下巴，他在示意，帐篷里面的人才是豪麻担心的根源。

"楚穹。"他声音小小的。

"啊？"唐笑语完全没有在意这个点，她此刻又惊又喜，豪麻，在担心着自己吗？

"你们留下。"伍扬让随行的斥候都停在账外，自己和唐笑语走进帐中。宽大的军帐中明晃晃地点着四支粗如儿臂的巨烛，把这里照得恍若白昼，在中间的几案上，放着一幅巨大的行军地图。

"你回来了？"楚穹转过身子，道，"正好，来一起看看地图！"

"地图怎么了？"唐笑语有些莫名其妙。

耿三波、安顺、楚穹麾下的都尉、校尉，再次齐聚，大家的脸色都很凝重，为她和伍扬让开了一条路。

"豪麻还在西丘等着我们的信使，但是最新的消息，是徐子鳏已经出动了。"楚穹的手指停留在了平明丘陵的边缘，草草画了一个圈。

192

"看出有什么问题了吗？"他回望身旁的将官们。

"等我们的斥候到了西丘，恐怕平明河畔这些诱饵已经被吃掉了，这就打不出出其不意的效果了。"耿三波道。其实他的意思并没有完全表达，徐子鳜这样急不可耐地提前进击，豪麻预先设计的鬼影突袭，楚穷的步卒兜底的计划，就被打乱了。如果徐子鳜早有准备，预先集结起优势的兵力，那么豪麻和楚穷的队伍便有可能被分头吃个干干净净。

"明天一早，他们就会出现在离火原上，到时候不管武毅侯是否能够及时赶到战场，我们都必须出击，不然就错过机会了。"楚穷双眉紧锁。

"不过，现在这样出击太危险了。其实，我们还有另外一个选择，"他咳嗽了一声，道，"我们就在这里不要动，等到他们兵锋东指，过了平明丘陵，我们再出来截断他们的后路。"

"这样怎么行！"唐笑语实在忍不住了，"你要这样做，便要及时通知武毅侯他们的行踪啊。不然，他们岂不是要兜头撞上！"

"不，我们不能派出斥候，通知武毅侯，"楚穷摇摇头，道，"他们一旦在前行路上找不到武毅侯的军队，很快就会折返来寻找我们的，这样我们就太危险了。"

"可是，你这样放他们过去，诱饵便不是平明河畔的营帐，而是在西丘驻扎的武毅侯了。"

"是啊，"楚穷抬起头来，一张面无表情的脸，"这样不是很好吗？不然你以为诱饵是什么？徐子鳜一直想要找到豪麻的鬼影决战，我们就把豪麻给他们好了，武毅侯的队伍在前面顶着的时候，我们就可以从后面攻击他们了呀。"

旧时雨

"伍扬，你倒是说话啊！"唐笑语一把拉住了伍扬的手臂。

"你这样说毫无道理，"伍扬阴沉着脸，道，"徐子鳜是步卒，我们也是步卒，没有了骑兵的突袭，就算我们从背后跟上他们，能打一个出其不意，他们的人数远远多过我们，等他们反应过来，我们怎么办？"

"那实在也不是我们的错，打不过，还可以降啊？大公带着虎卫军的主力撤到了新塘，把我们孤零零留在了离火原上，我们总要为自己考虑一下，武毅侯是作战如神，但是也不能每次都料敌先机，大家都尽到努力，也就是了。"

楚穹的声音和表情都淡淡的，周围的将士们互相看了看，也都不说话，只有唐笑语和伍扬两个人，被围在一大堆离火原的各路流兵将领之间，显得如此孤单和突兀。

"蓝仓伯，我也带来一份地图来，不如你也看看我的地图如何？"

伍扬反手卸下了背上背着的黑色圆筒，从中抽出另外一张地图来。

"不要和他们讲了，没用的，我们快走，去通知豪麻！"唐笑语气得浑身发抖。

伍扬却压下了唐笑语的手，道："看看无妨。"

是啊，看看无妨，楚穹脸上带着一丝讥讽的微笑，伸手做了一个请的姿势，这一张地图便在众人面前缓缓展开。

"如果我没猜错的话，现在这里，便是我们今天的驻扎地。"伍扬用手指把刚才那墨点一圈。

"咦，方井塘昨天刚在平明河畔结营，这地图上怎么已经有了位置？"楚穹瞪大了眼睛。

"是哦,"唐笑语也是一脸疑惑,现在引起她注意的,是箕尾山口下代表驻军的几行黑线,"这里是什么?"

"我没猜错的话,是徐子鳜的军队。"楚穷的手像被烫到了一样,马上离开了桌上的地图。

"这地图是哪里来的?"耿三波看了看伍扬。

伍扬道:"是武毅侯让我带来给唐姑娘看的。"

"啊?为什么?"唐笑语惊讶道,"为什么要给我看?我不会看图的。"

伍扬看了一眼唐笑语,道:"因为这地图中有你。"

"你在说什么呀?"唐笑语一脸茫然。

"这是一张正在勾画的地图。"

伍扬举起一支蜡烛,正放在这地图的上方。匪夷所思的情景出现了,图上的一滴墨迹迸发出了极其细小的曲折墨线,正慢慢汇聚、游动着,而平明河口的那些营房也在迅速扩大。箕尾山口那代表徐子鳜军队的黑线忽地炸开,化作无数零星墨滴,又渐渐变成士兵和马匹的形状,浩浩荡荡向南方出发。

然后这地图全部动起来了,不仅那些墨色小人在离火原上列队前进,整个八荒,山脉隆起、河流奔流、野兽迁徙、大雁成行、刀兵烈火、呐喊厮杀,连声音都格外浩大,像一条奔涌的大江,将这账内的所有人一一淹没了。

"这张图是怎么回事?"唐笑语还是不能理解,怎么会出现这样一张奇特的地图,"我在哪里?"

"这是正在发生甚至尚未发生的故事。你就在这一次的战场上。"帐篷外有人在说话,听起来模模糊糊的。

很快,帐篷的门帘被掀起,先探进来的,是熊熊燃烧的火把，夜风疾劲四处飘舞着飞溅的火星。接着，一身黑甲的豪麻出现了。

"蓝仓伯，今夜，我也一起赶过来了，你怎么说？"豪麻的声音冷冷的。

楚穷的脸上泛起了死鱼一般的神色。

"不必辛苦你了，明天，我们就都从这里出发好了。"

伍扬把手中的烛台放定在桌面上，唐笑语定睛一看，刚才一些不安分的墨线，早已缩回到了他们该有的位置，那地图还是地图，不过是火光晃花了自己的眼睛罢了。

六

帐篷里没有人说话了。

她悄悄碰了碰豪麻，这样的天气，豪麻的盔甲是冷的，想到了楚穷之前的话，豪麻不过是一把没有感情的刀子，她一千个一万个不相信，此刻还是害怕了起来。

她很害怕豪麻会杀人，特别是在这个军帐里，在所有人的眼前，即便楚穷刚刚的所作所为意味着不可原谅的背叛，她还是不想鲜血溅到他的身上，他身上的戾气已经太重太重了。

她也不知道哪里来的勇气，一把捉住了豪麻的手臂，道："我有事情要跟你说。"

快回答，快回答我。

等待他回答的时间，好像有一万年那么久。终于，豪麻点了点头，道："邹禁，这里交给你们了。"

唐笑语拉着豪麻的手，走进了无数燃烧的火把之中，他的手是粗糙又温热的，拉住了有一丝坚实的温暖，她的心也被烫得妥妥帖帖的。

火焰在燃烧着，这是个异常明亮的世界。

"你不要杀人了好不好？"唐笑语看着豪麻那双灰色的眼睛，"啊，我是说，尽量不要杀人了好不好。我帮你，我帮你把娴公主救出来，然后你们回大安，去过快乐的生活。"

唐笑语一连串的话脱口而出，然而说完了，又觉得太过不切实际，自己便先泄了气。

她松脱了豪麻的手，自己蹲在了地上，注视这脚前那一颗小小的石子。

"我也不想杀人，"豪麻的声音闷闷的，"可是这个世界，不亮出你的刀来，便没有你说话的余地。不上战场，你喜欢的人便会被别人抢走，到时候，又能怎么办呢？"

他一只手仍握在他的流萤上，手指一曲一伸。

"如果，有人想要杀掉我，你会为了我走上战场吗？"他忽地转过头来，看着唐笑语。

"我会，我会的！"唐笑语的心剧烈地跳动了起来，原来，爱着一个人是这样的感觉。

"这下你也知道了？"豪麻拍了拍唐笑语的肩膀，他居然笑了。

他居然笑了。

"其实我已经想起来了，那日在鹧鸪谷底，我已经流干了血，我不是我自己了。"

"啊，你知道了什么？"唐笑语惊讶极了，血饲在流光幻境中完成，没有海兽血脉，是不会有任何记忆的。

"我变成了海兽之血啊！你说过的，海兽之血是不会死的，然而这世上所有的海兽之血都会受到牧灵天神的役使，听从它的指令，不是吗？而现在的晴州，消失了二百年的白冠已经诞生了。"豪麻缓缓举起了他的右手，掌心的那一道疤痕正散发出隐隐的光亮。

唐笑语一把捉住他的手掌，道："你不要相信那个说法，那是假的。道婉婷说过，没有南山珠的白冠，不是真正的白冠。而且真正的白冠是守护山海的人，他对什么天下、富贵、金帛，是完全不感兴趣的。"

"吴宁边若挡不住澜青的这一拨攻击，天下之大，是没有我们的去处的。你把刀子交到别人的手上的时候，就已经放弃了自己的生活，不是吗？"豪麻的表情是僵硬的，"给我一些时间，等我攻破箕尾山口，收回南津镇，打下白驹城，大公便可以重新订立七十年前的白驹之盟，那时候，我们便不用再上战场厮杀了！"

"娴公主呢？你不救了吗？"

他的眼眸，和这夜色一样深。"我知道，她并不在乎我。"

豪麻面对点燃世界的这无数火把，深深地叹了一口气。

唐笑语觉得自己简直无法呼吸了，她再也控制不住自己，眼泪簌簌而落。

"你呢？我是个顶没趣的人，等白驹之盟后，你愿意和我一起离开吗？我们可以去长戬山下找一个小村落，或者，就回阳宪，淡水河畔总有人唱歌。小莽山是你的家，我们一起陪着老唐，你也会喜欢吧？"

豪麻也蹲了下来，摸了摸她的头，轻轻地说着。他怎么会这么好呀，比最好还要好的那种好。

"那好呀！那太好了！我以前时不时就想死掉的，但是我现在不想了，我想要生很多孩子，想要带你去看鹧鸪谷底的小鹿，等着每年五月，重晶凝珠的季节，我们就去采上一颗，夜明珠好值钱的，我们不多贪心，只要一颗，一颗，我们就可以快快乐乐地生活了！"

在小莽山西侧的山脊上，有几间已经倾倒的木屋，她专门跑去看过，在南渚温暖的冬季，雨水连绵的时候，外面的板壁和林中的树木一样，都会长出紫红色蘑菇。

在小莽山的丛林中，一样有许多的小鹿。也许，那里还有人世罕见的南山珠，十多年前那些薄如烟雾的流光，曾在这里徘徊，久久不散。

"我们一起回去，好不好呢？老唐还在那里等我们。"

"谁？"豪麻觉得有些奇怪。

"唐简啊，那个非常厉害的采珠人。"唐笑语的脸上泛起了笑容。

他们一起回到了那一天的小莽山，在重重叠叠的雨幕中，打开了小屋的大门。正当壮年的唐简正坐在木桌旁，看着小小的唐笑语好奇地对那红绿相间的珠子伸出了自己的小手。

"对对，是这样的，"唐笑语拉起了豪麻的手，"你看。"

和记忆中的场景一模一样，虽然还是大雨倾盆，但是屋顶上的雨水再也没有滴滴答答滑落，而是一点一点汇聚起来，变成了一个巨大的水泡，把这简陋的小屋包裹在一大团透明流动的柔软之中。

小小的唐笑语发现了长大后的自己和豪麻，与此同时，太

旧时雨　199

久不见的唐简也转过身来。

"不要!"

唐笑语喊出声来,可惜已经晚了。

那只肉肉的小手离开了那温润的珠子,包裹着房子的巨大水泡轰然炸裂,铺天盖地的水汽扑面而来,淹没了所有人。

"还在吗?"唐笑语伸出手去,还好,豪麻还在身边,他看向小小的唐笑语的眼中,也充满了柔软。

在漫天晶晶亮的水滴包裹中,小小的自己不哭不闹,咧开嘴笑了起来。

可是,唐简却好像没有看到自己。无论她怎样拼命想要引起他的注意,他还是像记忆中一样,将南山珠收入背囊,带着小小的自己,头也不回地离开了。

"阿爸!阿爸,阿爸……"

一股深深的倦怠从她内心深处升起,徘徊在她的眉宇之间,她的声音越来越低,眼睛再也睁不开了。

不能睡,不能睡去,她的双眼还有一道缝隙,那张硕大的地图正在他们的脚下延伸,变成了真正的八荒神州,她残余的神志还在地图上寻找着属于豪麻的那个淡淡的墨点。

星斗满天,他们又回到了楚穷的军帐中。周围的一切都慢了下来,闪动的烛光凝固了,夜风拂起的帷幔依旧在空中不肯垂落,伍扬手背上的毫毛探头探脑地伸入了烛台上滴落的蜡油,那一点灼热距伍扬的皮肤还有几不可见的一丝微小的距离,因此他的脸上还没有因为刺痛变换神色。

豪麻就站在自己身边,握住了她的手。

这一刻太难得了。不能,不能睡去,唐笑语挣扎着把手伸到衣袋内，紧紧握住了那颗夜明珠。嘭的一声，她的周身泛起了浅绿色的光华，她看到豪麻的黑色战马从辽远的夜色中跑来，穿过自己，冲到了对面的熊熊烈火之中，而跟在他身后的，是疯狂催动战马的鬼影们。

是哦，他们还没有冲过箕尾山口，没有夺得南津镇，没能攻入白驹城，要先完成扬觉动的白驹之盟才行，不是吗？

豪麻松开了她的手，纵身上马，他变成了另外一个人，凶猛、冷酷、一往无前，他的流萤在夜色中舞出了一片薄雾，血滴在火光中四散飞扬，嘶吼和惨叫声在耳畔响起，那些闪亮的刀锋晃得人睁不开眼睛。她曾跟在这个男人身后，冲锋了好多次，但这还是第一次以敌对士兵的视角，直面鬼影冲锋的恐怖。

没有敌手，所向披靡，一边倒的战争很快就结束了。

落日昏黄，天边好像着了火，这漫长的一天终于结束了，豪麻中军的长旗正在平明河边烈烈舞动，她看到自己不断催马，飞奔着穿过了这烽烟四起的离火原。

她看到了过去，徐子鱖的大军列队向前，慢慢逼近平明河畔那一排排沉默的营帐，看到了豪麻在夜里悄悄将驻扎在西丘城外的部队全部带走，尾随着向徐子鱖通风报信的求援信使，向平明丘陵一路狂奔。

平明丘陵的近侧，是徐子鱖大军行动最佳的，也是唯一的宽阔通道。在数日之前，楚穷和耿三波已带着步卒们从两队巡弋的澜青军队的空隙中穿了过去，静悄悄地进入了那一片林间高地。

然后，唐笑语看到了自己。

旧时雨　201

在朝阳初起的清晨,她在那高台上极目远眺,在寻找离火原上军队的踪迹。

"你不可能在这里看到他的,他是故意的。"只是傍晚换成了清晨,楚穷连说话的语气都和今晚一模一样。

"什么?什么是故意的?"唐笑语看到了自己的慌张。

"他要你跟来平明丘陵,找一块适于设伏的营地。这样你就不用再跟着他一起冲锋了。"

"我还是拖了他的后腿吗?"唐笑语发现这个和自己一模一样的女孩神态黯然,不由得心里一颤。

"每一次冲锋,他连伍扬都派给了你,怎么会觉得你是个累赘呢?他是不想你死在离火原上吧?"楚穷一边说一边摇头,道,"这可不像他。"

"那怎样才是他呢?"

"这个人只要上了战场,从来眼睛里除了胜负,是没有半个活人的,尤其是女人。"

朝阳穿过茫茫的大地,照在另一个唐笑语的脸上,那张年轻的脸变得生动起来。

"是这样的哦。"这样感慨的时候,她的眉毛弯弯的。

"这么说,他到底还是有一点在乎我的,不是吗?"唐笑语的眼睛湿润了,"即便这一切都是假的。"

伤心却是真的。

夜风呼啸,好像鸿蒙海永恒不灭的涛声。唐笑语缓缓站起身来,身边的一切都在晃动着,夜的浮尘里,有着草叶的清香。唐笑语眼中泛泪,带着万般不舍,紧紧握住了手中的夜明珠,缓慢而坚定地道:"谢谢你给了我一场好梦,请出来相见吧!"

一头小鹿有着长长的睫毛,它好奇地从营帐的角落中探出头来,对着辽远的星空眨了眨眼睛。

七

她终于睁开了双眼,天上的弥尘散发着红色的光芒,一闪一闪的,整个大地都变成了一片血红。楚穹消失了,一切都消失了,还是在林间的营地中,楚穹的中军大帐的烛火亮着,那些纷乱的影子被投射到了幕布上。

那头不怕人的小鹿被唐笑语带回了营地,此刻探头探脑地也跟着她走了过来,在她的眼前,站着那个身材瘦长的羽客,疾白民,他穿着黑色的丝袍,整个脸庞都隐藏在了兜帽之中。

"没想到浮生术还可以这样用。"整个营地仍是一片黑暗,疾白民拍了拍身上的尘土。

"我也不知原来离开了重晶之地,也可以进入流光幻境。"唐笑语虽然心中已然有了准备,但还是忍不住升起了一丝怅惘。

"小姑娘,这是我们第二次交手了,进入我流光幻境,能够自行挣脱的,你还是第一个,"疾白民道,"居然想到可以用浮生术从一旁来窥破流光幻境,真是后生可畏。"

"我很笨的,"唐笑语自嘲似的笑笑,道,"直到林间营地升起漫山遍野的火把那一刻,我才知道这不是真实的世界,只不过这梦境太过美好,我还在自己骗自己就是了。"

"是啊,进入了流光幻境之后,你想什么,幻境便会对你反馈什么。重晶刻印了八荒所有的过去和未来,这些幻象便有无穷无尽的细节可以供你追索。在欲望面前,人们已经习惯了欺骗自己,所以我很好奇,你又是怎么挣脱的呢?难道你觉得这里面的世界还不够完美吗?"

"不,恰恰相反,我觉得幻境中的一切都太过完美了,而这样完美的生活,从来就不应该属于我。"她的手抚在心口上,现在,她的心还在那里怦怦地跳动着。

"这我倒是第一次听说。"

"我真是太差劲了,"唐笑语自嘲地摇摇头,"这一次连你什么时候开始发动的都全无察觉,原来小斥候说的那个不速之客就是你,而在我靠近帐门的那一刻,就已经落入幻境中了。在离火原能攀上你那羽隼,也是全凭运气,实在没有什么可以夸耀的。"

"我这一生见过许多灵师,大多数人都把自己看得太高,而你,却把自己看得太低了。我很好奇,南渚道家教给了你灵术,但难道他们没告诉你,羽客的羽隼饱含着他毕生修来的星辰应力,攻击羽隼,是会被星辰之力反噬,灵识溃散的吗?"

唐笑语歪着头想了想,道:"我没有攻击你的羽隼,我只是在它身上附着了一会儿。"

"你很特别,正因为你没有丝毫的攻击性,所以也没有激起羽隼的反噬。一只羽隼上,被主客两位羽客同时施以浮生术,我也是平生第一次听说,没想到这样的奇事,居然就发生在自己身上。"

"那,真的不好意思了,毁了你的羽隼。"唐笑语是真的觉得有些抱歉。

疾白民笑了，道："羽隼散了，还可以再凝出来，若是一个有天分的灵师毁掉了，那这世上可能就会少了一个羽客了。"

唐笑语一脸茫然。"羽客？我吗？"

"就是你，当年疾声闻率领十二羽客走下晴空崖，便在八荒掀起了风暴，每个羽客自然都是极为难得的。道家已经没有后人了，若你想上晴空崖，可以来找我。"

"流光幻境催发也不容易，我的这些小小的心思，你看来做什么呢？"唐笑语的情绪十分低落。

"也许疾白文是对的，"他自顾自叹了一口气，道，"火曜预言是个谎言。"

"我不懂你在说什么。"

"小姑娘，你知道你是什么人吗？"

"疾先生，你呢？你又是什么人？"

疾白民笑了，道："你不是已经知道了我的名字吗？晴州羽客，就是我的身份。"

"好吧，我是一个采珠人。我们家世代住在鹧鸪谷底，守着重晶之地。不过这不重要，"唐笑语咬着嘴唇，想了又想，才道，"南渚羽客道婉婷，想要代表家族，为晴空崖献上南山珠。"

"为晴空崖献上南山珠？难为你风尘仆仆不远千里。想不到今天道家还在，而且终于肯和晴空崖合作了！"

"是，她是这个意思。"

疾白民沉吟了片刻，道："晚了。如果你是三年前来到晴空崖，告诉所有人，又有一颗南山珠现世，或许一切都会不一样。"

"现在呢？又有什么差别呢？南山珠确实重新出现在南渚了呀。"唐笑语睁大了眼睛。

"现在的晴空崖，已经有了新的白冠，也不再在乎什么南山珠了。"疾白民指了上方的星空。

"可是没有南山珠，白冠怎么能够得到承认呢？"

疾白民道："近些年，我们这些羽客散在四海八荒，你总该知道是为什么吧？"

唐笑语茫然地摇了摇头。"道先生去世之后，她的女儿便成为了道家的唯一传人，她也很年轻，不比我大多少。"

"好，"疾白民点了点头，"当年龙狮疾渡陌带领十二羽客进入中州，要帮助朝崇智一统八荒，疾渡陌提出火曜预言之后，道东阳是最先攻击疾渡陌的羽客，这才被迫回了南渚，就像后来疾白文去吴宁边帮助扬觉动一样。如果道逸臣当年就跟这个道家的小姑娘一样懂得合作的道理，道家也就不用承受灭顶之灾了。"

"我不明白上几代人到底有什么恩怨，可有必要做得这么过分吗？南渚道家本来和晴空崖毫无关系，居然为了一位羽客子侄，遭到灭门。"唐笑语实在忍不住，质问了起来。

"没错，天下灵师都出自晴州，"疾白民转过身来，道，"可晴空崖也有权力斗争，有掌权者，也有叛徒，道家的小姑娘希望一颗南山珠就可以泯灭知鹤派和幽虚派之间的恩仇，也不过是一厢情愿罢了。"

唐笑语呆住了。

"既是如此，你还要去晴州，转达道家的心愿吗？"疾白民看着楚穷那依旧灯火通明的军帐。

"我不知道，"过了良久，她才开口，"我离开灞桥的时候，八荒还没有变得这样面目全非。道婉婷说，只要晴州愿意支持赤研星驰夺回本属于他的南渚，她愿意献出南山珠。"

疾白民叹了一口气，道："我刚才说了，现在已经没有人在乎什么南山珠了。"

"那么连真正的白冠你们也不在乎了吗？"道婉婷说，没有一个羽客可以拒绝回答这样的问题，那便问出来吧。

在道婉婷的身边生活了八年，她虽知道南山珠很可能就藏在青云坊，却从来没有再见到过。父亲便是为了这枚南山珠永远地离开了自己，而想要把他复生，唯一的希望，也是拿到南山珠。唐笑语不想放过任何机会。

"你不知道吗？这世上本就不只一颗南山珠，也不乏天才的灵师，但只有活到最后的，才是真正的白冠。当晴空崖得知南山珠再现南渚，也就是意味着有了新转世的白冠之后，你觉得现在晴空崖的白冠应该如何处理这件事呢？"

唐笑语呆住了，她的确没有想过那么多。

"白冠不重要，但南山珠还是重要的，因为弥尘升起来了。告诉你也无妨，晴空崖想要从日光城里拿到南山珠已经很久了，可惜那一颗在八年前的朝堂之乱中已经不知所踪。先不管那一颗南山珠的下落如何，在流光幻境里，我实实在在见到了十三年前你摸过的那一颗。也就是说，你并没有说谎，南山珠出现在南渚了。这也就意味着真正的白冠，很可能现在并不在晴空崖。我们可能都错了，在疾声闻的火曜预言下，错了几十年。"

"什么是火曜预言？"

"弥尘现世，白冠重生，"疾白民缓缓道，"白驹之盟后，满天下的人都在看着朝承露，不知道他要如何对待疾声闻，对待已经日渐不受控制的灵师武装。但他没有任何动作，任凭疾声闻在日光城最后一次催动火曜大阵。在这用南山珠催动的星阵里，疾声闻预言白冠将会在朝家诞生。所以晴州灵师们都确认了自己的唯一使命，应该尽力辅佐朝家王族，统一八荒，守护山海。"

"所以即使后来朝承露对八荒上的灵师赶尽杀绝，你们也还要站在他们一边吗？"

疾白民沉默了好一会儿，道："知鹤派并没有站在朝家一边，我们是站在天下苍生一边。反倒是那些反对火曜预言的幽虚叛徒们，背叛了晴空崖。"

"很多时候，跟现实的诱惑比起来，信念是真正不堪一击的，"他瞥了唐笑语一眼，"道家是幽虚派的代表，你看，现在他们唯一的后人，不是正在乞求晴空崖的支持，好获得那些世俗的权力吗？"

"我可以带你去晴州，"疾白民沉吟了片刻，道，"如果你还想去的话。"

"可是，这一切都没有意义了，"唐笑语神色黯然，"道婉婷的丈夫、赤研星驰已经战死了。"

"就算死了千千万万的人，山海变最终还是会到来的。你去了晴州，至少可以证实一件事，当年疾声闻利用南山珠作出的火曜预言是错的。因为真正引起山海变的南山珠，在南渚而不在日光城。"

"这又有什么用呢？"

"这就意味着，还在执行疾声闻当年遗愿的晴空崖，如今终于可以从错误的指引中抬起头来，放弃对日光木莲的支持，放弃对星散各州的晴州叛徒们的围剿，达成灵师们内部的和解，去共同把我们真正的白冠找出来，晴州灵师复兴的日子就要到了。"

他长长叹了一口气，道："因为，真正的大灾难不远了。"

"我不能走，"唐笑语摇了摇头，"我不信现在围绕在日光木莲周围的灵师们，都在坚守你说的火曜预言。而且，我要帮他找回他喜欢的人。"

疾白民摇了摇头，道："我在幻境里见到了你的过去，但是晴空崖没有，你不跟我去，我就无法说服其他的灵师。"

"我不去。"唐笑语倔强地摇了摇头。

"你不去，在你最在乎的人通向每座城池和军镇的路上，都会出现这八荒最强大的灵师，而晴空崖的叛徒们，则会日渐凋零。日光木莲依旧手握数十万雄兵，加上晴空崖的支持，一切对抗者都不会有未来的。"

"他不一样！"夜风吹乱了唐笑语的发丝，她决定这一次，自己绝不退让。

她忽然对道婉婷、疾白民口中这些家国天下、苍生鬼神产生出了一种由衷的厌恶，这样宏大的愿望，这样无情的屠戮，到底是为了什么呢？那些所谓的预言、王座、城池、朋党真的那么重要吗？

为什么一个人对另一个人喜欢，在家国天下的映衬下，就会变得如此卑微、无足轻重呢？

"你想一想，"疾白民缓缓道，"徐子鳜身后，还有徐昊原，

旧时雨　209

徐昊原身后,还有李慎为,李慎为身后,还有整个日光木莲。这一路走起来不容易,你有足够的时间思考,如果你想好了,就来找我。"

"疾先生,我有自己的路要走,"唐笑语认真地道,"虽然比起你差得很远,但是我会使出全力的。"

"也好,"疾白民再不去看唐笑语,道,"我今天来到平明丘陵,原也不是为了你,只是没想到,居然在流光幻境里看到了真正的南山珠罢了。"

"我以为,你会把这里的消息带回南津。"唐笑语疑惑起来。

"区区一个人间的王,怎么能够驱策晴空崖的羽客呢?"疾白民目光的尽头,是夜色中青黑色的山峦。

唐笑语松了一口气,终于放开了紧紧握着腰刀的手。

"我来,是因为一个失踪的孩子,"疾白民长长叹了一口气,眼神中透出了一丝失望,"朝家的人,原本都是这火曜预言的一部分,可是现在,我要好好考虑一下了。虽然我还是不愿意相信,疾渡陌当年是为了获得人间的权势,才做出了虚假的预言。但晴空崖确实是因为他分裂了。"

"就像你说的,跟现实的诱惑相比,信念是真正不堪一击的。"

"不,不是每个人都这样。"他的宽袍大袖在夜风中呼啦作响。

第六章 灵枢

咚的一声巨响,陈振戈整个人重重跌落水中。没来得及闭眼,他把身子缩成一团,在水中翻滚着,无数气泡在眼前腾起,耳朵嗡嗡作响。等到身子得以展开,便向着上方那一团模糊的光亮奋力游去。但是这青水穿城奔流、水势汹涌,他这几下挣扎,根本抵不过水流,反而结结实实撞到了那探入青水的铁栅之上。

一

"据说，冠军侯的灵柩，已经过了阳宪了？"

"不止，好像已经到了青水长亭。"

"不会吧，到了青水长亭？那还不进城？"

"你这话说的，这可是要在太庙停柩，当然要选一个吉时。"

"是，也是。"

"只是，这明早的观礼早就定了，大公这个时候，把我们都叫来做什么呀？"

"会不会，和青石的营兵有关？"

"你没有听说吗？都到了好几天了，这不进也不走，是不是有什么变故啊！"

"小声点，这可乱说不得。"

入夜后，暑气消散，青华坊的明堂之上，一大堆官员正在交头接耳。

九月的灞桥，早晚已经有了一丝凉意，从武英公府匆匆赶来，陈振戈一身大汗正在渐渐消去，等到心静了下来，身后官员们的细碎言语便一一飘进耳中。他回头看看，吵吵嚷嚷的声音便戛然而止，鲸脂巨烛火光闪烁，一时也分不清是谁在小声嘀咕。

他轻轻咳了一声，又把身子转了回来，身后的嗡嗡声又响了起来。

四马原战局不稳，整个灞桥都是流言蜚语，在冠军侯赤研

旧时雨　213

星驰的灵柩就要进城的前夜，这城内的冲突已是一触即发，明天还不知会迎来怎样的一个清晨。

赤研星驰死了，他活着的时候，大家并不觉得他怎样，不过是前世子的儿子罢了。虽然他也姓赤研，但是好像这个姓氏到了他的身上，就变了意味。整个南渚朝堂，从上到下，都要和他划清界限，不知道哪里延伸出一道看不见的丝线，将他与喧哗势利的青华坊远远隔开，但凡想要在灞桥立足的官宦子弟，没有一个想和这个赤研扯上任何关系。

不错，赤研星驰是有些能力，也能征善战，可是有什么用呢？赤研井田和赤研瑞谦，这主掌南渚生杀大权的两兄弟，目光从来都没有离开过这个侄子，因此，所有人就都当他已经死了。

可是当他真的死了，却好像又突然变得特别了起来，就好像一串璀璨的珠链断了上面最普通的一颗珠子，结果，整个链子都散掉了，那一颗颗珍珠就这样蹦蹦跳跳地四散流离。

赤研星驰死了，他父亲的旧部，白安野熊的统领卫中宵死了，但是叛军的首领卫曜还在；赤研星驰死了，他父亲的旧部，态度摇摆的平武野熊首领李秀奇还在；赤研星驰死了，他的妻子，南渚道家仅剩的羽客道婉婷还在，哦，她腹中的孩子也还在；赤研星驰死了，与他暧昧不清、春风一度的吴宁边娴公主扬一侬还在；赤研星驰死了，他亦敌亦友的对手，时刻想要踏平灞桥的吴宁边悍将豪麻还在；赤研星驰死了，他的表兄、一直对南渚虎视眈眈的日光王朝守谦还在，正稳稳地坐在日光城他的王座上……这个长期以来被忽视的人，在死后忽然变得无限重要，像一张巨大蛛网中的那个不可或缺的节点，由于他的突然死亡，所有丝线忽地摆脱了既有的轨道，开始扭曲缠绕起来，因为这个人的突然死亡，灞桥城好像突然落入了一个转个不停的旋涡，要吸纳一切声响和火光，等待着一场意外的燃爆。

陈振戈盯着那张空空的铁木海兽椅。

他还记得那一抹寒光，前几天，为了青石营兵受阻、没能成功入城，赤研井田曾拔刀出鞘，这是陈振戈第一次感到死亡的恐惧，那薄薄的刀锋明亮得让人眩晕，距离自己的鼻尖不过一分的距离。那一刻，他浑身的血液都凝固了。太突然了，谁能想到一地大公会在自己的臣子面前突然拔刀，既然没有这样的先例，当然更没人会有这样的准备。

他呆住了，直到那把刀直直贯入海潮阁的地板中，赤研井田说出那句要陈振戈给他收尸的话，他一直都没能做出任何反应，这一切发生得太快了。在暴怒的赤研井田身后，他看到了赤研恭那张似笑非笑的脸。

所以说这世上比恶人更可怕的，是那些不可预测的疯子。

青石的营兵来到灞桥城下已经四天了，城守赤研瑞谦拒绝他们再靠近半步，没有赤研井田的谕令，青石营兵的副统领陈振羽也始终不敢夺门，于是，城内的赤铁和城外的不速之客，就这样久久僵持着。

明天就是赤研星驰灵柩进城挪棺、太庙入殓的日子了。赤研瑞谦依然没有放青石营兵进城的意思，而赤研井田对此也不作坚持。为了猜测这两兄弟的心思，十数年来，南渚不知道多了多少枉死鬼，然而人是不可能不好奇的。这个时候，为了明晨早起观礼，此刻大多数官员们都已经上了床，青华坊却要召开朝会，这些朝臣被赤铁们从家里的床上硬拉起来，此刻还都睡眼惺忪。

陈振戈当然没有睡，不仅他没有睡，整个武英公府都没有睡。因此，为了这次紧急的朝会，陈振戈还要匆忙褪去一身铁甲。时局已经这样紧张了，不知道如果武英公府的少公子全副甲胄，带刀走上青华坊，究竟会惹出什么样的乱子来。

赤研井田没有出现，赤研恭也没有，赤研瑞谦和他的儿子也不见踪影。陈振戈心里惦记着赤研恭的嘱托，要在明日的太庙里对赤研瑞谦动手，他只担心青石营兵今夜依旧无法入城，这一切就都成了空谈。

夜风静静地穿过青华坊的明堂，这里门窗都大敞四开，四围粗如儿臂的鲸脂蜡烛的火焰左摇右晃，只有一屋子南渚要员在夜色里面面相觑。

"明日四门观礼，太庙停柩，诸位要准备妥当，今天大公身体不适，就散了。散了吧。"米容光左顾右盼了好一会儿，终于走出来，示意今天的朝会就此终止。

"米相，这到底是怎么回事？"

武英公陈穹拦住了步伐匆匆的米容光。

"武英公，我实在也是不知道，"米容光苦笑着，"刚才大公四处找不到威锐公，还在大发脾气，要召集这次朝会，不知道这会儿又怎么了，恭世子又传话，说这朝会不开了，明晨仪礼如常进行。"

陈穹皱起眉头来，往青华坊内看了又看，道："这是大公的意思吗？"

"恭世子亲口传的话，总不会有错，威锐公的动向，大公也是极为关注的。我想，还不至于出什么意外，毕竟青石的二万营兵就在城外，大公也并没有要对威锐公怎样，不是吗？"

陈穹的声音已经压得很低，米容光的声音压得更低，陈振戈竖起了耳朵拼命分辨，也不过听了个七七八八。

"我再去看看，如果有什么情况，我第一时间差人去知会老公爵。"

"也好。"陈穹终于松开了抓着米容光胳膊的手。

米容光脚步匆匆地走入了青华坊后面的大公寓所，朝堂上轰地一下子杂乱了起来。

陈穹皱起了眉头，冲着陈振戈挥了挥手。

"阿公。"陈振戈快步走上几步。

"冠军侯的灵柩到哪里了？"

"米勇的最新密报，灵柩已经过了阳宪，不好再拖，大约明天一早就要进城了。"

陈穹眯起了眼睛，道："我总觉得有古怪，这表面上的平和，撑不到明早了。"

陈振戈也顺着陈穹的目光看去，除了这明堂，青华坊和往日一样，沉静、肃穆，甚至没有一丝摇曳的灯火，但不知道为什么，这样谜一般的宁静又让人心底沉甸甸的，好像蕴含着重大的不安。

他咽了一口唾沫，道："那怎么办？"

"明天灵柩进城，全城百姓都要观礼，不管什么理由，赤研瑞谦都不能再拒绝陈振羽入城，如果他还是不肯，也只能来硬的了。你现在就去甘渊门那边看看情况。如果赤铁有异动，想办法送出城去。"

"好，这就去。"

陈振戈的心咚咚地跳着，上次海潮阁中，看赤研井田的态度，分明对赤研瑞谦已经起了疑心，那么赤研瑞谦呢？他虽然外表上看起来粗豪，但在南渚朝堂上下其手时，可是精明过人，毫不手软的。他难道对赤研井田的态度没有一丝怀疑吗？他知道赤研恭要借着这两兄弟的内讧翻盘上位，可万一两个人提前起了冲突，怎么办呢？

青石对赤研恭的支持，是阿公陈穹在十三年前埋下的伏笔，这么多年苦心经营，是不会轻易放弃的，而且当此之时，朝中劲敌李秀奇被拦在箭炉之外，一向被赤研井田视为腹心的赤研瑞谦又和青华坊离心离德，对于青石陈家来说，赤铁和野熊都受到了严重削弱，百年繁华的灞桥城似乎唾手可得，这可是地处南渚边陲的陈氏家族从未有过的机遇，然而素来装糊涂的阿公已经下定了决心，要把它牢牢攥住吗？

毕竟是陈家的公子，他被一群随扈簇拥着匆匆走出青华坊，灞桥街市的人流马上被冲开一个口子。陈振戈的心里异常烦躁，这满街市的庸人挤来挤去，只要有一日刀子没有砍到自己的头上，一切便与自己无关。这几个月来，从四面八方拥来的兵士在这灞桥城里进进出出，他们见怪不怪。对于能征善战的冠军侯之死，也不过和吴宁边大公扬觉动来访一样，是这些市井小民一次酒足饭饱之余的谈资罢了。

二

灞桥城临海，白天日光酷烈，夜晚便格外喧嚣，即便到了深夜，也多有引车卖浆的贩夫走卒在街巷穿梭，特别是一条阳坊街和附近的流苏巷，更是热热闹闹、笙歌不断。

路过青水石桥时，陈振戈禁不住停下了步子。这里如每夜一样，青水上一艘艘画舫笙歌阵阵，但在石桥的南北两端，却多了两队赤铁守备营的士兵。陈振戈心里沉重，看来赤研瑞谦也意识到，也许城内难免一战了。

这士兵可不是随便放的，青水从灞桥穿城而过，连接南北两岸的四座石桥中，唯有这座站满了犬颉雕像的灞桥最为稳固宽阔，它也是灞桥城的名称由来。只要封住了这座灞桥，赤铁们就可以轻易阻断从甘渊门进入的青石营兵，如果在灞桥城内发生巷战，这里肯定是冲突最为激烈的所在。之前陈振戈寄望于这一次的危机不会蔓延到街面上，只要营兵们入了城，便会两相压制，让他们有机会在极小的范围内处理掉赤研瑞谦。然而没有想到直到此刻赤铁依旧牢牢把住城门，不许青石营兵进入。难道风声已经走漏了吗？

今晚之前的灞桥虽然已经有了些剑拔弩张的意味，但总体还算正常，但看到赤铁守备堂而皇之出现在灞桥上，他已经放弃了这样的想法，他满脑子飞舞的，只有四个大字：不得善终。怎么办？这座石桥现在不夺下来，稍后即便营兵们进了城也到不了青华坊。他手心里都是冷汗，滑腻腻的，无论怎样假设，都是没有把握。毕竟武英公府没有自己的军队，成卫的人数也太少了些，完全不足以和城内的赤铁们抗衡。只要控制住这座桥，在营兵们到达太庙之前，赤研瑞谦便有充足的时间来解决所有问题。剩下来的，就看他到底想不想冒这个险了。毕竟，弑君的恶行在道义上是沉重的负担，哪怕他是赤研井田的

旧时雨　219

哥哥，这样的举动很可能导致四城二十一镇的讨伐。万一整个南渚以此为由对他群起而攻之，只怕他会得不偿失。

可是谁能说得准呢？如果他不亲自动手，而是让他那个残忍又愚蠢的儿子赤研弘亲自披挂上阵呢？

这样想来想去，最后执掌灞桥的，岂不是赤研瑞谦？陈振戈禁不住打了一个寒颤。

他禁不住加快了脚步。赤铁们在桥头肃立，目光冷冷地扫视着往来的行人，他只能尽量装作若无其事。越来越近了，与依旧热闹的阳坊街相比，甘渊门一侧可以说是无声无息，那一团寂静中，便伫立着金碧辉煌的威锐公府，万一双方真的爆发冲突，这会是青石营兵进城之后的第一道障碍。

他还在胡思乱想，对面那一队精甲的赤铁已经气势汹汹地迎了过来。守备营的士兵，的确和那些咋咋呼呼自由散漫的巡街赤铁大不一样。

"站住！"一位军官走了出来，把陈振戈上下打量了一番，"从哪里来？"

"诸位，不管你们要找谁，都找错人了。"陈振戈止住了身边的侍卫，啪的一声抖开了手中的折扇，露出扇面上的一幅火红木槿来。

那军官一愣，道："敢问公子是？"

"武英公府的木槿，没见过吗？！"侍卫陈布新上前一步。

陈振戈不再去看前面黑黝黝的甘渊门，而是把目光瞥向了身后远处灯火通明的阳坊街。是福不是祸，是祸躲不过。甘渊门没开，再通知赤研恭改变计划已经来不及，现在自己的一举一动，都至关重要。

"公子怎么会在这里。"马蹄声响,这一队赤铁原来还有后队,马上那位面带微笑的,正是赤研瑞谦的得力部下,四门守备校尉文兴宗。

"文将军?"

"见过陈公子!"文兴宗冲陈振戈拱了拱手,又冲刚才的卫官吼道,"都瞎了吗!武英公府的人也敢冲撞!"

"我见他身上穿着云锦,以为是那边过来的人,想着不要漏了才好。"那卫官还想辩解。

"放屁!"文兴宗举手,一鞭抽在那人的脸上,那脸上啪地隆起一道血痕。那卫官龇牙咧嘴地硬挺着,居然只是闷闷地哼了一声。

陈振戈摆摆手,道:"不必了,误会一场。"

"我的这些下属,平素在城里面横惯了,都是个不长眼睛的,冲撞了公子,实在抱歉了,"文兴宗看看陈振戈,又看看他身后的侍卫,道,"已经入夜了,再往城西已经没有什么人了,为了公子的安全,还是请回吧。"

"哦?我是要去威锐公府的。"陈振戈摇了摇扇子,对面望去,一派幽深,只有赤研瑞谦那豪华的府邸还亮着灯。

"哦?这件事公爷倒是没有和在下提过。明日一早冠军侯的灵柩就要进城了,现在威锐公也在忙着明天的大仪礼,公子有什么话我来转达就是了。"文兴宗说话的时候,一直笑眯眯的。

"是啊,本来我也已经歇了,不过适才大公召开朝会,便又在青华坊耽搁了些时候,这次,是世子的口令,要我去检视甘渊门的防务的,怎么?文将军想要和我一起去吗?"

旧时雨 221

这是非常时刻，知道他们一时半会儿也找不到赤研恭，他索性便把赤研恭抬出来用，弄明白赤研瑞谦的布置，青石营兵才好进门，无职无权的世子关心一下城防，这个理由总说得过去。

文兴宗看着陈振戈，好一会儿，才道："既然是世子的意思，那自然是好的，在下另有急务，这一次就无法作陪了，只是夜黑风高，来人啊，给陈公子打上火把。"

文兴宗一声令下，身后便走上来两队拿着火把的士兵。陈振戈点点头，后面的侍卫想要接了过去，不想那些赤铁却死握住不放手。

"这是什么意思？"陈布新抬头去看文兴宗。

"有个光亮嘛，免得再发生误会，"文兴宗笑眯眯地，"有他们陪着公子，就安全多了。"他看看领军的那个卫官，道："听好了，陈公子想去哪里，就去哪里，要是发生了任何误会，唯你们是问，知道了吗？"

"唯令！"赤铁们回答得整齐。想去哪里就去哪里，便是很多地方不能乱逛的意思，这个陈振戈还是听得出来的。

这是文兴宗安插在自己身边的眼线，看来不想翻脸的话，是甩不掉了。

陈振戈抬头看看四周，道："也好，文将军思虑周全，那就有劳诸位陪我们转转。改天有空，文将军来我府上我们再叙？"

文兴宗道："公子抬爱了，军务在身，没有下马见礼，公子切勿见怪。还恕在下失陪了。"

"好说，好说。"陈振戈看看文兴宗身后这黑压压的一队兵士，总有百十人，也不知道他们是要去做什么。

"这姓文的什么意思，刚才我差一点就要出刀了。"看着文兴宗带着赤铁浩浩荡荡远去，陈布新的手从刀把上滑了下来。

"没什么，走吧。"陈振戈看看远远跟在身后的赤铁的士兵。

相对城东的繁华，这城西一带本来冷清，没点火把，便是一片昏暗，然而此刻赤铁的火把照亮了道路，这一路向甘渊门前进，越往前走，陈振戈便越是心惊。

原来，这些平素清寂的街巷中，一排排一队队，都是束甲具装的赤铁士兵，他们毫无声息地静默着，陈振戈一行孤零零的火把照过来，映出了无数黑暗中的脸庞，而那闪着寒光的，都是正在擦拭中的兵刃。如此多的士兵，这里除了刀甲相撞的哗啦声和远处青水的流淌声，再无半点声响。

尤其令人毛骨悚然的是，这些火光中的影子都有一双晶亮的眼睛，在被火把照亮的那一刹那，也许是出于惊诧，也许是出于意外，他们的身形似乎都会有一个突然的凝固，然后又随着火光的闪过，消失在黑暗中。陈振戈不是没见过大场面的人，但是此刻他也浑身发紧，一股寒意从头一直延伸到脚下，连路面都变得虚浮起来。

他们这一小队人，好像一不小心，便走进了遍布魑魅魍魉的阴森鬼蜮。

这么多的赤铁，也不知是何时悄悄集结起来的。他们既然密密麻麻聚集在这里，那自然是为了御敌于城门之外，目标，就是城外的青石营兵。看来赤研瑞谦确是早有准备了。

赤研恭的计划是要掉脑袋的，因此极为隐秘，除了有限的心腹，几乎无人知晓。那到底是什么促使赤研瑞谦下定决心，

旧时雨

不惜一战呢？

"公子，还往前走吗？"听起来一向勇悍的陈布新嗓子也有些变调。

"走，继续走！"陈振戈咬了咬牙，"我们上城墙上去看一看。"

到了城墙之下，马道上一排排的石擂、木擂已经备好，熬煮滚油的大锅也在城墙下支了起来，兵士们上上下下地奔忙着。他们这一小队人马，在匆忙来往的赤铁之中，显得如此不合时宜。

在雉堞背后探望，可以看到野非门下的护城河，在护城河外，一顶顶营帐连绵不绝，营帐中人影绰绰，间或有烟火在哔哔啵啵地燃烧着。看起来，相比城内赤铁的重兵固守，陈振羽的青石营兵倒没有进攻的打算。

陈振戈叹了一口气，青水穿城的灞桥不比那些无水少水的城池，它的护城河是一条真正的河流，水面浩浩荡荡，总有十数丈宽阔，即便无水，这样的巨大的沟壑，对于攻城者来说，也是极度难以逾越的障碍。何况，谁又有那个本事，能将从济山奔涌而下、势力万钧的青水截断呢？

到了此刻，他终于理解了赤研恭想方设法要在最小的范围内发动政变的想法，哪怕赤研瑞谦只有数千人，但是他守住这座城池，实在是太容易了。

可是事到如今，赤研瑞谦还会给他们暗中偷袭的机会吗？

他又转身回望，在滚滚穿城的青水的另一侧，阳坊街依然灯火点点，对于绝大多数灞桥的百姓来说，他们并不知道这样一个平静的夜晚，对他们到底意味着什么。

三

在野非门的望楼上居高临下,可以将大半个灞桥尽收眼底,雉堞后的赤铁们脚步匆匆、枕戈待旦。在甘渊门的城楼上行走,陈振戈可以听到自己的心跳及脚步声。

夜已深了,整个灞桥渐渐沉入黑暗之中,除了青水上的画舫和依旧嘈杂的阳坊街,更远处只有两坊还有一点隐约的灯火,而左近还在亮着灯的,就是威锐公爵府了。

甘渊门并不是灞桥的主城门,西门一带更是灞桥权贵的聚居地,这里和灞桥城东北角的青云青华两坊互为掎角,成为了灞桥的两个权力中心。如果说城下这隐藏着数千赤铁的街巷此刻是一头庞然巨兽的话,那方方正正的威锐公爵府就是这巨兽的心脏,现在正在怦怦地跳动着,蓄势待发。

不知道陈振羽如果站在自己现在的位置,又会有怎样的想法,陈振戈心里竟然升起了一股绝望之情。这一路上,他已经被赤铁们警惕和仇视的目光淹没了。他知道,今夜所见的这一切太过关键,因此赤研瑞谦是绝不会让他再活着回到武英公府的。

高处风大,城楼上赤研家族的长旗被鼓动起来,哗啦作响。这么多年,赤研瑞谦和赤研井田携手共治南渚,大概,也是因为赤研瑞谦从未有一刻放松手里对于这座千年古城的掌控吧?阿公那样深思熟虑的人,十几年来也没有对灞桥用过任何硬功夫,是不是也在敬畏这座城池?

赤研恭通过军粮案毁掉了赤研井田争霸中州的梦想,这是绝对不会被饶恕的,自己在这一案中,扮演了一个掮客的角色；而赤研瑞谦也绝对不会原谅经由自己倒向赤研恭的青石，如果这次青石营兵不能接管整个灞桥，这一次青石在赤研恭身上下的注，大概要血本无归了。

而归根结底，这件事的缘起是自己不够审慎，着了赤研恭的道儿，把整个陈家都拉下了水。

实在是太沮丧了，陈振戈看着城墙上的马道不断延伸，渐渐消失在暗夜中，只要一直往这个方向走，走到尽头的望楼，左拐再行，就可以到达青水水道，他还有一个脱身的机会，他可以在这月黑风高的夜里，投入奔流入海的青水，就这样永远离开人世。

水流总不会嫌弃被抛弃的陈公子吧，它会带着自己一路前行，进入落月湾，消失在鸿蒙海中。

想到落月湾，他又想起了八年前那个眼睛大大的女孩子，浮玉大公季无民送来灞桥的蛮族公主季清音。本来她才是那个应该嫁给赤研恭的外州公主，有了长葛城的支持，南渚就可以得到来自坦提的风马，也有了直上四马原的通道。北上中州，逐鹿八荒，这是李高极以来南渚历代君王的梦想，如今虽然青华坊的主人换成了赤研家族，但这个愿望一脉相承。

与浮玉的交好是前世子赤研洪烈留下的遗产，当年他在木莲为质，说服季无民让出往流集、百里和市恩三地构成的肥沃平原地带，以满足澜青的强行扩张，求得休养生息的时间；同时，他还大度地承诺，等他回到灞桥主政南渚之后，将把赤研夺时代所侵占的青水以西、响箭森林一带疆域重新还给浮玉。

赤研洪烈这样大动干戈的目的只有一个，联合八荒上松散的政治集团，避免被木莲逐个吞并的命运，而浮玉、南渚和久受澜青、阳处两州压制的坦提草原构成的铁三角，就是他心中大联盟的根基。

可惜联盟未成，赤研洪烈却先离奇暴毙，这一块用来置换南渚土地的三角地带，在数年后也终于为永定强行夺走。

时局虽有转变，但季无民依旧对这个宏伟的计划抱有希望。他将自己的小女儿送来了南渚，赤研洪烈死了，他依然要履行自己的承诺，把自己的女儿嫁给赤研星驰。那个时候，赤研易安还很硬朗，八荒上的权贵们以为最终继承南渚大业的，会是马上就要长大成人的赤研星驰。

可是就在季清音来到南渚的那一年，刚刚五十五岁的赤研易安就去世了。登上南渚大公之位的，不是十五岁的赤研星驰，而是他的叔叔赤研井田。赤研星驰没有资格再迎娶外州大公之女，他迎娶的，是南渚道家的女儿，而季清音，则被转许给了赤研井田十一岁的儿子赤研恭。

赤研恭很喜欢季清音，因为她的美貌，更因为她的身份。她是第一个来到灞桥的外州公主，可惜季清音并不喜欢这个有些阴郁的小男孩，哪怕季无民已经首肯，哪怕赤研星驰已经被赤研井田送去千里之外的木莲，她仍旧拒绝这门亲事。她不再向往大海了，她只是一门心思地想回家。

所有人都拿这个倔强的蛮族公主没办法，就连大公赤研井田也只好说，如果不愿意那就再等等，小孩子脾性，过几年，也许就好了。

于是，就这样过了两年，季清音愈发落落大方，而那个不能承受一丝一毫侮辱的少年，那个万人之上的南渚世子心中的积怨也随之越来越深。在那个暴雨倾盆的下午，陈振戈目睹了赤研恭从背后猛地一推，已经长成一个漂亮少女的季清音就在覆盖天地的雨声中落入了茫茫大海。

那个从前没见过大海、明眸皓齿、开心就会大笑的女孩，从此便永远消失在了鸿蒙海的波涛之中。

从季清音的身上，陈振戈看到了自己的命运。作为陈家的儿子，他这一生的路，从来就不掌握在自己的手中。直到他遇到了那个女孩，她是一个侍女，却有男儿清新刚健的气息，他从未想过，他会对一个如此出身的女孩难以释怀。

青水呜咽着，仿若鸿蒙海的涛声。

那一日，他们一起走在落月湾的沙滩上，也不知道怎样，他居然对她讲了这个故事。这个被他埋在心底、几乎变成了噩梦的往事。女孩被这个故事吓得脸色发白，勉强笑笑，就不再说话了。

只是因为舍不得她那双粗糙的麂皮靴，沉默的她赤脚走在沙滩上，雪白细长的脚趾沾满了细小的沙粒。他要帮她提靴子的时候，她的脸居然红起来了，像沾上了一点暮色中的霞光。他收了手里的折扇，时不时地看看她，看海风吹乱了她的头发。

他不知道，原来一个能跃马扬刀的少女，也可以如此手足无措。

从此他不愿在赤研恭面前提到她，他总会梦到那个从海边礁石上坠落的身影变成了靳思男，她求助似的向他伸出手去，他拼尽了全力，却还是握不住它。

这种感觉真是太差了。

而现在，她在哪儿呢？在做什么呢？

陈振戈的眼睛望向了威锐公府，望向那巨兽红彤彤的、正在澎湃跳动的心脏。

嘭，远远传来了一声巨响，夜空亮了一亮，一点红色的火苗在远方升腾而起，一闪一闪的火光打破了夜的沉寂。海风习习，远处模糊的声响和海潮声混在了一起，再也无法分辨。陈振戈的心跳漏了一拍。

"你们看看，是不是阳坊街？"陈振戈走上几步，看那火焰腾起的方向。

"是阳坊街，"陈布新探头看了又看，"看位置，好像是鸿蒙商栈。"

"鸿蒙商栈吗？"陈振戈把折扇紧紧地捏在了手里。

没错，就是鸿蒙商栈。在阳坊街的建筑中，五层的鸿蒙商栈要比其他建筑高出一大截，即使在如此遥远的距离，它的飞檐斗拱也历历可见。此刻，这座灞桥城中万众瞩目的建筑正被十数丈高的火焰包围，像一座巨型的火把，点燃了整个灞桥的天空。

"奇怪，好像火势蔓延开了。"陈布新的话语中带上了一丝急切。

的确，阳坊街建筑密集，除了沿街的店面，更有大量的贫民窝棚挤挤挨挨连在一起，此刻那跃动的烈火，也像流动的河流，以鸿蒙商栈为中心，向四周迅速蔓延开来。很快，滚滚的浓烟便遮蔽了灞桥的半边天空。

鸿蒙商栈是八荒五大商会之一，也是南渚最大的商会，经过南渚朱家近百年的苦心经营，才得以有今天的规模，不但整个建筑用的都是浮玉上好的水杉木，商栈内的水车水龙也是一应俱全，如果说南渚还有什么地方绝对不会发生火灾意外，那鸿蒙商会肯定算是其中一个。可是在这诡异的一夜，一切都无法再用常理来衡量了。

"公子，你看这一面。"顺着陈布新的手指，陈振戈看到威锐公府中也流动出两道燃烧燃烧的火线，一道奔向那团暴烈明亮的熊熊大火，而另一道，则直向自己的所在的方向而来。

是赤铁出动了。

陈振戈马上想到了刚才气势汹汹奔灞桥而去的那一队赤铁，在这个紧张的夜晚，还有什么重要的事情能够让四门守备文兴宗离开岗位，亲自督战呢？

是了，鸿蒙商栈就是他们的目标！已经到了这样紧张的时刻，赤研瑞谦想必也发现了军粮案的蹊跷，不再顾及鸿蒙商栈的背景，要痛下狠手，来为自己的武力行动寻找根据了。这一把火，要么是文兴宗查抄鸿蒙商栈的结果，要么就是朱里染知道再也躲不过去，便放上一把火，要烧掉所有往来账簿，用以自保。

坦白来说，事情发展到了这个地步，什么证据不证据的，已经毫无必要。眼下，一切都要靠手中的刀来说话了。

他最后看了一眼城外依旧安静的青石军队，下定了决心。

四

"走！"陈振戈忽地拔腿就跑，在灞桥城头的这些陈家侍卫们撞开在前面挡路的赤铁，飞奔起来。

"你们做什么！停下！"在灞桥城上巡视的卫官甩出火把，

点亮了城墙上的火笼。

"射不得,他们是武英公府的人!"一路陪同陈振戈前来的赤铁拦住了城墙上的守备,他们探头探脑地看向城下,"我们绕过去截住他们,小心把城外的青石营兵引过来。"

就这短短的一瞬间,陈振戈等人已经冲出了十数丈的距离,向城下奔去是死路一条,这里到处都是枕戈待旦的赤铁,身边的这一点点人,冲不开城门,便毫无用处。何况,以城外连营的安静情况来看,陈振羽分明没有做夜袭的准备。如今唯一的选择,就是趁着赤研瑞谦还没有决心和陈家撕破脸的这短暂的时间,尽快逃出去,把城内的情况尽快通知陈穹和城外的陈振羽。

"公子,我们这是去哪里?"陈振戈跑起来带风,陈布新和身后的侍卫多少有些猝不及防。他们是护送陈振戈去参加青华坊的朝会的,和陈振戈一样,虽然带了刀,但身上穿的还是便装,如此敏感的时刻,在一大堆赤铁当中跑起来,立刻吸引了所有人的目光。

"他们已经对鸿蒙商栈下手,下一个也许就会是武英公府,"陈振戈道,"你们有没有不会游泳的?"

"啊?什么?"

在这黑黝黝的城墙上,所有人都跑到撕心裂肺,气喘吁吁。

不远处火把晃动,文兴宗派出的赤铁和威锐公府的士兵已经汇流,飞奔而来。

"截住他们!一个都不能跑掉。"

身后的夜风中隐隐约约传来了呼喝声。

旧时雨

前方就是灞桥西南角的望楼了,显然,那些居高临下的赤铁更早发现了情况,前方阴森森的,都是刀剑的寒光。

"停下!"前方一声大喊,嗖的一声,一支利箭呼啸着从天而降,啪地钉到了他们身前的砖缝中,青砖碎裂,箭尾还在不停地颤抖着。众人马上蹲下,在女墙周围寻找掩护。好在赤铁早就准备在天明打一场守城战,这城墙的雉堞之后整整齐齐堆放着各种物资,武器、装备一应俱全。

"拦住他们。"后方那杂沓的脚步声越来越近了。

"再等下去,要被他们前后夹住了,怎么办?"陈振戈的心咚咚地跳着,他可不想死在这黑黝黝的城墙之上。

陈布新探出头去看了看,道:"我们出来有好一会儿了,现在阳坊街起火,武英公一定会派人来找我们。"

他喘着粗气,扯下一只袖子来,系在箭头上,一脚踢碎了身边的油罐,把布料都浸入了桐油中,道:"他们不知道我们在哪里,可不行。"

"什么?现在灞桥城里哪里会有人来找我们?"

"有没有人来,试试再说!"陈布新紧紧握住箭支,抽出佩刀来,用箭头在刀身上猛地一划,立刻火星四溅,火星溅到桐油上,又引燃了捆在箭杆上的布条。

"你们,踢过去!"

陈布新拉过一坛桐油,击碎泥封,后面两个士兵飞起一脚,那坛子就在黑暗中骨碌碌滚了过去,陈布新深深吸了一口气,从木榍后面跃出,凌空一箭,不偏不倚正好射在那滚动的坛口,于是一道火线从地上直接蜿蜒过去,在望楼下轰地炸开,油罐接二连三地滚了过去,望楼下的地面变成了一片火海。对面的赤铁措手不及,都被火焰裹了进去,一片瘆人的惨叫声不绝于耳。

"快走!"陈布新拉起陈振戈,埋头向前冲去。

这时候,身后风声不断,一支又一支的利箭从天而降,后面的赤铁追上来了。

"走!"短暂的慌乱过后,陈振戈抽刀在手,咬咬牙,挺身冲进了火幕之中。

灞桥的城墙虽是砖石砌成,但是望楼哨所还是木制,这一下沾了桐油,马上被烈火熊熊包围。陈振戈被烟呛得睁不开眼,可是后有追兵,也只能憋住一口气,埋头猛冲,刚刚跑了几步,砰的一声,什么东西重重落下,摔在自己身前,他睁眼一看,却是刚才在望楼上值哨的赤铁。他们穿着全副的铠甲,笨重且行动不便,没能及时逃脱,此刻已经变成一团爆裂的火球,连惨叫声都没有了。

陈振戈虽然出身军旅世家,但从未见过这样的场面,一阵恶心,腹中的酸水一阵阵返上来。

"停不得!"

他这边还在干呕,一只手已经被陈布新牢牢抓住,扯着他继续跑了起来。

烈焰升腾,烟尘四起,陈振戈无法呼吸又要拼命奔跑,整个胸膛好像都要炸开一般,只要睁开眼睛,四处便都是爆裂的明亮火花,望楼的梁柱在火舌的舔舐中发出吱吱呀呀地声响,好像这望楼随时就要倒塌。陈振戈头脑里再也没有其他的想法,只能跟着陈布新一路狂奔。

不知道什么时候,猛地一股凉意冲上了脑门,前方的陈布

旧时雨 233

新却闷哼了一声，扑通栽倒。

原来野非门的守军看到这边望楼着火，便从南段的马道上奔了过来，正好赶上陈振戈几人穿过火海，于是开始放箭，这第一箭，就射中了陈布新的肩膀。

"不要射！不要射！"陈振戈双眼红肿，睁都睁不开，自然也是无法反抗，他只能举起高高举起双手，晃动着。

"什么人？"这些赤铁迟疑着，一点点逼近过来。

呼啦啦一声巨响，望楼被烧得落了架，陈振戈回头，身后烈焰熊熊，这样也好，至少身后的追兵都被大火隔在了城墙的西段，而面前这些赶来的士兵，还不知道发生了什么。

"青石，青石的营兵开始攻击甘渊门了！"陈振戈的嗓子完全哑了，他一时也想不到别的说辞，这时候反应稍微慢一点，也许就要变成刺猬了。好在他们这一行人都未披甲，怎么看起来都不像是趁乱攻上城墙的敌军。

"这里是野非门守备赤铁，你们又是谁？"对面大概十几个人，手持刀盾，小心翼翼地一步一步靠了过来。

陈振戈被浓烟呛得说不出话来，他穿过这一场烈火，惊魂未定，连身上的刀都跑没了，只得顺手把腰上的折扇甩了过去，又是一阵猛烈的咳嗽。

"这是什么？"一个赤铁捡起了扇子。

那一队赤铁的身后走出一个稍有年纪的来男子来，接过了那折扇。

"他们是谁？"赤铁的弓弦依旧拉满。

"自己人，"那男人把那折扇反复看了看，"青华坊的。"

"青华坊？"那卫官狐疑地看了一眼那亦未着甲的中年男

子,"青华坊的倒耽误不得,来人,快!"

这一队赤铁士兵跑了上来,把倒在地上的几个人扶了起来,又取来水,给他们冲去脸上的尘土灰垢。陈振戈连着喝了几大口水,才勉强摇摇晃晃地站了起来。

回头看看,火焰那一头影影绰绰,追击的赤铁们被大火拦在另外一头,曾在跳脚嘶喊着什么,这一端完全听不清楚。他心头稍定,深深地吸了几口这凉夜的空气。

"早做准备,他们从下面过来了。"那中年男人的手不经意地搭上了陈振戈的肩膀。

陈振戈定睛一看,怪不得这中年男子会及时出手相助,原来正是跟着扬一依一起进城的那个灵师杜广志。

"你怎么在这里?"

"来野非门,自然是要看看冠军侯的灵柩到了哪里。"杜广志不动声色。

"鬼扯,"陈振戈劫后余生,咧嘴笑了笑,"难不成先生的眼睛可以在这黑夜穿上个三五十里?"

"公子,一会儿,恐怕你只能从水道下河了。"杜广志却没工夫和他聊天,向城下努了努嘴,从野非门方向,正有传令的兵士擎着火把打马飞奔,马上就会穿过小桥,把陈振戈们脱逃的消息送过野非门这边来了。

"快!快!快!"

这边这些赤铁得到青石营兵突袭甘渊门的消息,也在派员赶快回野非门报信,陈振戈会意,对身后的陈布新和侍卫们做了一个手势,要他们看着自己的信号行动。

灞桥城墙的望楼起火,便是生变。此刻以威锐公府为中

旧时雨

心，灞桥城的西南角一圈一圈地亮了起来，刚才在暗中蛰伏的赤铁们纷纷亮甲提刀，开始慢慢聚集。而阳坊街那一面，此刻已经燃成了一片火海。

"现在灞桥已经落了闸，水道被封起来了，一会儿下了水，公子便向青水右岸方向去，在画舫街的方向，注意找人。"

"找人？找谁？"陈振戈还没有搞明白杜广志说的是什么意思，脚下一空，杜广志已经凌空把他提起，向下一抛。他啊的一声大吼，整个心都被荡到身体外面去了。

原来从高处跌落是这样的感觉。

咚的一声大响，他整个人重重跌落水中。没来得及闭眼，他把身子缩成一团，在水中翻滚着，无数气泡在眼前腾起，耳朵嗡嗡作响。等到身子得以展开，便向着上方那一团模糊的光亮奋力游去。他的头好不容易从水中探出来，身旁砰砰又是几声大响，原来是陈布新和仅剩的几个随从也跟着跳了下来。

"游，游起来，去画舫街！"陈振戈呛了几口水，清醒了许多，咬牙向右岸游去。但是这青水穿城奔流、水势汹涌，他这几下挣扎，根本抵不过水流，反而被顺着水流冲到了城墙下的水道中，砰的一声巨响，他结结实实撞到了那探入青水的铁栅之上。

这真是一个漫长的夜晚，防止有人泅度的铁栅久未升起，早就生满了铁锈和青苔，而青水与海连通，海水漫灌时刻不少，因此水道两侧的斑驳石基上，都是锋利的藤壶，陈振戈勾着铁栅喘着气，他在等着，一会儿力气稍稍恢复，便可以顺着石基爬上岸去。

画舫街，他还记得清楚。

这时候，水流静静地送过来了今夜青水里的第一具尸体，陈振戈的胃里又翻腾了起来。

五

"上游打起来了。"陈布新坐在岸边，疼得满头是汗。

"是吗？"陈振戈张口，口鼻中都流出水来。

"溺水而亡的人，会沉到河底，这些人是杀掉后被抛进青水的。"

好不容易爬上了岸，陈振戈身边只剩下了四个筋疲力尽的侍卫，他们默默无语地看着那些顺流而下的尸首，这一会儿，已经飘过去了三四具。

"走吧！"陈振戈咬咬牙，站了起来。

烈焰熊熊的阳坊街近在咫尺，火光映得青水一片通红。此刻慌乱的百姓都拥了出来，把这几日加强在街面上的赤铁都淹没了。

这里已经是画舫街了，再向前走，就脱离了青水的河道，那个杜广志神神秘秘地要自己来这里找什么人，找谁呢？

"二哥！"

一个熟识的声音在耳畔响起，不远处有人勒住马缰，那匹马儿长嘶人立，生生地在混乱奔忙的街道上停了下来。

一个健壮的少年翻身下马，匆匆跑了过来，身后还呼啦啦跟着十几个人。

"振甲？你怎么来了？"看清来人是谁，陈振戈大感意外。

"你怎么了？"陈振甲和他一样意外，更是瞪大了眼睛。

旧时雨 237

陈振戈拍了拍陈振甲的肩膀,一屁股坐在了地上,他实在是太累了。

陈振甲是陈家三兄弟中的老幺,陈振戈的大哥振羽跟着父亲陈兴家处理青石政务,每年总能来几趟灞桥,见面机会不少。可是这个小弟振甲一直被外放在长州边境,统军作战,他们兄弟见面的机会便少得多。这一次赤研井田青石调兵,是陈振羽统兵驻扎在甘渊门外,想不到他把陈振甲也带过来了。

"你怎么了?"陈振甲又问了一遍。

"我怎么了?"陈振戈看看满身泥水的自己,苦笑着。

陈振甲伸手,陈振戈也跟着他的手去脸上摸摸,觉得半边脸光滑得有些异样,原来适才穿过火场,半边眉毛都烧没了。

"你先别管我,你什么时候进来的?大哥开始攻城了吗?"

"没,现在灞桥四门全关了,都在谣传是我们青石营兵在攻城,如果已经起了火,那我还能进得来吗?是事情紧急,大哥在外拿不定主意,要我设法进来问问你。"

陈振甲摘了兜鍪,汗水顺着额角纷纷滚下。

"也是,"陈振戈长长出了一口气,道,"说吧,城外怎么了?"

他四下里望望,现在整个灞桥都乱作一团,根本就没有人理会他们兄弟二人。

"你还不知道吧,花渡的最新消息。"陈振甲从怀里掏出一封被汗水浸湿的密笺来。

"花渡?"陈振戈看了陈振甲一眼,抖开了那密笺。

"花渡被吴宁边攻下了?"这消息有些灼人,他好像被那文字烫到一样,猛地抬起头来。

"没错，"陈振甲点点头，"听说军中无粮，加上冠军侯之死，让前线的赤铁产生了哗变，关声闻极力弹压，也还是控制不住，因此李侯就下令从四马原撤军了。"

"没有赤研井田的谕令，他也会回撤吗？"陈振戈长长吸了一口气。

这边赤研星驰的灵柩还没到灞桥，那边李秀奇就尾随着撤回来了。按照赤研恭的计划，关大山因为巨额军粮贪污弊案，是不会轻易放李秀奇通过箭炉的，这样不管灞桥发生了什么，他都有充分的操作时间，等到尘埃落定，李秀奇也只能妥协。可如今李秀奇却突然回来了，而且不是正常撤军，是把大部分野熊兵都扔在了身后，带着骑兵星夜兼程从四马原往回赶！幸好还有关大山这一道关口，否则就算今晚能够侥幸处理了赤研瑞谦，当李秀奇大兵压境时，赤研恭又要拿赤研井田怎么办呢？

"阿公知道了吗？"歇了一气，他渐渐恢复了镇定。

"我还没能回去，"陈振甲摇了摇头，道，"我刚从野非门进城，这边鸿蒙商栈就烧起来了，整个路都被堵上了，根本过不去，听说是文兴宗带着赤铁直接杀进去了，而朱家那个老头子连面都没有露，可能是早就准备好了，一把火点了鸿蒙商栈。"

"嗯。"这一层陈振戈早已想到，他把这封信折好，拿过火把，火苗迅速升起来，吞没了这几张薄薄的信纸。

"还不止这样，"陈振甲低声道，"信是前些日子发出的，最新的消息，和从赤研恭那里拿到的不一样，关大山并没有将李秀奇挡在箭炉西面，而是直接开关，放他过来了！"

"什么？"陈振戈这一惊非同小可，从花渡战场到箭炉一共五百余里的路程，米勇带着赤研星驰的灵柩磨磨蹭蹭走了十几天，才过了箭炉，从箭炉到阳宪，又走了快十日了，而今天米勇还没走到灞桥城，那一边李秀奇已经过了箭炉了。现在雨季将尽，淡流河水降了下去，从箭炉到灞桥这三百余里，对李秀奇和他的骑兵来说，恐怕也是转眼就到，等到李秀奇来到灞桥城下时，不用说，这灞桥城内你死我活的争夺究竟谁会胜出，就更不好说了，唯一能够确定的是，青石这两万人马就平白失去了进入灞桥控制局面的先机。稍有不慎，陈家面对的，便可能是灭顶之灾。

"二哥，怎么办，之前你说的，冠军侯的灵柩回到灞桥，李秀奇被挡在箭炉之外，等到除掉赤研瑞谦，我们再来支持恭世子上位，没人挡得住，可现在，他马上就要回来了。"

"一定是有人通知了他这边的情况，"陈振戈黑着脸，"就算李秀奇要回来捣乱，毕竟离灞桥还有一段距离，可是我就怕赤研瑞谦也得到了这个消息。"

"所以他才会突然对鸿蒙商栈下手？"

"冠军侯死了，李秀奇一向是大公的心腹，这一次他可以快马赶回，但是赤铁却在四马原遭到重创，又被抛在后面，赤研瑞谦就再等不到后援。"陈振戈禁不住抬头望望那已经被烧成一副骨架的高楼。

陈振甲的脸色也变了，道："那怎么办，现在灞桥城还在他的控制下，他既然先抄了朱家，必然不再在乎继续胡来。现在这消息也传不出去，不管赤研家如何内讧，阿公和你、可儿都危险了。"

陈振戈还没说话，陈振甲又道，"不然我们现在就设法出城？今天不攻入灞桥，等李秀奇回来，我们就没有机会了。"

"不忙，让我先想想，"陈振戈皱起眉头，"我刚刚从甘渊门那边过来，赤铁早就做了准备，一时半会儿是攻不下来的，就算大哥能够及时攻入城中，赤铁们且战且退，只要守住了这一座灞桥，赤研瑞谦也有足够的时间来掀翻青华坊。"

"那怎么办，不然我们带着阿公杀出城去？"

"让我再想想，"陈振戈揉了揉额头，"关大山一天不回灞桥城，恭世子的计划就还没暴露。再说，就算恭世子的计划彻底露了，大公也不会把陈家怎样，再怎么说，青石也在我们手里。"

"我担心的不是他会对青石怎样，而是你！你和恭世子走得这样近，这一次又被他拉下了水，这次要是事件真相全部暴露，你就完了。"

"嗯，"陈振戈缓缓点了点头，道，"李秀奇这件事太过棘手，我必须和世子确认才好，不过，现在时局这样乱，我也不知道世子现在在哪里。"

"那就不要等了！要么攻城，要么逃走，我看赤研瑞谦随时可能攻进青华坊，更不要提咱家公府了。"

陈振甲毕竟还是个边地少年，此刻急躁起来，许多话就脱口而出，陈振戈摇摇头，这一次，可以说是赤研瑞谦要发动叛乱。但陈家审时度势，准备站在赤研恭一边赌上一把，对整个南渚来说，何尝又不是一次叛乱呢？

本来，一切都按照赤研恭的设计，在顺顺当当地进行着。在后方，自己和关大山都被赤研恭伙同宁州的金主拉下了水，青石负责帮助他夺取灞桥的控制权，而箭炉将为他把李秀奇关

旧时雨　241

在门外。在前线，他设计杀了赤研星驰，又把这举动牢牢安在了赤研瑞谦父子的头上，这一招，不但让四马原上的赤铁分崩离析，也让他的伯父和父亲就此疑神疑鬼，离心离德。

　　李秀奇前有围攻摧毁吴宁边南方三镇的严令，后面又被掏空了粮草，困在原乡，无法逾越箭炉的野熊兵便会战力全无，等到灞桥大势底定，他也只好接受现实。

　　可是到底发生了什么，会让李秀奇突然带着他的主力匆匆赶回灞桥，而关大山居然就为他开关放行，也不怕他一怒之下撕碎了颠顶的自己呢？

　　又是什么，让赤研瑞谦突然翻脸，枕戈待旦，又派兵抄了朱家的鸿蒙商栈呢？

　　这个答案显然还在青华坊中。

　　等到李秀奇出现在灞桥城下，搞不好赤研恭和自己都要在这场豪赌中输得一干二净了。

　　现在这个非常时刻，什么花渡之战、白安之乱，已经完全没有人在意了。整个南渚的四城二十一镇，都被卷入了一场你死我活的纷争，不到最后一刻，不知道鹿死谁手。

　　"二哥？"

　　"走吧，你跟我去见一个人。"陈振戈憋住一口气，再次站了起来。

六

　　夜色更深了一层，刚刚还在青水之上游弋的画舫现在全部熄了灯火，那些明艳瑰丽的美人和悠长流转的舞乐消失了，醉酒恩客的笑声也已销声匿迹。这一场大火，让灞桥城里依旧纸醉金迷的那个锦绣世界完全崩塌了。

扶木原的战事已经进行了数月，平明古道商贸不通，灞桥粮秣短缺，那些在檐下街角蜷缩着、饿得有气无力、奄奄一息的平民百姓不知将在这个混乱的夜晚何去何从。

青水悠悠，火光给它覆盖上了一抹嫣红，陈振戈一行再次路过了那座宏阔的废墟，即便没有今日的这一场大火，这里依旧鬼影阴森。几个月前，吴宁边的使臣李子烨带着他的随从，曾一把火点燃了澜青使臣卫成功下榻的驿馆，那冲天而起的火焰燃烧了整整三天。而在今夜，陈振戈终于见到了更为声势浩大的火焰，这一次，不知道又要何时才能停歇。

陈振戈在心底叹了一口气，即便整个灞桥乱成了一锅粥，这里依旧是人烟稀少的不祥之地，在成为青华坊的官驿之前，这里正是道家的大宅，在八年前的那一场屠戮里，宅子里的一百多口都被赤铁格杀，鲜血染红了青水。那时候灞桥的水栅还没有落下，道逸舟便是和死者一起顺着青水，被冲去鸿蒙海中，才逃出生天。而今这些路边的石板，上面还隐隐有些褐色的瘢痕，传说那便是旧年的血迹。谁能想到，而在今年的炎夏，这充满怨念的宅邸，终于又被吴宁边的使臣付之一炬了。

没错，现在他要去见的，正是这宅子最后的主人，南渚道家唯一的幸存者，赤研星驰的妻子，道婉婷。

火光熊熊，折腾了一整晚，他的每一步都格外艰难。

冠军侯府离画舫街并不远，占地不小，却因为常年没有主人在家操持，而显得格外冷清。在这两三年，赤研星驰终于从木莲归来，却又忙于军政要事，在家的时间也非常有限，因此

旧时雨　　243

这富丽堂皇的宅邸依旧没有热闹起来。

既然现在无法回到武英公府，那么他实在想不出第二个应该去的地方了。

想到道婉婷，陈振戈的感觉是复杂的，陈家和道家是世交，两家的孩子从小便是在一起玩大的，可是那个清晨醒来，阿公已经早早穿戴齐整，一脸严肃地告诉他，道家没有了。

"没有"是什么意思？十二岁的他还不知道什么是害怕，他跳到院子里，还没容他去大街上看个究竟，就发现了哭了满脸花，一定要回家去的道婉婷。他忽然便觉得这个热闹没什么意思，还是不要去看了吧。

之后这么多年，以前笑意盈盈的道婉婷再没有真正开心过，甚至赤研星驰回来之后，她也很少露出笑容。因此，当他得知赤研星驰在箭炉居然和扬一依搞到了一起时，他其实并不意外，赤研星驰不可能喜欢道婉婷的。即便道婉婷也是大户人家，琴棋书画无一不精，甚至十六岁就隐秘地继承了道家的灵术余脉，其技艺之高超，几可谓冠绝南渚，但是她早已变成了一具残损的躯壳，只是一心想着要用尽气力，把她的丈夫推上大公之位，拿回他们两家已经失去的东西。

这样一个女子，赤研星驰敬她、重她，但是到底会有多喜欢这个一心权谋、不计代价的冷淡女子呢？这两个人身上背负的东西，都太过沉重了。不过在这车马喧嚣的灞桥，在这一座座豪华宏阔的宅邸中、在万众瞩目的锦绣堆里，谁又能活得比较轻松呢？

"这是哪里？"陈振甲对灞桥并不熟悉。

"跟我来吧。"陈振戈整了整他那已经没法看的衣衫，叩响了冠军侯府的大门。

"你来了?"他的狼狈没能激起道婉婷的半点兴趣,她的冷淡一如往常。

和想象中并不一样,整个灞桥已经沸反盈天,但这里还是一片幽寂。除了几道白幔,冠军侯府一切如常,并没有什么哀戚的气氛,连蜡烛都是红的,正在房中踱步的道婉婷缓缓停下了脚步。

"外面怎么这么吵,难道赤研瑞谦动手了吗?"她缓缓落座。

"他们在甘渊门屯了重兵,而且派人把鸿蒙商栈抄了。"陈振戈摸摸自己的半边眉毛。

"哦,那便是还没和赤研井田撕破脸。"

"他抄了鸿蒙商栈,这还不算撕破脸吗?"

"不算,如果真的撕破脸,他便会冲进青华坊了。这两兄弟现在,还是没有打破彼此间的联盟。"

"已经剑拔弩张成这个样子了,赤研井田日后会放过赤研瑞谦吗?"

道婉婷摇了摇头,道:"他们从来没有互相信任过,他们之所以联合,是要共同面对更大的威胁。"

"共同的威胁?"陈振戈困惑地摇摇头。

"这是,振甲吗?"道婉婷发现了在陈振戈身后的陈振甲。她此刻有孕在身,一向瘦削的脸庞丰盈起来,倒平添了几分亲切。

"是,见过道家姐姐。"陈振甲年纪较小,来灞桥又少,对道婉婷的印象已很稀薄。

"这又有好几年了，上一次见你，你可没有这样健壮。"道婉婷走上两步，拉住了陈振甲的手，手上微微颤抖。

"若不是性命攸关，我真是想就赖在你这里，再也不出去了。"陈振戈真是累坏了。

"是啊，整个灞桥都在为明天忙乱，这里可能是灞桥最清冷的地方了。"道婉婷的目光扫过那些高高的梁柱，嘴角露出一丝讥讽的微笑。

"外面已经乱成这个样子了，你还觉得冠军侯的灵柩会正常进城吗？"

"自然，灵柩不入城，大家都没有戏可唱。你明天可以替我去看看。"道婉婷把刚刚那一点点激动又收了回去。

"好。"陈振戈轻咳了一声，不知道怎么回应才好，他当然明白道婉婷话中有话，明天虽然是赤研星驰灵柩进城的日子，但是因为道婉婷有孕在身，在礼制上，是不能参加太庙的仪式，也不能和死去的丈夫照面的。道婉婷家族覆灭、丈夫常年为质木莲，空有一个高贵的身份，本来就无人问津，这一下赤研星驰一死，更是门庭冷落，虽然明天青华坊要大张旗鼓迎进城来的是她的丈夫，但是这件事早已经和她毫无关系了。

"你的话没有说完，为什么你会这么慌，认为赤研瑞谦和赤研井田一定会翻脸？到底发生了什么事？"道婉婷放下了手中的茶盏。

"李秀奇突然回来了。"陈振戈看了一眼陈振甲。

"李秀奇？他不是还在四马原吗？"道婉婷皱起了眉头。

"我们得到了确切的消息，他的骑兵已经过了箭炉了。"

"关大山也没有拦住他吗？"

"没有，"陈振戈摇摇头，"我也不明白这其中到底发生了什么。"

"不行，"道婉婷抚着肚子慢慢站了起来，"赤研井田和赤研瑞谦不死，赤研恭怎么上位？赤研星驰死了，但是这个孩子还在，南渚，是他的！"

道婉婷语气平淡，话语中却一股沉重的肃杀之气。陈振戈听得打了一个寒颤，不由得嗓子发痒，轻轻地咳了一声。

"赤研恭，听说可是很反复无常的？"陈振甲有些迟疑。

"但他也有他的优点，他够果断，我会帮他一统八荒的，这是他欠赤研星驰的。"

"赤研恭不会把婉姐怎样，"陈振戈道，"因为整个灞桥，婉姐是唯一知道南山珠下落的人。"

"不错，"道婉婷笑笑，"说起来赤研恭能够这样重视我，还要多谢那个庚山子，我和赤研星驰都笨得要命，都以为日光木莲一定会竭力帮助他，因为他的身上有着朝家的血脉，却全然没有想到，在朝守谦面前，什么血脉宗亲，全都不值一提。他们要的，是一个全面倒向木莲的南渚，而庚山子来到灞桥，选择从来也不是只有一个赤研星驰。"

"所以，恭世子？"

"不错，日光木莲选择了赤研恭，因为他要亲赴白驹之盟，他坐稳大公之位后，南渚将不再是木莲一统八荒的障碍。"

"不可能的。"陈振戈摇摇头。

"对，不可能的，"道婉婷摇摇头，"木莲当然也知道，赤研恭不仅仅想要南渚，他想要的是整个八荒。可是这个人不像赤研星驰那样畏首畏尾，他连自己的父亲都敢算计，为了登上南

旧时雨 247

渚大位,把这四城二十一镇搅得支离破碎也在所不惜。这一点上,赤研星驰还是败了。败在他还没有登上铁木海兽椅,就以为这南渚都是自己的,一丝一毫也败坏不得了。"

"我有的时候,对他还是有一点点失望的。"道婉婷的声音很轻。

"可庚山子是晴空崖的代表,这八十年来,他们庚家一直在支持朝家统一八荒,他怎么会让赤研恭更加重视你呢?"

陈振戈的话没有说完,他还想问,作为赤研恭竞争对手的遗孀,你知道杀掉你丈夫的,不是别人,正是这个口口声声说要给你和腹中孩子庇护的南渚世子吗?

七

"因为赤研恭去了一次日光城,带回了木莲太子的承诺,庚山子对他说,道家当年反出晴空崖,是幽虚派的中坚力量,而我便是一根独苗,留下,迟早是个祸害。但是,赤研恭本来对木莲就是虚与委蛇,晴空崖如此重视我这个对手,他又怎么会不好好留下我呢?不然,将来八荒大地,谁还有能力去集合幽虚派,帮助他反对日光木莲呢?"

"这个庚山子应该也没有想到,他居然会帮了你的忙吧,他也不知道,你早已经派人联系晴空崖,要以支持冠军侯为交换条件,送上南山珠了。"

"是啊,"道婉婷叹了一口气,道,"这世间的事,就是这般微妙。不知道唐笑语如今怎么样了,若是她知道赤研星驰已经死了,是不是还会依然远上晴州。"

"那个姑娘我还有印象,你要我推荐给赤研恭的。"

"就是她,"道婉婷低头,抿了一口杯中的茶水,"这样可爱又有天赋的女孩子,不应该留在我的身边。"

陈振戈也自顾自摇了摇头,这一刻,他又想起了靳思男。

"谢谢你今天赶到这里,李秀奇回来,赤研恭危险了,我也危险了。"

"不仅仅是这样,还有陈家在城外的两万营兵,甚至整个青石都危险了,"陈振戈苦笑道,"因为我们一样,都被赤研恭捆在他的独木舟上了。他从扶木原贩往吴宁边的粮食,当时是我和朱家对接的。"

"是吗?"道婉婷有些诧异,"看不出来,你也是敢放手一搏的人,不过为什么当初我希望陈家可以支持冠军侯,你们却迟迟没有回复呢?"

陈振戈看了道婉婷一眼,道:"惭愧,我是被赤研恭算计了,当时我并不知道他要朱家操盘的是这样的生意,等我反应过来的时候,李秀奇在四马原这一战,败局已定了。"

道婉婷嘴角浮起一丝笑意,道:"这下可要坏了,李秀奇要气急败坏地回到灞桥来兴师问罪了。"

陈振戈苦着脸道:"婉姐,也就是你,这个时候还能说笑。"

"是了是了,我在说笑,我们关系再好,你也不能把青石陈家押在一个优柔寡断的赤研星驰身上,更何况,通过你,武英公已经在赤研井田和恭世子身上下注将近二十年。如今,也是该你们青石陈家收获的时节了。"

"可是,你们有没有考虑过,对赤研家取而代之呢?"道婉婷皱皱眉头,又道,"不好,不好,这未免过于冒进了,起码在赤研恭这一代,还不行。"

"婉姐,这些话,你怎么能够随便乱说呢?"陈振戈已经出了一身冷汗。

"你害怕了?武英公在和平武侯一样,几十年经营下来,现在正是左右南渚的关键力量,和赤研家比起来,你们又差些什么?大概是道统吧。南渚这个地方,死脑筋的人还是多,灞桥这些大大小小的官吏,大概还是在把你们当作长州边境的乡下人。但这点好解决,不听话的,杀掉就是了。"道婉婷微微蹙眉,道:"对了,还有八荒权贵的支持,你看,赤研恭为什么拼了命也要把扬一依撬到手,他看到的是扬家在中州和木莲的影响力。但是,扬一依如此聪明,只要能够互相得利,你们也不用费什么额外的工夫呀?哦,还有,为了打通晴州的关系,拿着南山珠的我不也是一个宝贝吗?"

"道统、权臣、晴州灵师?"

"不错,这样看看,无论是你们陈家,还是李秀奇的野熊,要对赤研家族取而代之,也并不是那么困难吧。"道婉婷似笑非笑。

这一瞬间,陈振戈的心意居然真的有了那么一丝动摇,他好像看到自己已经坐在了那张铁木海兽椅上,整个灞桥、整个南渚,不,是整个八荒都匍匐在自己的脚下。那种畅快是寄人篱下的他从未体验过的,然而,坐在那个宝座上的一定是自己吗?不是父亲吗?还是大哥?他又看了看旁边有些茫然的陈振甲。如果大家都很想坐上那个说一不二的位置,自己该怎么办呢?

"二哥，大哥还在城外等我们的消息！"

陈振甲的低声提醒打断了他的思绪，陈振戈的头脑中轰的一声，那些瑰丽又危险的幻想顷刻灰飞烟灭。在那一瞬间，他忽然有些理解了赤研恭的疯狂。权力，无上的权力是如此诱惑人心，哪怕想一想，他便不再是自己了。

他平静了一下自己的心绪，道："婉姐，今天傍晚的青华坊上，赤研瑞谦和赤研井田都未出现，这还是破天荒的第一回，也正因为赤研瑞谦见不到赤研井田，之前赤研井田所定下的开门迎接冠军侯灵柩的命令也就必须执行。也就是说，至迟到明日清晨，那隔开青石和赤铁两军的城门即将洞开，再不会成为双方短兵相接的阻碍。但是我看赤研瑞谦的排布，就算他不会直接攻入青华坊，我们也没有明天了。"

"你还是想问我，赤研瑞谦会不会在太庙停柩前公开和赤研井田发生冲突。眼下在灞桥留守的赤铁，虽然数量上远远及不上城外的青石营兵，但如果赤研瑞谦真的意识到了危险，绝不会等到天明再开始行动，也许趁着今晚的夜色，便要把这灞桥城内的其他赤研及不听话的群臣一扫而光了。对不对？"

"没错，我们是这个意思。"还没等到陈振戈回答，陈振甲率先说了话。

"对，就连武英公府和镇南公府外，都有赤研瑞谦以防备骚乱为名派来的赤铁，而且，就算赤研瑞谦还有顾忌，那个南海侯赤研弘还是谁都无法掌控。他们已经点着了阳坊街，难道就不会点着青华坊吗？连那个李子烨，几十个人，都可以点燃灞桥，更不要说赤研瑞谦这数千赤铁了。"

"即便是那样，我们也要忍耐。"道婉婷缓缓道。

旧时雨

"忍耐？道家姐姐，我们的性命都在今晚，再忍，就忍没有了！"

"李秀奇不是已经赶往这里了吗？野熊和赤铁的矛盾由来已久，李秀奇当年的下狱，也是赤研瑞谦的手笔，如果今晚赤研瑞谦杀了赤研井田父子，李秀奇会承认赤研瑞谦的宗主身份吗？换过来想一想，如果他也杀了武英公、你哥哥，青石的陈家会当做什么事都没有发生过吗？"

陈振甲憋红了脸，道："为什么不会？赤研井田父子死了，他们也一定会来这里杀了你，这样赤研家只有他和他的儿子，他名正言顺，就是南渚的唯一继承人了。这种时候谁要是打出消灭他的大旗，就是谋逆。南渚四城二十一镇目前四分五裂，哪怕强如平武侯或我们陈家，也是不敢冒这样的风险的。"

"谁说我们都死了，赤研家就再也没有人能够威胁到赤研瑞谦和他那个蠢儿子了？"

"啊？还有谁吗？"

陈振戈已经明白了。"振甲，还有一个人。"他看看婉婷道。

"还有谁？"

"冠军侯。"陈振戈慢慢说出了这三个字。

道婉婷点了点头，道："知道为什么所有人都报告我的丈夫已经死在了四马原，但是赤研井田却一定要他的尸首回归太庙吗？"

"因为只要冠军侯一日不回灞桥城，他就活着，谁也不能说他死掉了。即便他真的死了，只要没见到尸首，所有坐在铁木海兽椅上的赤研，都会坐立不安、如坐针毡。"陈振戈接着道。

"是啊，无论是李秀奇还是青石陈家，都可以打着他的旗号剿灭赤研瑞谦,并在适当的时刻,让他重现人间,"道婉婷轻轻叹了口气,道,"在八荒历史上,南山珠只出现过那么几颗,但是通过灵师复活的人却不计其数。你说,他们是怎么复活的呢?"

"原来如此,"陈振甲站起身来,道,"所以所有的人都在等着冠军侯回来,一定要他的灵柩停进太庙,昭告天下,真正的厮杀才会展开!"

"嗯,尤其是赤研瑞谦和赤研井田二兄弟,他们已经十几年没有安稳地睡过了,是绝对不会让这样的事情再发生第二次的。"

"什么意思?"这回轮到陈振戈惊讶起来了。

"十三年前,南山珠降世,他们兄弟二人疯狂追索,以至于那个发现南山珠的采珠人和我们道家满门为此而死,你们知道为了什么吗?"

陈振戈和陈振甲不约而同都摇了摇头。

"这是一个差一点被带进坟墓的秘密,"道婉婷的脸上平静无波,"道逸舟死了之后,这世上,也许只有我一人知道了,"道婉婷的声音轻轻的,"前世子赤研洪烈的坟冢,是空的。"

"啊?"这个消息太过不可思议,陈家兄弟都呆住了。

"原来他们穷凶极恶地追索南山珠,不是为了救人,而是为了阻止一个人的复生。"陈振戈口中喃喃。

道婉婷的话像一道闪电,划过他的脑海,他终于明白了很多一直都想不通的事。

比如,赤研星驰为什么可以在夹缝中艰难但却毫发无损地活着;比如,赤研瑞谦和赤研井田两兄弟为什么愿意分享权力，互相猜忌又互相扶持。因为他们在共同面对着巨大的恐惧和不确定，他们不敢也无力独自承担。他们午夜梦回之时，总会有那么一点不确定，他们失踪十几年的大哥赤研洪烈，会不会突然出现在他们面前。夜晚因此变成了噩梦，从此，他们只能在煎熬中度过每一天。

但年轻的赤研恭没有体味过这种滋味，更毫无负担，所以赤研星驰就这样死掉了。

第七章 国葬

丝竹声起,大殿正中早已放好了一具金丝楠木大棺,上面镶嵌着四道薄薄的金钿,好像四道绳索,把这棺木牢牢绑缚着。

"这是晴州和合棺的形制。"赤研恭的声音在空阔的享殿内回响,不知哪里飘来的绿色的萤火,落在大殿深处那些高低错落的神主牌上。

扬一依惊道:"你要把他锁在这棺木里,再葬入后山吗?"

一

夜风卷起了烈焰，灞桥城在熊熊燃烧着。

窗外高远的夜空，一片静寂中，一点红光在诡异地闪耀着。她记得在东川一直都有一个传说，如果人间的英雄死去了，就会化作天上的流星。适才那颗一闪而过的星辰，不知道是不是终于回到灞桥的赤研星驰。

长夜过半，武英公府里却灯火通明。海鹰陈穹高坐在明堂正中的椅子上，进入灞桥以来，扬一依第一次看到他穿上了铠甲。

这是一位魁伟的老人，即使已经年高发福，但是一身骨头还在，那伤痕累累的战甲还在，仿佛只要站起来，便还可以舞动长枪，叱咤风云，一往无前。

赤研弘紧跟着赤研瑞谦向前一步，面对不速之客，陈穹的脸色没有任何变化。

陈可儿还是一袭黄衫，就站在陈穹的身后。在灞桥，武英公陈穹永远是一个和蔼的长者，尤其溺爱孙女陈可儿，有时候，还会有点小糊涂。但对南渚政坛稍有了解的人都不会忘记，这个有着淳族血统的蛮族后代，最辉煌的时光都在与父族的血战中度过。可以说，青石城周边的千里疆域，都是他海鹰陈穹一手打下来的，为此，他不知血洗了多少长州的淳族部落。在他的前半生，他从未试图踏足灞桥城，但十三年前，当他带着青石大军开进灞桥后，就再也没有离开。

"陈振戈去了哪里？"赤研弘带进来的赤铁塞满了半个武英公府，他怒气冲冲地喊了起来。

"不得无礼！"赤研瑞谦喝住了赤研弘，走上一步，抱拳道，"夜深了，打扰了武英公的休息，真是过意不去。"

"威锐公，明日冠军侯的灵柩就要进城了，怎么这么有空，这时候来到我这里了？"

赤研瑞谦看了看左右，文兴宗挥了挥手，道："带上来！"

两个膀大腰圆的赤铁一左一右，把圆滚滚的朱盛世拖了上来。

这时的朱盛世再不是平日里那副富贵雍容的模样，帽子早被扯掉，身上横七竖八地被粗大的麻绳捆作一团，连步子都迈不开，左右赤铁把手一松，他咚地就倒在了地面上。

陈穹眉头一皱，道："威锐公，这是什么意思？"

"陈公，没有当年你的支持，便没有今日的青华坊，这一点，我们都是感激的，"赤研瑞谦看了看地上的朱盛世，冷哼了一句，"只是如今有人花了大气力，想要离间我们兄弟，事涉南渚朝堂，我不得不追究到底了。"

文兴宗踢了朱盛世一脚，道："朱掌柜，你把刚才在鸿蒙商栈前说的话，在这里再说一遍。"

"撞到头了，哎呀呀，脑壳痛得厉害，痛得厉害。"朱盛世一边嘟囔着，一边用力一滚，翻到了一旁，痛苦地闭上了眼睛。

"你他娘的！"赤研弘蹭地拔出了随身的匕首。

扬一依屏住了呼吸，不管朱盛世适才说了什么，此刻一定会万分后悔，赤研弘的手段，她是见过的。

"威锐公，你儿子在我武英公府里面亮刀子，是什么意思？"陈穹缓缓睁开了眼睛。

赤研弘停住了走向朱盛世的脚步，回头看看赤研瑞谦。

人们说海鹰陈穹不仅有卓绝的武力，还有精明的头脑，在前世子赤研洪烈风光无限的时刻，唯有他把宝都押在并不受赤研享喜欢的三公子赤研井田身上。如果早知道赤研兄弟有带刀走进武英公府的一天，当初的陈穹还会做出相同的选择吗？

赤研瑞谦摆了摆手，道："不忙。"

赤研弘咬着嘴唇，老大不情愿地把刀子收了回去。

"陈公，当年你带兵进入灞桥，控制了我大哥的人。这个情，先公领了，我和大公也认账。一晃这许多年了，青石好好的，还在你们陈家的手里，我不知道你对我赤研家究竟还有什么不满的地方。若是有，你可以说说看，只要你说的有道理，今夜的事情就到此为止，我不会向赤研井田提及，青石守备仍旧由你陈家世袭罔替。"赤研瑞谦的声音硬邦邦的。

"威锐公，你说的都是些陈年往事，如今我早已经老了。欲加之罪，何患无辞！"老了老了，陈穹眼中的犀利却是一丝一毫也未曾减退，"陈穹不过一介武夫，而能位极人臣，可以和树大根深的李氏家族平起平坐这许多年，我早就心满意足了。只是我不知道，你今日忽然旧事重提，又带人闯进我武英公府，到底为了什么？"

"我为什么带兵进来，你最清楚，大概和你披甲待旦，所为的是同一件事，"他转过身来，道，"我们的朱典史不愿意说话，也不要紧。"

他走到旁边两个蒙着布的担子，把那上的盖布一掀，露出满满两大担书簿来。

"这是今年鸿蒙商会和扶木原各仓粮秣交通的记录。"

他随手抽出一本,啪地扔到了朱盛世面前,道:"这上面一笔一笔,都记得清楚。在灞桥,有人帮着吴宁边把扶木原的粮库掏了个干净,这个人是谁?"

没有等到朱盛世的回答,这回换了赤研瑞谦亲自拔出了身上的佩刀,那幽寒的刀锋落在了朱盛世的脖子上。

"说吧,你只有一次机会。"

朱盛世的整个脸都扭曲了起来,抬起头来看看陈穹,又看看手里握着钢刀的赤研瑞谦,终于道:"是,是陈振戈!"

"好。"赤研瑞谦收刀,回鞘时故意一拖,在朱盛世的脸颊上划出一道长长的口子,朱盛世立即长声惨叫起来。

"糟了,"身后的靳思男扯了扯扬一依的衣襟,"他们要动手了。"

扬一依伸出手去,轻轻握了握靳思男冰凉的手掌,小声道:"没事的,不要急。"

人都说关心则乱,朱盛世口中这一声陈振戈,身后的靳思男和前面的陈可儿,脸上都变了颜色,可陈穹还是一样的面无表情,不慌不忙啊?

"陈公,我们敬你年长,也佩服你懂得做人,才让你留在灞桥,任陈家的子孙牢牢控制着青石的广袤疆土。你就是这样回报我们赤研家的吗?"赤研瑞谦语调渐高,好像每句话都带着火。

"陈家横行青石这许多年,长州淳族蛮王几番觊觎,我们都挡了回去,从桃枝港到红豆镇,没有任何势力可以挑战你陈家的权威，这是我们的承诺。但你的呢？如今陈兴家千方百计想要进入灞桥，你又要挑拨我和井田之间的关系，到底是为了什么？难道这铁木海兽椅你还有更合适的人选？你有没有想过，你首肯了，李秀奇肯答应吗？"

赤研瑞谦缓缓抬起头来，眯着眼，道："明天一早，赤研星驰的尸体就会进入太庙，这个小兔崽子已经死得透透的了。你陈家在南渚内忧外患的关键时刻播弄是非，想要把我和赤研井田一举掀翻，你到底在想什么？在想那个死了十几年的人，会回来吗？"

赤研瑞谦抬手掀翻了身旁的桌子，乒乒乓乓，桌上的杯盏碎了一地。

扬一依早知道捉住破绽的赤研瑞谦绝不会善罢甘休，也对他今晚举事做了充分的心理准备，可他现在说的话却让人听不懂，他到底在说谁？难道都这个时候了，他还不相信赤研井田会对他动手吗？

"如果，他真的没死呢？"赤研瑞谦的质问，陈穹无动于衷，只是此刻把头缓缓扭了过来。说了这一句，赤研瑞谦竟然下意识地后退了半步，眼睛向窗外看去。

一阵夜风将鲸脂巨烛的火焰吹得左摇右晃，给这扩大的厅堂平添了几分诡异。

"你不是也看到了，他的血流得那样多，一定是活不了了！"赤研瑞谦的声音竟然有些异样。

"我当然看到了，"陈穹微微一笑，"卫中宵被你骗来关在狱中，怎么折磨，也不肯说出他的去向。你心里清楚，就算他带走了赤研洪烈，也不过是一具尸体。不然李秀奇和卫中宵

旧时雨 261

早就乘势而起了。我们这些人里，坚信赤研洪烈没死的人，不是我！"

"那可是赤研洪烈，"赤研瑞谦的声音阴森森的，"都说重晶之地的海兽之血可以永生不死，赤研家，也是海神余脉，这你也是知道的。而且，哪里有那么巧，他一失踪，鹧鸪谷便发现了南山珠，只要一日我们没有拿到这南山珠，他便还有复活的可能！"

"赤研瑞谦，已经过去十几年了，就算有了南山珠，赤研洪烈的肉体也早已成为一堆白骨，再高明的灵师也不可能将他复活了。你还要赤研野扼住百鸟关，四处追杀卫中宵，何苦呢？"

赤研瑞谦的脸色铁青，咆哮道："你不是他的弟弟，你不会明白的！"

"你听到他们说什么了吗？"扬一依惊得睁大了眼睛。

"好像是说有人没死？"

"赤研洪烈没死？"扬一依口中喃喃。她举目望去，这明堂空阔，烛火照射不到的梁柱间一片幽暗，不知什么时候生起了一股凛冽肃杀之气，夜风卷来一片细小的黑色灰烬，正从她的眼前飘过，她好像又回到了紫丘的那一场大火。

他们人、马疲惫，正跟在敞着衣领的陈兴波身后，从紫丘那巨大的余烬未熄的粮仓下走过。

二

"他们不知道，你不会不清楚，"赤研瑞谦摇头，"我和井田是不会相互猜忌、离心离德的，我和他才是最知根知底、牢固忠诚的一对，不然十三年前我们就死了。"

"你以为前几日井田派去箭炉的只有朱盛世吗？"赤研瑞谦走到朱盛世面前，捏住了他的脸，朱盛世脸上伤口不浅，这一捏之下，伤口迸裂，他又长声惨叫起来。

"你出来吧。"赤研瑞谦招招手。

从他身后的赤铁中走出一个少年来，半跪在地，行了一个标准的军中大礼，道："拜见威锐公。"

"这个孩子，你不认得，可是你那个好孙儿一定认得，他就是关大山的儿子关路通，此前一直在青云坊中学习的。出了坊，我便把他留在身边了。"

他站起身来，把周围环视了一圈，道："李秀奇现在已经过了箭炉，现在，正在回到灞桥的路上，野熊就要回来了，而给李秀奇打开箭炉城门的，就是我！"

"矫命杀了赤研星驰的，也是你吧。"赤研瑞谦的眼光中充满了怨毒，"你以为占据了青石的边地，便可以有机会将赤研家连根拔起吗？明日太庙之上，想要对我动手？！"赤研瑞谦哈哈大笑起来。

在赤研瑞谦的笑声中，陈穹终于坐不住了，呼地从座位上站了起来。

这是真的吗？赤研井田和赤研瑞谦一直在唱双簧？扬一依看着一旁默不作声的那个少年。城内的赤铁抵住城外的青石营兵，而李秀奇的到来，将会使陈振羽面对内外夹击的局面。只是，赤研井田知道吗？这一切的始作俑者，并不是走在台前的青石陈家，而是藏在幕后的赤研恭？

"前几日，海潮阁中，大公不是还问了你很多问题吗？"

旧时雨 263

气势汹汹的赤研弘忽地转过身来，一股寒意袭上了扬一依的脊背。那一日海潮阁中，她已经亲口承认了和赤研星驰曾在箭炉私会，当日在场的，都是赤研井田的铁杆心腹，这样的消息，是绝不可能传到赤研瑞谦和赤研弘的耳中的。如果真如赤研瑞谦所说，他们兄弟的不和，不过是在做戏给外人看，那么赤研弘一定已经知道了自己腹中的孩子，未必是他亲生了。

她浑身都僵住了，用眼角的余光扫视了一眼周围的赤铁，此刻如果赤研弘发作起来，是绝不可能逃得掉的。事已至此，她也只能听天由命了。

赤研弘走了过来，眯起眼睛，把头伸到扬一依的耳边，道："他都问了你些什么？"

扬一依心里一松，才发现冷汗浸透了内衣，原来赤研瑞谦父子一直在虚张声势。

"你不要生事，"心中有了底气，扬一依向后躲了躲，道，"我去海潮阁，是去茶庐见冠军侯夫人，并没有见到大公。"

"道婉婷？你去见她做什么？"赤研弘一把捏住了扬一依的手腕，用起气力向上掰去。

一股钻心的疼痛冲上了扬一依的鼻尖，她的眼泪马上呛了出来。

"你把手松开！"扬一依强忍疼痛，小声道。

"快点说！"赤研弘近乎咬牙切齿。

怎样回答才好？无数的念头在她的头脑中飞转，但赤研弘手上加力，剧痛像一把利刃直插入脑，她已经再也做不了任何思考了。

"我有身孕了！"扬一依从牙缝里蹦出了这几个字。

这一声喊叫冲破了明堂上剑拔弩张的气氛，吸引了所有的目光。

"我去见道家姐姐，自然是要问她，怎样才能照顾好腹中的孩子！"

"你说什么？"这个答案太过意外，赤研弘愣住了，不知不觉地松开了手。

"你就这样对我吗？"扬一依实在是太痛了，她抬起手来，手腕上几个乌青的指印，她的眼泪不禁簌簌而落。

即便在此刻，她还不忘一只手拉住靳思男，这个丫头也压抑得太久了。

"你的意思是，你有孩子了？"赤研弘竟然退了一步，"这样的大事，怎么不早点说！"

他的眉毛扬了起来，无比惊愕。

"文兴宗，夜深了，你先送夫人回府，告诉他们好生照顾。"赤研瑞谦看看扬一依，又看看陈穹。

"唯令！"文兴宗大踏步走上前来。

"你一点规矩都没有，居然吼我，今晚的这两声喊叫，我记住了！"赤研弘的毛茸茸的手掌伸了过来，托住了扬一依的脸颊，粗糙的拇指在她的脸上缓缓擦了擦。

扬一依仰头让过，道："我先走了。"

"夫人请。"文兴宗抬手，两边的赤铁让开了一条道路。

这一队士兵和那日青华坊前迎接的赤铁不同，他们今晚就是为了杀戮而来，手掌从来都没有离开过刀柄。

扬一依深深吸了一口气，今晚到底会发生什么，会有人不紧张吗？

旧时雨　265

一路上,她紧紧拉住靳思男的手。她在想,如果青石营兵无法入城,自己究竟应该怎么办。现在赤研瑞谦攻入武英公府,已占了先机,等到他控制了青华坊,自己和赤研星驰在箭炉私会的事情一定会败露,到时候以赤研弘的凶暴,还不知会做出什么样的事情来。

海潮阁中,赤研恭曾将她私会赤研星驰的秘密告诉了赤研井田,赤研井田也确如他盼望,认为赤研星驰之死是威锐公府对此事的报复。这不过是赤研恭挑拨他的父亲和伯父关系的伎俩,可是如今,却变成了扬一依不得不面对的严重危机。赤研恭布下的暗线,朱盛世已经被拔起,还连带着拉出了陈振戈。如果陈振戈落入赤研瑞谦的手中,那么赤研恭显形的时间也不远了,他想到过这样的结局吗?

自己和赤研星驰的这春风一度,到了今天,终于显露出了灾难性的后果。

这可不是她想要的,她当初和赤研星驰的这一场露水姻缘,是为了掩护腹中的孩子,也想要借机掀起南渚内部的风暴,可是如今风暴已经刮起,自己到底要不要束手待毙,被这无形的风暴吞噬呢?

现在,父亲未死,她重新变成了那个有着巨大利用价值的吴宁边公主,可她面对的是赤研弘,这个生性凶暴的少年是不受控制的。

扬一依心事重重地跟着文兴宗走出了武英公府。

"夫人,请上车吧?"文兴宗掀起了车帘。

由赤铁开道,车子在街面上晃晃悠悠地行进着,一摇一摆,对面的靳思男脸色不佳,一直对窗外探头探脑。

"在担心陈振戈吗？"她自然知道靳思男在想什么。

"也不知道他在哪里，如果要是突然回去武英公府，那就糟了。"靳思男被窥破了心思，脸上一红。

"他们强冲进武英公府去要人，又并不搜寻，我看，八成是知道陈振戈的下落的，不过是借这个由头，希望逼迫陈穹合作罢了。"

"啊？你的意思，他们刚才那些话的真正目的，是要青石营兵倒向威锐公府？"

"没错，若是赤研兄弟真的毫无芥蒂，他完全可以等到明日太庙停柩再摊牌，现在跑去威胁陈穹，只有一个可能，他在害怕赤研井田，害怕青石营兵进城，也害怕李秀奇的到来。"夜风一吹，扬一依的思路慢慢清晰了起来。

"色厉内荏的混蛋！"靳思男恨恨道。

"陈公子那边，既然赤研瑞谦在担心他，你便不用担心了。"

靳思男也是极机灵的，一点就透，用力点了点头。

然而威锐公府的车驾还没走上多远，便突兀地停住了。扬一依拨开窗纱，看到前方大批百姓混乱地拥了过来，护驾的赤铁不明状况，马鞭挥舞，但根本喝止不住混乱的人流。

"夫人，赶快下车。"文兴宗硬挤了过来。

"前面这是怎么了？"

还没等到文兴宗回答，轰的一声，远处的阳坊街上一片惊呼，是鸿蒙商会被烈焰吞噬，屋架轰然倒塌，平地炸起无数飞溅的火苗来。扬一依走下车子，火借风势，那数丈高的火舌像狰狞的恶魔，正在吞噬着面前的这道街巷。

"退，退！保护好夫人！快退！"文兴宗喊了起来，"火向这边烧过来了！"

此刻的大火，就像一汪活水，在夜风的鼓动下四处满溢，把连片的店铺民宅都席卷其中，瞬间便吞了个一干二净。

只一眨眼的工夫，火焰就越过街面，被烈焰追逐着，百姓们再也顾不得什么权臣贵族，迎头冲散了这一队赤铁。性命攸关，一行赤铁护着扬一依没入人流，也跟着人们奔跑起来。

"想要回去，不容易了！"文兴宗咳嗽着，青水对岸，除了威锐公府的微弱灯火，还是一片黝黑。

"那是什么？"烟尘四起，把扬一依呛出了眼泪，她也在向青水西岸探看，却看到灞桥的西南角，忽地升起了一丛小小的火焰。是火把吗？她擦了擦眼睛，是什么东西烧了起来，这么远的距离，连高大的灞桥城墙都显得异常矮小，这火焰升腾得如此之高，若是在近处，大概也不会比阳坊街的火势更小吧？

"甘渊门，是甘渊门方向，那边也着火了。"斥候连滚带爬地找到了文兴宗。

"怎么回事！"火光映照着文兴宗扭曲的脸，"青石的营兵发动了攻击吗！"

此刻每个人都在嘶吼着，火随风势，呼呼作响，没有人能听得清其他人在说些什么。

三

"这边太乱了，我们得想办法过桥去。"文兴宗指挥着赤铁护住扬一依，一点点向灞桥的方向靠拢过去。

"这么多人都要逃命,到了灞桥,会不会被挤下河里去?"

靳思男话音未落,那边刺啦一声,扬一依已一把扯下了自己的粉白裙摆,虽是盛夏,但是南渚贵族仍是衣着繁复,在这样紧张的逃命时刻,这些长长的衣料,不是被人踩住,便是被杂物刮到,若是摔倒了,腹中的孩子就危险了。

"要快些,灞桥上有赤铁驻守,如今情况一时一变,若是晚了,能不能过去也不好说了。"

"夫人?"

这边文兴宗急得火上房,扬一依却一动不动,此刻月亮从乌云的背后露出一丝光晕来,在那乳白色的亮光中,传来了一声尖唳的啸叫。紧接着,地面上投下了一个弯曲的影子,飞一般地从那些燃烧的建筑上略过。

"什么东西!"赤铁们纷纷抽刀拔剑,把扬一依团团围在中央。

扬一依的眼睛看到了正在云层间翱翔的巨鸟,那碧绿的眼睛中闪着幽暗的光芒。

"是羽隼。"杜广志在找自己。

"再过来,我就要杀人了!"面对抱头乱窜的百姓,文兴宗拔出佩刀喊了起来。

扬一依当然想走,但此刻她的腿像被钉在了地面上,此刻的青水西岸,以威锐公府为中心,正在一圈一圈地亮了起来,不仅是那些黑暗的街巷。灞桥城墙上的火把也都被点燃,像一条蜿蜒的巨龙,终于在黑暗中现出了它的轮廓。

"夫人,快走吧?"文兴宗气急败坏。

扬一依和靳思男互相对望了一眼。"我们现在过去,安

旧时雨

全吗?"

"青石营兵开始攻城了!青石营兵杀进来了!"在火光和夜色中,人流滚滚,不知道谁在呼号,喊得惊心动魄。

"青石营兵?他们不要命了吗!"文兴宗额上汗珠滚滚而下,此刻空中到处都是飞灰,他用手一摸,一张脸立刻花了。

一队赤铁蛮横地冲撞开人群,披荆斩棘地来到了众人身前。

"你们是哪里来的?"文兴宗眼里进了灰,用手揉了揉眼睛。

"侯爷要我们来接应夫人。"

"侯爷?"文兴宗回身向身后的武英公府望了望。

"文校尉,威锐公真的没有命令你们今晚攻入青华坊吗?"扬一依一把拉住了文兴宗。

"什么?"文兴宗转过身来,道,"绝无此事,威锐公的严令,是守住四门,决不能让青石营兵入内。"

他红肿着眼睛,好像能从扬一依的身上找到今晚所有不同寻常异象的答案一般。

扬一依道:"文将军,你知道大公的手段,刚才你也听到了,平武侯正在赶回灞桥的路上。现在赤研瑞谦对内得罪了武英公,对外不见容于平武侯,你想想看,已经十几天了,他顶着大公的谕旨,就是不肯让青石的营兵进城,这又意味着什么?万一威锐公真的出了事,你看南海侯像是可以护住你们的人吗?"

文兴宗抬头看了看天上那一轮淡淡的月亮,又看看这烈焰升腾、一片混乱的灞桥,舔了舔干裂的嘴唇。

"你以为,四马原上赤铁一败涂地,是偶然的吗?"扬一依控制住自己的情绪，慢慢进逼。

文兴宗咳了几声，道："夫人，现在不是说这些的时候。"

扬一依挽起衣袖，露出自己那带着青紫的指痕、已经肿胀起来的手腕，道："你觉得，我这些话是随便说说吗？"

街市上愈发慌乱了。

"给我挡住！"文兴宗大声呵斥着身边的兵士，转过身来，又对着扬一依小声道，"夫人，那又怎样呢？赤研弘是个混蛋不假，可你只是个陷在灞桥的外州公主，他不能护我们周全，难道你可以吗？"

"我不仅仅代表我自己，你没有想过，李秀奇都从花渡战场撤了回来，那到底意味着什么呢？意味着吴宁边很快就会挥军南下，兵临城下了。"扬一依依旧不想放弃努力，文兴宗是四门守备，他若是肯开门放行，局面马上便会被改写。"赤研家已经乱成了这个样子，而在这里，我就是吴宁边！"

文兴宗急了，道："夫人，你多虑了，攻破灞桥城没有那么容易，更何况现在威锐公占住了武英公府，青石营兵就算进了城，也投鼠忌器，不敢怎样。今天夫人的话，我权当没听到，希望夫人耐心点，一切等到太庙停柩后再作定夺好了。"

扬一依叹了一口气，只好失望地摇摇头，道："好吧。"

噗的一声轻响，文兴宗的脸扭曲了起来。他抬起手，摸向肋下，不知道什么时候，那里已经插入了一把极为锋利的短刃，横贯了他的胸膛。鲜血从他的喉咙里咯咯地泛上来，他还想要说些什么，却再也说不出来。

靳思男双手握住薛荔的刀柄用力一拧，薛荔由竖变横，文兴宗的身子一耸，鲜血顺着他的嘴角流了下来。

旧时雨　271

靳思男抽刀回鞘，文兴宗带着满脸的不可思议，整个身子都软绵绵地倒了下去。

"他妈的，打过了这么多套，穿起来还真闷！"

一个身着赤铁铠甲的高大士兵摘掉了兜鍪，露出了一头斑白的乱发，一张口，还缺了几颗牙齿。刚才还在身边团团围着的守卫们猝不及防，已经被这些乔装的假赤铁纷纷放倒了。

面上都是可怖瘢痕、骨节粗大的手指，说话沙哑漏风，这就是浮明光的叔叔吗？当年叱咤中州的旧吴名将浮成田？当李子烨跑来，说他为自己在灞桥找到有力的援手时，自己还不信，六十开外的人，也会是强援吗？再说，当年浮成田不是因为得罪了父亲，才被迫流亡，今天居然会回过头来帮自己吗？

可是她必须冒这个险，不管今夜发生什么，她都必须设法摆脱威锐公府的控制，而浮成田真的如约出现了。

"浮叔公，你来了。"

靳思男下手够狠，文兴宗的鲜血喷到了扬一依的罗衫上，还是温热的，她脑子有些懵，这句话脱口而出。

"叔公？哈哈哈哈，"浮成田放声大笑，道，"想不到有一天，扬觉动的女儿，会叫我叔公。"

此刻，他那谨慎瑟缩的样子消失无踪，仿佛他的身体中藏着另一个沉睡的武士，正在这笑声中渐渐苏醒。

"二十多年了，我和扬觉动那些恩恩怨怨，说也说不清。走吧！"

浮成田迈开了步子，扬一依却没有跟上来。

此刻的灞桥，百姓们被烈火追逐着，纷纷跳入青水，有冲到灞桥上想要过河的，都被守桥的赤铁砍落桥下。眼前这人间地狱一般的惨相拉住了她的脚步。难道自己真的是什么火神的渡鸦吗？为什么一路走来，到处都是鲜血和死亡？扬一依又想起了扶木原上，陈兴波和他的部下那些对自己充满了仇恨的诅咒。她又看看那颗天上的火红的星辰，它应该一直都在愤怒地燃烧着吧。

鸦之眼？他们叫那星星，鸦之眼？

"怎么不走？你不想回到吴宁边吗？"浮成田回过身来，他背着一把湛青色的厚背砍刀，刀刃在月光下泛着惨白的光芒，看起来像覆盖着一层冷冷的冰霜。

"公主！"靳思男看着灞桥西岸那一条条火线正向这里延伸，焦急地道，"再不走，可就走不了了。"

"野非门着了火，甘渊门过不去，现在出不去城的。"扬一依深深吸了一口气。

"野非门和甘渊门走不了，还有青水码头和临济门，如何走不得？"浮成田皱起了眉头。

烈焰升腾，夜风鼓荡，他那长长的须发都被热力带了起来，在夜风中飘舞着。

"赤研瑞谦和赤研井田还没有死，南渚赤研家还没有灭亡，我不会离开！"

这些充满恨意的话语，扬一依竟然想都没想，脱口而出。

也是在这一瞬间，自扬归梦逃婚以来，她度过的那些漫长的日日夜夜，正惊鸿一般掠过脑海。这些日子，她丧失了太多，付出了太多，可又得到了什么呢？就连与赤研星驰萍水相逢的那一点点短暂的欢愉，也随着这个男人的死亡画上了一个

旧时雨 273

可怕的句号。不过还好,她一直深信,这世上的一切付出,都是有代价的。那些拿走她的快乐、幻想、荣耀、欢愉的人,她必让他们十倍、百倍地一一奉还!

"你还真有些扬家后人的样子,"浮成田点了点头,道,"好吧,那就让这把火烧得更猛烈一些吧。"

天空中又是一声唳叫,还是那一只羽隼,正在赤色的天空中徘徊。

四

"这里不行,要继续向北。"

大火若漫过商市街,就会延烧到世家贵胄们的居所,这一下,再也没有人能够事不关己,作壁上观。一座座水龙水箱都推了出来,就连街边的小老百姓也要上前浇上几桶水,可是完全没用,火势太大了。

人流撞击着这支小小的队伍,为了避人耳目,浮成田和铁匠们脱去了身上的铠甲,和慌乱的人流混在了一起。

青水东岸已成一片火海,火势还在不断地蔓延,可灞桥还牢牢掌握在赤铁的手中,意识到局面即将失控,越来越多的士兵通过了灞桥,拥到画舫街上。在兜头袭来的熊熊烈焰面前,他们一样手足无措,毕竟钢刀是无法劈斩烈焰的。

"这些赤铁为什么不赶快救火呢?"看到眼前的惨状,靳思男都急得跺脚。

"因为天黑,他们摸不清状况,开始不过一个鸿蒙商栈,现在却烧成这个样子。再烧一会儿,恐怕便是请青石营兵进来,他们都进不来了。"浮成田看着跃动的火舌，叹了一口气，道，"锋凌炼坊也完了。"

灞桥已经被赤铁封住，百姓们为了躲避大火，只能继续向北，火焰并不区分高低贵贱，过了青水的赤铁士兵也是一样被烈焰驱赶着，越来越多的人向城北拥去。

如果这半个灞桥城的百姓，都挤进青云坊和青华坊，又会发生什么样的情景呢？

被裹挟在人流里，是很难挣脱的，多亏铁匠们一个个身强体壮，硬是扛着人流的冲撞，挤到了青水旁，这一带是灞桥大户人家的宅邸，房屋多为砖瓦砌成，和阳坊街那些木屋草棚相比，比较不易引火，又因为宅院稀疏，临近青水，沟渠交错，因此逃难民众终于可以稍作喘息。

"如果青石营兵趁乱攻进来，这是不是一个最好的时机？"汗珠顺着靳思男的鬓角眉梢，滴滴答答地滑落了下来。

"赤铁在灞桥里面并没有真正的敌人，守个城应该还是没有大问题的，只要大门不开，吊桥不下，那护城河太宽，青石的营兵一时半会儿攻不进来的，"浮成田摇摇头，"小娃儿，你今夜回到威锐公府，或者明天直接出现在太庙，其实也没有什么差别。这灞桥城，还在赤研瑞谦的手里。不如还是趁乱跟我们走了吧。"

"父亲已经回了大安，我还有什么可在乎的呢？我要是死在灞桥，他一定会把这里踏平的。"

不知道为什么，在这样的时刻，扬一依竟然感到了一丝快慰。

"如果可能，扬觉动不但会把灞桥踏平，还会把整个四极八荒都踏平，"浮成田扭了扭脖子，像摇头，又像点头，"他就是这种人。"

"你呢？你的母亲是谁？还是白苏玫吗？"

"是啊。"扬一依不解地睁大了眼睛，难道父亲还有其他的妻子吗？

"三十多年了，"浮成田的眼睛望向远方的夜色，"我应该说是你父亲能忍呢，还是你的母亲比较能忍呢？"

这个人到底要说什么？扬一依警惕起来。"母亲病重多年，父亲把暮云台给了她休养，请了世上最好的医生去照料她的。"

"是吗？"浮成田笑了，露出了他那一口参差不齐的牙齿。

"刚才文兴宗说，赤研瑞谦也和赤研井田一样，要在明天的太庙停柩之后解决问题，他们为什么都硬要拖到最后一刻呢？"

"因为说不定，冠军侯他没有死！这样就算赤研兄弟在城内拼了个你死我活，但是最后渔翁得利的，却是赤研洪烈的儿子。"

是啊，李秀奇这样急匆匆折返归来，除了军中无粮，难道不是要回到灞桥，帮助某一个赤研来底定乾坤吗？扬一依心中一动，难道，真的像靳思男所言，赤研星驰并没有死？

"这几个赤研，他是最好的那一个了，他若没死，扬觉动将来有麻烦了。"

赤研瑞谦兄弟的行为总是令人费解，关声闻、李秀奇、李熙然、米勇，经过了如此多南渚重臣众口一词的确认，难道赤研星没有死？真的有这种可能吗？明知希望渺茫，扬一依心中还是存了一点点幻想，否则，她真的不知道怎样来结束这个魔幻的夜晚。

"这世上无解的问题多了,想破了头,也不会有答案的,"浮成田看看腾空而起的烟柱,道,"再过一会儿,这灞桥要被烧没了。"

"咚、咚、咚。"不知哪里的鼓声响起,而身后的青水码头也传来阵阵喧哗声。

"这么晚了,怎么还会有船只靠岸?"

扬一依的心里冒出了一个大大的问号。

她猜得没错,夜色中亮起了第一支火把,紧接着,越来越多的火把亮起来,映照出了十余艘或大或小的货船来。不一会儿,船上变戏法一般出现了大量的士兵,放下艞板来,攀上了码头。

"这是怎么回事?这些士兵哪里来的?"

顷刻之间,青水东岸便多了一支鬼魅一般的军队。

"怎么可能?平武野熊早就被李秀奇带到四马原上去了,还有什么人会从圆镜湖的方向顺流而下进入灞桥?难道是浮玉的兵丁吗?"

"是青石的营兵!"一个熟悉的声音从河岸角落的巷子里传来。

杜广志从暗影里面走了出来,一抬手,扑棱棱的振翅声响,天空中落下了一支白顶褐羽的鹰隼来,不偏不倚,停在他的小臂上,他再一挥手,羽隼嘭地炸开,那猛禽化作万千细长的羽毛,在空中飘飘而落。杜广志伸出手去,从中摘下一根,一抖,所有的羽毛便都消融在这夜色中了。

"想不到你身边还跟随着一位羽客。"浮成田看了扬一依一眼。

"杜先生。"扬一依和靳思男同时开了口。

扬一依回头看了看靳思男。

"这、这是什么戏法啊!"见到所有人都看向自己,靳思男吞吞吐吐,张口结舌。

扬一依看看靳思男,微微摇了摇头,道:"杜先生,陈家公子现在还好吗?"

"回公主,陈振羽果然不凡,数日之前,他便亲选了一营士兵,绕道青水南岸攀上了济山,聚集在纤夫们休息的街亭,又不知从哪里弄来的商船货船,接了这些士兵,居然也就从上游水道一路摸进灞桥城了。"

"就是这些士兵吗?"扬一依看向了远处的青水码头。

"这是其中的一部分,更多的,已经聚集在阳坊街下了。"

"我说这阳坊街的火,怎么烧起来停都停不住。"浮成田看看那半天的烈焰,叹了一口气。

杜广志点点头,道:"朱里染已经料到赤研瑞谦可能会先发制人,因此早就准备好火石燃料,等到文兴宗率队去鸿蒙商栈找人,便当场点了一把火。这一把火,也正好掩护了青石的营兵从城内来打开野非门。"

"朱里染已经料到了鸿蒙商栈会遭到突袭?"

"是这样。"

"奇怪,那为什么朱盛世又会落在赤研瑞谦的手里呢?"

"这我也不清楚了,"杜广志摇摇头,"甘渊门外的青石营兵营地,是虚的,青石营兵的大部,都埋伏在野非门外,就等着里面开门,好一举杀进来。"

"这样看来,那些青石攻城了的叫喊,倒是真的。"扬一依愣了片刻，又道："李秀奇真的已经过了箭炉吗？"

"羽隼看不到那么远，不过米勇护着冠军侯的灵柩，已经到了青水长亭了。"

青水长亭？米勇的部队是淳族骑兵，这样说来，只要他愿意，到灞桥不过是顷刻之间而已？

"看来，太庙停柩，真的等不到明天早上了。"扬一依口中喃喃。

杜广志点点头，又转向靳思男，道："靳姑娘，陈公子适才陷在甘渊门的城头，你刚才见到这城墙上的望楼就是他点燃的，此刻想也脱险了吧。"

"陈、陈振戈吗？"

扬一依转回头去，看到靳思男的眼睛倏地明亮了起来。

"正是！"杜广志笑眯眯的。

赤研星驰的灵柩就在城外，扬一依心底的那个疑问变得越来越大，赤研星驰，真的死了吗？

"小娃儿，现在我们去哪里？"浮成田看看杜广志，又看看扬一依。

扬一依却看了看靳思男，道："若是你担心陈振戈，可以去找他。"

靳思男紧紧咬着嘴唇，握紧了手中的薛荔，缓缓摇了摇头。

"好，"扬一依叹了一口气，道，"所有的一切都会有一个结局。"

她的目光看向城北那片黑魆魆的幽静山林。

旧时雨

五

南渚太庙和青云坊相接，山石料峭，林木幽深。

扬一依一行已经加快了脚步，但是身后的火光和扰攘仍在步步紧逼。夜色中一蓬蓬的火苗不断腾起，金鼓交鸣。终于，野非门的方向也迸发了明亮的火花，像是一支超大的烟花，飞上了夜空。

"巷战开始了。"浮成田回望身后的火海，一浪卷起一浪，厮杀和呼喝声仿佛近在咫尺。看来不管怎么抵制，青石利用城内的混乱冲击野非门这一招，还是让准备死守灞桥的赤铁们措手不及。

一旦青石的营兵打开了野非门，在东市布置的赤铁人数远远少于西市，赤铁们下了大力气控制住的灞桥通道，就会变成他们的阻碍，只要青石营兵在桥头对赤铁进行狙击，东市的赤铁在相当长的一段时间内，都会处于劣势。

更大的问题是，赤研瑞谦、赤研井田等几乎所有灞桥的重要人物，都在青水的这一边。

今晚，青石营兵突进灞桥，优势局面便转向了赤研恭一边，可是武英公陈穹呢？就在不久之前，他和陈可儿还在自家的明堂之上面对赤研瑞谦的刀锋。如果他们落在赤铁手里，会成为赤研瑞谦手中最后的筹码吗？

这一路走来，靳思男脚步沉重，扬一依知道她仍在牵挂着陈振戈，少女的情思是这样，只要被撩动起来，就细密绵长、难以割舍了。这种时候，她心里便忍不住生出许多的羡慕来。至少到今天，豪麻也好，赤研星驰也罢，她还从未为哪个男人这样牵肠挂肚过。

她很想问问靳思男,在自己身边这样久,难道还看不穿那个真真假假的陈振戈吗?就为了一根簪子,真的值得吗?可是她忍住了,至少她明白人和人是不同的,这种事情,本来也没什么道理,就像这一会儿,她忽然想到了那个为了一己私利不惜毁掉整个灞桥乃至整个南渚的赤研恭。

如果他真的成为今夜的胜利者,八荒的未来,会因之改写吗?

应和着他们的脚步声,甬路两旁的落羽杉被夜风吹动,沙沙作响。

"只怕再过一会儿,这里就是新的屠场了。"浮成田的脚步慢了下来,此刻抬眼便可以望到太庙中那只黝黑的海兽,它庞大的身躯在火光的映照下渐渐显出了狰狞轮廓。

前方燃起了一大片明亮的火把,至少在这一夜,哪里有火光,哪里就意味着死亡。

"是不是赤铁?"杜广志也停住了脚步。

扬一依缓缓站定,这一夜她已经走了太多路,那薄底软靴踩在青石路面上格外酸痛。要过去吗?继续向前,可能就迈过了生与死的界限。她已经穿过了千山万水,来到了南渚,难道在这样关键的时刻却要缺席吗?还是,她见过了太多犹豫迟疑,今晚只想找到一个与众不同的谋逆者?

太庙,这是赤研星驰生命的真正终点,也是南渚历代王族灵魂的聚集之地,如果自己连这里都不敢进去,还有什么资格谈什么四极八荒呢?

"走吧。"她整了整已经被扯得七零八落的衣袖,带头向前走去。

"前进者死!"火把的映照下,一排士兵齐齐低身半跪,亮出了手中的青色弩机。

"对面是哪一位?我是扬一依。"她凝神运气,遥遥喊着。

在四围死一般的寂静中,这一声格外清脆,像宁静池塘里的一道波纹,慢慢扩散开去。

"起!"

一声号令,对面的士兵收起了弩机,分列两旁。不一会儿,从两排火把当中走出了眼窝深陷、脸色憔悴的南渚世子赤研恭。

不过几日的工夫,他怎么了?

直到赤研恭走上一步,慢慢展开手中的折扇,依然是当日海潮阁中的那一把。"百望流光"这四个大字,在那亮白如雪的绸缎扇面上一跳一跳地闪动。

他眼中的狂热依然,扬一依的心里竟然慢慢安定下来了。

"我一直在想,最先来到这里的人是谁,果然是公主。"赤研恭昂起头来,面带微笑。

"见过恭世子。"扬一依行礼如仪。

"来,今夜的灞桥,是属于你我的!"

他身子向后一仰,向扬一依伸出手来。

这样的行为太过赤裸,此时一着失手,便可能满盘皆输,那个凶暴的赤研弘还没有露面,赤研恭便要公然示爱吗?

究竟应该怎样应对才合适?所有人的目光都集中在了她的身上。

长夜未明,但是赤研恭的眼里分明映着燃烧的火把,夜风鼓荡起了他身上浅白的云锦，在夜色中大放光华，卸下了温良面具的南渚世子，真是越来越有趣了。

扬一依的脸上露出了笑容，缓步走上前去，握住了那冰凉的手掌。

"来吧，今天我就让你见到一个不一样的南渚。"赤研恭把他的另一只手掌也覆在了扬一依的手上，轻轻按了按。

"那日海潮阁上，是你将我和赤研星驰的事情告诉了大公？"扬一依并没有抽回自己的手掌，却眯起了眼睛。这句话当然是质问，海潮阁上，她亲口承认了和赤研星驰的露水情缘，并眼睁睁看着自己的亵衣在面无表情的赤研井田手中滑落在地，她的一生从未如此难堪，甚至初入灞桥的那个夜晚，在青华坊的明堂上被喝醉了赤研弘侮辱，也没有那一刻令人羞愤难当。

"是啊，"赤研恭面不改色，甚至还低头看了看扬一依，"如果不是这样，我父亲怎么会相信，真的是赤研瑞谦杀了赤研星驰呢？"

"你真是好手段。"扬一依低声道。

"我还以为你会喜欢，"赤研恭的声音可称温柔，"赤研星驰是刚毅俊朗，但是你又怎么会喜欢这样优柔寡断的人呢？他虽然死了，但却帮了你我的大忙，今天青华坊有这样的精彩的局面，岂不是正如你所愿么？"

"是吗？"

是吧？看着赤研恭这样毫无顾忌、我行我素的恶形恶状，扬一依居然笑了，跟这样毫无道义负担的人相处，还真是浑身轻松呢。

旧时雨

"来，前面请。"赤研恭放开了扬一依的手掌，向前一伸，扬一依自然而然走到了队伍的最前端。

是了，扬一依还有一点非常特别，从小到大，不知道多少英挺的男子围绕在自己身边。就算嘴上不说，但是他们的行为举止上、眼神目光中，却是无尽的欲望和贪婪。如楚穹，只要有机会，一定会展现他的轻薄嘴脸；如豪麻，拘谨小心，却挡不住眼神中的热望。只有这个赤研恭，好像在他的眼里，扬一依首先并不是一个柔弱的应该被占有的女子，而是和他一样的，带有锋利爪牙的野兽。

那么，相比驯兽人的征服来说，野兽和野兽的结合，才更加合适，不是吗？

不自觉地，扬一依的脚步也轻快了起来。

"这里好开阔。"走过都是落羽杉的窄窄甬道，迎面一道半人高的青灰矮墙，上面覆盖着浅绿的琉璃瓦，虽然是夜间，但也可以依稀看出一座小城的形制。这里和灞桥城一样，在矮墙上开有东、西、南三座"城门"，人们从南正门进入，眼前是方方正正极大的一片广场，中间是一条玄色石条铺成的大道。

"你抬头看。"赤研恭向上一指。

刚刚在看到的那一座海兽雕像正迎面伫立在眼前，须发翕然，栩栩如生。只是现在距离特近，海兽又是通体黑色、高高在上，在夜色中行走，这广庭中的神道正从海兽的胸腹下的四肢中穿过，一个没留意，竟然没有发现。

此时的夜空中忽然又传来一声唳叫，这巨兽的身体居然随之发出低沉的轰鸣之声，扬一依的五脏六腑都被震得颤动起来，连忙捂住了耳朵。

等她抬头的时候,第一个望向杜广志。

"没错,是另一只羽隼。"杜广志出了一口气。

如今封长卿已经离开了灞桥,这又是谁呢?

赤研恭却丝毫不以为意,仍快步行走着。

"这海兽平日里看起来没有这样可怕。"靳思男仰着头,拉住了扬一依的衣角。

放眼看去,好像除了自己,其他人都没有任何感觉。奇怪,这奇异的轰鸣,难道他们都没有听到吗?

"现在是夜晚,自然格外可怕些,若你们和我一样,每年春秋都要来这里致祭的话,也早都习惯了。"

"刚才,你们都没有听到那轰隆的声音吗?"扬一依反手也握住了靳思男的手。

"声音?这雕像吗?"赤研恭走上几步,把手放在这海兽的脚趾上,道,"有人说,赤研也有海兽血脉,但我是向来不信重晶的。这不过是李氏统制南渚的遗迹罢了。"

六

"只有这一条路吗?"经刚才这巨兽低沉一吼,扬一依心中依旧气血翻涌,充满敬畏,"我记得落月的湾海神寺前,也有一头,这个更狰狞些。"

"是啊,落月湾的那一头,是蹲踞着的,而这里的一头,却是伸展着利爪的,"赤研恭抬起手掌,笑嘻嘻地,"你看这前面的一头,像不像正要迈步?"

堂堂南渚世子,赤研恭比画的这一下颇有些滑稽,连靳思男都被逗笑了。

"不过，石头就是石头，石头再大，又有什么用呢？当年李氏统治南渚的时候，对这些木雕泥塑毕恭毕敬，还要远上晴州去延请灵师来主持海神寺，可后来，还不是为我赤研取而代之了？"他伸手在这黑金石上拍拍，"也就是这两只海兽委实太过巨大，不然，也早就被凿碎毁掉了。"

"世子不信这世上的灵术一脉吗？"杜广志走上一步。

"信，当然信，前几个月我在日光城参加五坊观星的时候，已经见识过灵术的厉害了。哦，对了，也是在哪里，我见到了庾山子和他的儿子庾斯奋，没有他们，朝守谦也不会决定支持我啊？"赤研恭卷起了袍袖，道，"但凡见过凝羽的人，有谁会怠慢灵师呢？"

赤研恭这个人，面孔俊朗、皮肤凝白，在这夜的火光映照下，显出一副玉石般的轮廓来。

"你既然亲眼见了灵术，但为何对海神毫无敬畏呢？"

"敬畏？"赤研恭看向扬一依，"我为什么要敬畏海神？做神明，就很了不起吗？重晶如此神通，怎么保不住它流散八荒的徒子徒孙？远了不说，南渚道家，不也被我们屠灭了吗？"他的手轻轻一挥，好像驱散了些看不见的烟尘，"何况，不是也是他们自己在说，灵师是守护山海的人吗？看，神是需要守护的，就连重晶幻化的蕉鹿也是一样可以被杀死，既然凡人都可以弑神，我又有什么好怕的呢？"

他仰起头来对着这巨大的海兽雕像，道："这八荒从来就是人间的战场，神明们，还是不要过多参与了。南渚，只属于手握权柄的人。"

这一条宏阔的神道相当漫长，赤研恭身姿挺拔，只是好整以暇地走着，把一个烽火连天的灞桥远远甩在了身后。

太庙的享殿终于还是出现在了众人的眼前，这是一座全木结构的宽大建筑，门前有十二根粗壮的巨柱，柱子和柱子之间，已经燃起了火笼，火光映着飞檐上的绿色琉璃瓦，发出诡异的流光，那些在屋檐上蹲踞的海兽们似乎都变成了活的一般。

虽然在青云坊中便可看到太庙中的海兽巨像，但来到南渚后，扬一依还从未来过这里。

当，空中传来了激昂清越的声响，悠悠地在夜里荡开，和刚才那巨兽震颤的吼声不同，它似乎带起一股清凉的风来，荡开了这夜的沉闷滞重，扬一依一直沉甸甸的心也得以借着这声响松了一松。

"这是什么声音？"

当当的声响一声接着一声，在享殿的后方，济山的深处，升起了一点又一点的灯火，渐渐连成一条曲折向上的小径，一直延伸到夜的深处。

"这是山川钲。"浮成田看着黑黝黝的济山，"钲声响起，是要迎接归来的魂灵。"

这是为赤研星驰响起的钟声吗？扬一依停住了脚步，凝神看着这一路上升的灯火。

"山川钲响起，便是国葬。据说历代南渚王的陵墓，都在这济山之中，当然也包括赤研家族的。这声音二十四年前，在大安响起过一次；十年前，在灞桥也响过一次。"浮成田的语中颇多感慨。

旧时雨　287

二十四年前，那时候他正是四十上下、气吞万里的年纪吧？大安的那一次钟声当是为了爷爷扬叶雨的去世奏响的，而十年前灞桥的这一次，大概是为了南渚前大公赤研易安而鸣。按照浮成田的说法，赤研洪烈去世之时，这山川钲并未响起，想不到赤研井田会如此重视赤研星驰。

赤研恭转过身来，道："来吧，停柩的大仪礼就要开始，一会儿这里就热闹了。"

一会儿？赤研恭的心思实在太难猜了。

再向前走，前面灯火通明，原来灞桥的文武官吏竟都被集中在了这里，正乱糟糟地吵作一团。

"这山川钲怎么响起来了？冠军侯一个侯爵，便是前世子的儿子，也不应该鸣钲，这不合礼制啊！"

"不是说明早才是太庙停柩的大仪礼吗？"

"这，走又不让走，外面已经闹成了这样，这可怎么办好？"

"世子来了，世子来了！"

看到赤研恭走过来，人们纷纷凑了过来，可是还没走到身前，他们又惊讶地停住了脚步，每个人都看到了，赤研恭手里挽着的，正是南海侯的夫人，那位吴宁边的公主扬一依。

"诸位，等得心焦了吗？"赤研恭和颜悦色地问道。

"没、没有，臣虽老，还硬朗，站得住、站得住。"刚才还抱怨不休的朝臣们都磕磕巴巴起来。

"那就好，迎接灵柩、配享太庙的大仪礼马上就会开始，今夜真是辛苦大家了。"

这一刻，他又成了那个谦和斯文的南渚世子了。

迎着所有人的目光，赤研恭依旧没有松开起扬一依的手，大步走进了享殿之中。

那些吵吵嚷嚷的声音全部消失了，人们面面相觑，都是一副大祸临头的神情。

伴着丝竹声起，侍者拉开了享殿厚重的大门，在这梁柱幽深的大殿正中，早已放好了一具金丝楠木大棺，上面镶嵌着四道薄薄的金钿，好像四道绳索，把这棺木牢牢绑缚着。

"这是晴州和合棺的形制。"赤研恭的声音在空阔的享殿内回响，不知哪里飘来的绿色的萤火，落在大殿深处那些高低错落的神主牌上。"如果杜广志在这里，他会明白，凡人入了和合棺，灵魂便永远不能附物，更谈不上转世。那么和他有仇怨的人，便会永远地安全了。"

"你，要把赤研星驰的尸身锁在这棺木里，再葬入后山吗？"

看到了扬一依惊诧的目光，赤研恭摇摇头，补充道："不会，这种神神鬼鬼的东西，我都是不信的。人死了就是死了，还要计较劳什子灵魂做什么呢？"

"这样好，"扬一依松了一口气，"人都死了，若是真的把冠军侯移到这和合棺里，于世子来说，反而可能留下刻薄的名声了。"

扬家来自东川的军镇，世代都是职业军人，因此代代相传，只相信手中的刀枪和胯下的战马，对于鬼神之道，一向嗤之以鼻。可是扬一依不一样，她对于神鬼虽然没有坚定的信仰，但也不排斥他们的存在，毕竟，如果没有鬼神作为寄托，那夜席卷灞桥的飓风、适才海兽低沉的怒吼都无从解释，而她

旧时雨　289

这步步惊心、屈辱不甘的生活,也太难熬了。

虽然她与赤研星驰的相处也不过几个时辰,但她还是希望如果他真的死了,不要被禁锢在这样小小的方寸之间,永远无法超脱,哪怕对一个死人来说,这样的诅咒也太残忍了。

毕竟那日站在箭炉城墙上和自己一起放眼山河的,是那样鲜活的一个人啊,不是吗?

这享殿之内的高墙之上,供奉着长长一排神主牌,最左边的那一个,如外面的海兽一样,是黑金石镂刻的,上面有三个遒劲的古字,"李高极"。这座神主牌后没有雕像,只有一个空空的壁龛。扬一依知道这是谁,在和赤研星驰并肩骑行箭炉城时,他告诉过她,李高极是南渚立国的第一代君王,既是雄主,也是暴君,就是他蒸土筑城,才有了今天的灞桥和南渚。

可旁边呢?在李高极的右侧,便都是赤研家族的神位,每个神位之后都有一座真人大小、栩栩如生的雕像。越向右侧,那神主的表情衣饰便越发生动起来,然后她看到了一连串熟悉的名字,赤研享、赤研夺、赤研易安、赤研洪烈……她的目光又回转来,停留在了赤研洪烈的雕像上,和其他雕像相比,赤研洪烈的雕像明显有些别扭,说不上是姿态还是表情,虽然它也有这赤研家族的典型特征,但是那一身海兽服穿起来,却总有些不甚合身。

"我这个伯父死得太突然,没有人能想到他会英年早逝,所以石匠并没有提前为他备好雕像,这石像是后来凭着我阿公的记忆,命令石匠去描摹的。事实上,他这一生各式盔甲穿了不少,却从来没有穿过南渚王的海兽服。"

"接下来的空位,就是冠军侯吗?"扬一依的眼睛看着赤研洪烈身旁那一块还没有刻上字的神主牌。

"赤研星驰已经不是世子了,"赤研恭淡淡道,"他不配在这里拥有神位,等到入殓已毕,配殿里会有他的位置。"

"啊?"

"我这个人是很宽仁的,"赤研恭双目茫茫,"赤研瑞谦虽然是我阿公捡来的野孩子,他和他的儿子赤研弘也都冒犯过我,逆行不道!但是这太庙配殿里,一样会有他们的牌位的。"

微风阵阵,神主牌前的长明灯火被吹得左右摇晃起来,那些石像在烛光的晃动中,好像也在交头接耳。扬一依的心中一片茫然,赤研瑞谦,叱咤风云的南渚二大公,居然不是赤研易安的亲生儿子吗?

"我还真是看错了他,这是他这么多年来死心塌地拥立赤研井田的最重要的原因,若不是今夜的这一场烈火,那老东西还不会把这东西给我。"

"你在说什么?"

"来,"赤研恭从怀里掏出一道卷轴,轻轻一抖,一道金粉书写的谕旨缓缓展开,"这是我大公赤研易安的手谕,哪一天,赤研瑞谦冒犯了南渚的继承人,整个南渚四城二十一镇,人人得而诛之。"

他摇了摇头。"想不到这些年,他表面上飞扬跋扈,其实不过是老东西的一个影子,直到这一次,如此大好的形势,纵然刀已经架在了他的脖子上,还是不敢放手一搏。"

赤研恭看着那华丽的棺木,叹道:"这么多年来,我一直以为我过得辛苦,想不到,他赤研瑞谦,过得也很辛苦啊。"

七

"陈振戈，你给我滚出来！"

即便在享殿内，赤研弘的声音依旧清晰可辨。

"出来！你他娘的！反了你们陈家，我要杀了你们全家！"

一道火线划过夜空，砰地砸在享殿前铺设的玄色石板上，火星四溅，是一支正在熊熊燃烧的火把。

赤研恭松开了扬一依的手，两个人跨过了那高高的门槛。

随着赤研弘的咆哮，更多的火把雨点一般飞来。很快，太庙广场上便一片狼藉，刚才聚集在这里的群臣便全都向门口拥了过来。

没过多久，她便看到了杀气腾腾的赤研弘。

他早摘了兜鍪，敞着甲胄，满头大汗，拳曲的头发湿漉漉地贴在脸上，鼻翼不断地抽动着，一脸狰狞。

跟在他身后的，是一群尘垢满面、狼狈不堪的赤铁，看样子该是经历了一番厮杀，来得也并不容易。

"南海侯！这里是太庙！你要做什么！"言官战战兢兢。

"做什么，老子先杀了你！"赤研弘恶狠狠地吼了一句，整个太庙的广场顿时鸦雀无声。

跟这些赤铁相比，原本太庙前有限的守卫，看起来就更加薄弱了，此刻只能持刀与赤铁对峙着，一路后退。

"不想死的就让开！"赤研弘恶目露凶光，不管不顾地大踏步穿过了守卫们的防线。他的身份不是普通士兵，而是青华坊的南海侯，这时候，还真没有人敢拦着他。

"这如何是好！"

"侯爷、侯爷，太庙不能逾礼！"

"威锐公呢？快派人去找威锐公！"

眼看着赤研弘杀气腾腾一路进逼，所有人的都慌了神。

人们正慌乱，扑棱棱地振翅声响，一根白色的羽毛从空中缓缓飘落，正落在赤研弘的肩膀上。

"妈的，什么玩意儿！"赤研弘伸手去抓，那羽毛在他的手掌中化作烟尘。

更多的羽毛落下来了，纷纷扬扬，像在九月的灞桥下起了一场从未有过的大雪。然后道婉婷出现了，和她一起从人群中走出来的，还有略显狼狈的陈振戈。

陈振戈先往这边看了赤研恭一眼，点点头，缓缓抽出了他的腰刀。

直到此刻，扬一依才有机会去细看今晚的陈振戈。此刻这位灞桥城中的翩翩贵公子，衣服遍布泥渍污垢，就连眉毛也缺了半条，已经再没有半点雅致俊俏的模样。

他的目光在自己的身边停住了。

"你没事！"靳思男忍不住喊了一声。

陈振戈咧咧嘴，点了点头。

"赤研弘！你找我吗？"陈振戈提刀上前。

道婉婷收了羽隼，赤研弘却还嘶吼连声，在空中胡乱抓着。

"他妈的，好手段，阳坊街烧成了一片焦炭，也没把你烧出来！"赤研弘暴跳如雷。

他回身从人群中拎出了朱盛世，往地上一扔，嘭的一声巨响，朱盛世本来就身子就笨重，这一下头撞在地面的石板上，

旧时雨 293

登时昏了过去。

"有你的！这一边留下老头和小姑娘拖着我们，那一边派人杀到野非门打开了城门！"

"野非门开了？"

"坏了，青石营兵肯定进来了！"

"早知道今天晚上这大火有蹊跷。"

人们不禁再次议论纷纷。

"今天晚上的事情，都是这个陈振戈和鸿蒙商会捣的鬼，"赤研弘抬腿砰地踢了朱盛世一脚，"他都说了，陈家私贩军粮，导致前线士兵无米下锅！我们这才输了花渡这一战！世子！你总不会还护着他！"

赤研弘忽地发现了赤研恭。

"咦，文兴宗呢？你不是回了公府吗？"赤研弘又看到了扬一依。

"他妈的，今天晚上人怎么这么齐！"

"人还不够齐，很快，冠军侯也会回到这里了。"道婉婷的声音冷冷的。

"我听错了吗？这个人不是死了吗？"赤研弘嘴角泛起了狞笑，"回来一具发臭的尸体吗？"

道婉婷脸色苍白，缓缓道："你还不知道吗？青石营兵已经进了城，跟在他们身后的，就是米勇的淳族骑兵，冠军侯的灵柩，就在他们的护卫之中。"

"不要跟我扯这些没有用的！我这里拿住了朱盛世，陈振戈你也别想跑！世子，阿叔在哪里？请了他出来，我们当面说个明白！"

赤研弘天生大嗓门，连喊带吼，中气十足，不少官员畏惧赤铁们那锋利的刀锋，恐怕殃及池鱼，纷纷向后退去。

"威锐公呢？"赤研恭面带笑意。

"我阿爸在后面挡着青石的那个陈振羽啊！阿哥，你快点要阿叔出来，再晚，就挡不住了！"

赤研弘急了起来。

赤研恭却缓缓摇了摇头，道："南海侯，你告诉我，冠军侯是不是威锐公命令平武侯杀掉的？"

"什么？"赤研弘抻长了脖子，一脸惊愕。

"花渡战事，关乎国运，你和二伯平日里征税抽粮，大公从来就是睁一只眼闭一只眼，当此关键时刻，你们却要杀了冠军侯，自毁长城，这是何必呢？"赤研恭一脸痛心疾首。

"世子，你在说什么？贩粮的是陈家！陈家啊！我们已经抄了鸿蒙商栈，把这个朱盛世这个王八蛋抓出来了啊！"

"赤研弘！你明抢豪夺，栽赃陷害，想要借这个机会把屎盆子都扣在我们朱家身上！鸿蒙商栈、百年商会，就因为我不肯配合你构陷陈家，竟然一把火被你烧了！还有天理吗！还有王法吗！"

"哎？他妈的！"

原来刚刚朱盛世摔在地上，看起来好像昏了过去，其实一直在偷窥场上的局势，这边赤研弘和众人拌嘴，他趁着无人注意，左滚右滚，居然来到了赤研恭这一边。

觉得自己安全了，朱盛世也吼了起来，并且嗓门比赤研弘还要大上几分。

看看这一众人等的态度，赤研弘也明白了几分，他虽蛮横，却不善言辞，此刻一张脸已经涨成了猪肝色，跳脚道：

"世子，这是怎么回事，今天这么多人忽然都到了这里，是在看我们威锐公府的笑话吗！"

"天下人的眼睛都是亮的，你若无可笑之处，谁又能笑你？"赤研恭语气淡然。

"你呢？"赤研弘看住扬一依，恶狠狠道，"你是我府内的贱人，现在出现在这里，又是怎么回事！"

"赤研弘，我虽是你的妻子，但是国运在前，我自然不能再昧着良心了，从我来到灞桥开始，只因为冠军侯曾在箭炉作为特使接迎过我，你就疑心我与他有苟且之事，"扬一依解开用绸纱绑着的右手腕，把乌青肿胀的手腕高高举起，眼泪慢慢溢满了眼眶，道，"你嫉妒成狂，唆使威锐公施压，杀掉了正在前线浴血杀敌的冠军侯，已是不该，而今晚，你们更要打着为冠军侯接灵停柩的旗号，要犯上作乱，攻入青华坊。我一介女流，死不足惜，是不能看着你这样一错再错了！"

扬一依这番话太过惊人，整个广场上的人们轰地炸了锅，全部都在议论纷纷，这一环接着一环的控诉，和威锐公府一直以来的行为竟然严丝合缝地一一对应，真是让人不信也难。

本来赤研弘只要稍有脑子，便该抓住了机会，对这些指控中不尽合理的部分加以辩驳。可是他此刻业已暴跳如雷，大吼着："我说你怎么如此恶毒下贱，背着我私入海潮阁！你果然有种，居然在这里承认你的肚子是赤研星驰搞大的！"

扬一依轻轻摇着头，向后退了两步，泪水终于从眼眶中滑落了下来。她知道，今晚，赤研瑞谦一家已经万劫不复了。她唯一担心的，是赤研井田会不会将赤研恭苦心策划的这一切予以否定，将整个局面彻底翻盘。

这时候赤研恭再次走了过来，握住了自己的手，轻轻拍了拍自己的肩。如果说适才赤研恭牵着自己的手走进享殿的时候，留给南渚群臣的，是无尽的疑惑，那么现在赤研恭的举动，在人们眼中，则是饱含着同情和温暖了。

在赤研家族中，还有比赤研恭更加谦和温厚的良人吗？

在通往太庙的窄窄甬路上，喊杀声一浪高过一浪。赤研弘说得没错，即便有赤研瑞谦亲自督阵，势单力孤的赤铁们还是抵不住陈振羽的猛攻，特别是赤研恭手中还有赤研易安的遗旨，就连大势已去的赤铁们，也对赤研瑞谦父子纷纷倒戈相向了。

当陈振羽、陈振戈、陈振甲三兄弟汇聚在一起，并肩战斗时，这个漫长的夜晚也终于接近尾声。

"大公呢？大公在哪里？"扬一依早收了泪痕，这本应是赤研瑞谦父子应该问出的问题，现在，她却一定要知道，才好放下心来。

"你果然没有让我失望，"赤研恭还是那样微翘着嘴角，用手轻轻地拍了拍那静静停放在享殿中的和合棺，道，"你以为，赤研星驰够资格睡在这里吗？"

看着赤研恭那修长的手指轻轻敲击着那被四道金箍禁锢的棺木，扬一依一时不知道该说些什么才好，这一刻她才终于明白，这太庙停柩的游戏，其实就是一场盛大的葬礼。

黎明将近，烈焰还在燃烧着，灰烬不断地随风而来，落入青水，跟着那水面上的旋涡，消匿无踪。灞桥这座八荒南端最富庶的城池，正处在阴阳、生死的分界线上，火红的晨曦和幽蓝的夜色在此时纠缠到了一起。

这是灞桥最深的夜晚，也是它最初的黎明。

旧时雨 297